가야불교, 빗장을 열다

삼국유사 기록을 바탕으로 한
가야사 복원의 실마리

가야불교, 빗장을 열다

도명 지음

담앤북스

海東初傳伽倻佛教

우리나라에 최초로 전해진 가야불교

대한불교조계종 종정 중봉성파

海東初傳伽倻佛教

宗正 性坡

들어가며

가야불교와의 만남

인연…. 세상 모든 것은 인연 따라 만나고 인연 따라 사라진다. 우리가 흔히 쓰는 단순한 일상용어 중에는 존재의 본질을 담고 있는 말들이 꽤 많이 있는데 이 말도 그중 하나이다. 인연은 단순한 말 같지만 만남과 헤어짐, 생성과 소멸뿐 아니라 우주 전체 모든 것이기도 하다. '인연 따라'라는 표현은 자연스러우면서 편안한 말인 듯하나 그 속내는 에누리 없이 '인연만큼만'이라는 정확한 인과를 표현하는 엄밀한 말이기도 하다. 우연이라 여겨도 이유 없는 인연은 없다. 다만 겉으로 그 원인이 드러나지 않을 뿐이다.

내가 가야불교를 만난 것도 어쩌면 '우연'을 가장한 '필연'이 아닌가 싶다. 2009년 은사이신 정여 큰스님의 도움으로 경상남도 김해시 삼계동에 여여정사 김해포교원을 개원할 수 있었다. 몇 해가 지난 후 신도들의 동참으로 새 사찰을 건립하기 위해 인근의 땅을 조금 확보하고 있을 무렵, 지인 소개로 가야대학교 서용

규 교수님을 만나게 되었다. 초면인데도 막역한 사이인 듯 여러 이야기를 나누게 되었고 불사로 주제가 이어졌다.

그때 교수님께서 불쑥 "절 이름은 뭘로 지었습니까?"라고 물으시기에 나는 "아직 짓지 못했습니다."라고 답했다. 그러자 교수님은 조금의 망설임도 없이 "'가야정사' 어떻습니까?"라고 제안해 주셨다. 당시 당신이 몸담고 있는 '가야대학교'라는 학교명과 국문학 교수님이 이름을 지어 주셨다는 두 가지 이유가 아니더라도 '가야정사'라는 사명寺名은 어감이 좋았고, 이 땅이 또 옛 가야 땅인지라 나는 "그거 좋습니다. 그렇게 합시다."라고 선뜻 기분 좋게 동의하였다.

그런데 이후 나는 걱정 아닌 걱정이 생기게 되었다. 경상남도 밀양의 여여정사 주지 소임을 맡은 뒤 곧잘 받은 질문이 '여여如如'라고 하는 절 이름에 관한 것이어서 '가야정사'라고 지으면 '가야'에 대한 질문을 많이 받지 않겠느냐는 것이었다. 그래서 가야에 대해 제대로 알아야겠다 싶어 자료를 검색하던 중 '가야불교'에 대한 기사를 접하게 되었는데, 그동안 수년간 김해에 살았어도 잘 몰랐던 내용들이 많았다.

사실 포교와 수행으로 바쁘기도 했거니와 가야불교와 인연한 연기사찰의 주지도 아니라서 무관심했는데, 알고 보니 가야불교는 한 개인이 감당하기 어려운 커다란 덩치의 화두였다. 그러나 무식하면 용감하다고 하듯 한번 부딪쳐 보자 싶었다. 마침 우리

포교원에서 매달 제작하는 사보의 테마 기획 〈가야불교를 찾아서〉를 통해 가야불교 연구자들을 인터뷰하고 연재할 기회가 주어졌다. 전 김해신문 박병출 기자의 도움으로 은하사 회주 대성 큰스님, 양산 신흥사 회주 영규 큰스님, 조은금강병원 허명철 이사장님을 만나 인터뷰를 하면서 여러 회를 무리 없이 진행하였다.

그러다가 가야학의 권위자로 알려진 인제대학교 역사고고학과 이영식 교수님을 찾아뵙기로 하고 전화를 드렸더니 흔쾌히 시간을 내어 만나 주셨다. 그런데 이영식 교수님을 만나기 전 박병출 기자님은 망설이듯 나에게 "스님, 이 교수님과의 만남이 득이 될는지 실이 될는지 모르겠습니다."라는 묘한 여운을 남기는 말을 하였다.

어쨌든 이영식 교수님은 우리를 반갑게 맞아 주셨고 두 시간가량 진지한 인터뷰가 진행되었는데, 주된 내용은 가야불교의 사료와 고고학적 근거가 부족하다는 것이었다. 그는 "『삼국유사』〈파사석탑〉조에 나오듯 일연 스님도 허왕후가 올 당시 해동에는 불교[상교像教]가 들어오지 않았다고 말했다."며 가야불교에 대해 부정적 견해를 밝혔다. 다만 452년 제8대 질지왕이 수로왕과 허왕후가 합혼한 곳에 지었다는 왕후사 창건은 비교적 신뢰할 수 있으므로 이때를 가야불교 전래 내지 수용으로 볼 수 있다고 설명했다. 그리고 이영식 교수님은 "질지왕 시대 이전의 불교 유적이나 유물을 찾아낸다면 대단히 획기적인 일이 될 것"이라면서도

여러 정황을 근거로 들면서 허왕후 당시의 불교 도래는 사실로
받아들이기 어렵다고 결론 내렸다.

『삼국유사』에서는 허왕후가 시집올 때 파사석탑을 싣고 왔다
고 하였고, 절집에 전해 내려오는 이야기로는 "장유화상과 수로
왕이 여러 곳에 절을 지었다."고 했는데 가야학의 권위자로부터
가야불교의 초기 전래를 부정하는 말을 듣는 순간 머리가 하얘졌
다. 소위 멘붕이 온 것이다. 혹 떼러 갔다가 되레 더 큰 혹을 붙인
상황에 놓인 느낌이었다.

일연 스님을 직접 만나 물어볼 수도 없고 눈앞에 있는 권위자
의 논리적 설명을 반박할 수도 없는 진퇴양난의 심정이었다. 절
이름을 짓기 위해 시작된 일이었지만 신비주의를 배격하고 사실
만을 추구하는 선불교[禪宗]의 가풍이 몸에 밴 나로서는 '이 일을
접어야 하는가, 계속 가야 하는가.'라는 기로에 서게 되었다. 까
딱 잘못하다간 이거 영 실없는 스님 소리나 듣지 않을까 염려도
되었다.

그렇게 며칠을 고민하던 중 사보 편집을 도와주던 신도님 소
개로 가야불교를 연구한다는 동명대학교 불교문화콘텐츠학과 장
재진 교수님을 만나게 되었다. 첫인사 후 그간의 흐름과 사정에
대해 말했더니 장재진 교수님은 가야불교의 역사성과 당위성, 그
리고 역사를 바라보는 다양한 관점에 대해 열변을 토했다. 한참
을 이야기를 듣는 동안 '아하, 역사란 이렇게도 볼 수 있구나. 일

연 스님이 국사國師이신데 없는 말을 하셨겠는가.'라는 믿음이 되살아나면서 '계속해 보자.'라는 마음이 다시 섰다.

　그리고 인터뷰 말미에 장재진 교수님은 무언가 잠시 망설이는 듯하더니, "스님, 초면에 이런 말씀 드려도 될는지 모르겠습니다만 스님께서 가야불교에 대한 열의가 있으신 것 같기에 말씀드립니다. 그동안 가야불교에 대한 학술대회 준비를 다 해 놓았는데 사정이 있어 못하고 있습니다. 스님께서 3년간 마음을 내어 주신다면 가야불교는 한 걸음 더 나아갈 수 있을 겁니다."라고 하는 것이었다. 당시 나는 그 분위기에 홀렸는지, 장재진 교수님의 진정성이 와닿았는지, 아니면 내가 모를 시절 인연과 어떤 힘이 작용했는지 두말 않고 바로 "알겠습니다. 마! 그렇게 합시다!" 하고 기분 좋게 의기투합하였다.

　그렇게 해서 2016년 이후 한 해도 쉬지 않고 가야문화진흥원 주최로 '가야불교 학술대회'를 개최해 오고 있으며 새로운 연구 성과도 꾸준히 나오고 있다. 나의 인생에서 가야불교와의 만남은 우연한 인연으로 시작됐지만 이제는 필연으로 다가오고 있다. 성직자라는 역할을 넘어 가야불교와 가야사 복원이라는 원대한 목표를 향해 새로운 길을 가고자 한다.

2022년 4월

金烏山人 道明

가야불교와 한국불교에 대한
새로운 이정표

이덕일 역사학자 · 한가람역사문화연구소 소장

1.

몇 년 전 부산에서 초청강연이 있었는데, 역사를 공부하는 차태현 선생이 가야불교를 연구하는 스님들이 만나고 싶어 한다는 말을 전해 주었다. 그래서 부산일보사 강당에서 열린 강연회를 마치고 도명 스님을 처음 만났다. 당시 가야문화진흥원 이사장인 해 스님도 함께였다. 이때 스님들이 이미 가야불교를 연구한 지 몇 년이 되었다는 사실에 놀랐고, 기뻤다. 가야사와 가야불교사를 더 이상 이른바 강단사학에 맡겨 두어서는 안 되기 때문이었다.

우리나라는 대학교의 사학과 교수들 집단을 강단사학계라고 부른다. 이들은 "역사는 우리만 연구할 테니 모든 국민들은 우리가 내놓는 연구 결과를 외우기만 하면 된다."고 말하는데, 문제는 이들의 역사이론을 식민사학이라고 부른다는 점이다. 게다가 이들의 연구 결과라는 것이 광복 77년이 되는 지금까지 새로운 것은 찾기 힘들고, 그저 일본인 식민사학자들이 만들어 놓은 식민사학 이론을 지금까지 추종하고 있다는 점이다. 근래 들어서는 날이 갈수록 그 추종의 정도가 심해졌고, 특히 가야사 같은 경우는 평생 식민사학을 비판해 왔던 필자까지도 놀랄 정도로 왜색倭色에 크게 물들어 있다는 점이다.

2019년 12월부터 이듬해 3월까지 서울 국립중앙박물관에서 〈가야본성〉이라는 이름의 가야전시회가 열렸다. 우리는 잘 사용하지 않는 '본성(本性, 혼슈)'이라는 일본식 제목이 불길한 전조였는지 가야 선조들의 훌륭한 유물을 야마토왜의 것으로 둔갑시켜 놓았다. 당초 이 전시회는 서울과 부산을 거쳐 일본까지 갈 예정이었는데 시민들로부터 "임나일본부설을 선전한다."는 호된 질타를 받고 일본 전시는 중단되었다.

이것은 1라운드였다. 당시 문재인 대통령의 가야사 복원 지시로 가야사 복원이 국정 100대 과제로 추진되었는데, 막상 뚜껑을 열어 보니 이 역시 '임나일본부 복원'으로 드러났다. 가야 고분을 유네스코에 세계문화유산으로 등재 신청을 했는데, 경상남도 합천의 가야 고분을 『일본서기』에 나오는 이른바 임나 7국의 하나인 '다라국'의 것으로 신청하고, 전라북도 남원 고분을 『일본서기』에서 야마토왜왕이 마음대로 처분할 수 있었던 '기문국'의 것으로 신청했다. 또한 식민사학계의 이른바 『삼국사기』·『삼국유사』

초기 기록 불신론'에 따라서 서기 1세기 가야 건국 사실을 말해주는 고고학 유적, 유물들을 일절 배제하고 주로 5~6세기 때의 유적들만 신청해서 가야가 마치『일본서기』에 나오는 '임나'인 것처럼 호도했다. 뒤늦게 이런 사실을 알게 된 시민들이 들고 일어나서 일부 제동이 걸리기는 했지만 이들 식민사학이 대학교 사학과는 물론 역사 관련 국가기관을 모두 장악하고 있기 때문에 언제 다시 임나일본부가 고개를 들이밀지 알 수 없는 상황이다.

2.

남한의 가야사 학계가 얼마나 식민사학에 경도되어 있는지는 북한학계의 가야사 연구와 비교해 보면 확연하게 드러난다. 북한학계는 이미 1963년에 대구 출신 월북학자인 김석형 선생이 〈삼한 삼국의 일본열도 분국에 대하여〉라는 논문으로 임나일본부설을 뿌리부터 해체시켰다. 북한학계의 견해는 임나는 가야가 아니라 가야계가 일본 열도에 진출해서 세운 분국分國이라는 것이다. 반면 남한학계는 야마토왜가 가야를 점령하고 임나를 설치했다는 '임나=가야설'이 이른바 정설인데, 이는 대일항전기 이마니시 류[今西龍]나 스에마스 야스카즈[末松保和]는 물론 1895년 경복궁 담을 넘어 명성황후 시해에 가담했던 낭인깡패 아유카이 후사노신[鮎貝房之進] 등이 주장한 것을 아직도 추종하는 것이다. 근래에는 일본에서 일본 극우파들의 물적 · 심적 지원으로 박사학위를 따고 귀국해서 대학 및 역사 관련 국가기관에 자리 잡은 학자들에 의해 '임나일본부설', 즉 '임나=가야설'이 더욱 기승을 부리는 중이다.

이런 상황이기에 도명 스님의『가야불교, 빗장을 열다』출간의 의미는 남다르다. 필자가 해설을 붙여서 출간한『북한학계의 가야사 연구』나『북한학자 조희승의 임나일본부 해부』같은 북한학계의 연구서를 제외하면 남한에서는 거의 최초로 나온 우리 관점의 가야사 집대성이라고 해도 과언이 아니기 때문이다.

3.

역사는 사료로 말하는 학문이다. 그런데 사료는 여러 종류가 있다. 글로 쓴 문헌사료가 있고 고고학 유적, 유물이 있다. 또한 민중들이 말로 전해 온 구전사료가 있다. 이 중 어느 사료가 역사적 사실을 말해 주는지는 상황에 따라 다르다. 예를 들어 '암행어사 박문수'에 대한 문헌자료는 박문수에 대해 그다지 호의적이지 않다. 반면 민중들이 전하는 구전사료는 박문수에 대해 열광적이다. 둘 중 무엇이 진실일까? 당시 노론 일당독재 천하에서 암행어사는 지방관과 한통속인 경우가 많았다. 반면 야당인 소론이었던 박문수는 노론 출신 지방관의 비리를 엄격하게 치죄했다. 그래서 '암행어사 박문수'라는 구전사료가 만들어졌으니 이 경우 노론에서 작성한 문헌사료보다 백성들의 구전사료가 더 진실을 담고 있는 것이다.

　가야사도 마찬가지다. 가야불교의 전래 시기에 대해서 남한학
계는 가락국 8대 질지왕이 왕후사를 세웠다는 452년이라고 본
다. 그러나 이는 가야왕실에서 왕후사라는 원찰願刹을 세운 시기
이지 가야불교의 전래 시기가 아니다. 『삼국유사』〈파사석탑〉조
는 허왕후가 서기 48년 아유타국에서 가락국으로 올 때 파사석탑
을 가지고 왔다고 말하고 있다. 파사석탑은 허왕후 일행이 불교
를 신봉하고 있었음을 말해 주는 유물이다. 허왕후 일행이 이 파
사석탑을 궁궐 어느 곳엔가 세워 놓고 불사를 시행했을 것임은
쉽게 유추할 수 있다. 그러면 48년에 불교가 전래된 것이다. 또
한 김해를 중심으로 경상도 일원에 널리 퍼져 있는 장유화상에
대한 구전 전승도 마찬가지다. 이런 구전 전승들은 앞서 설명한
박문수의 예처럼 민중들의 전승을 통해 조선시대까지 전해져서
여러 유학자들까지 기록을 남겼다. 『가야불교, 빗장을 열다』에는
장유화상과 관련한 모든 기록이 집대성되어 있다. 사실 이런 내
용들은 여기저기 흩어져 있었기에 가야불교와 장유화상 관련 답
사를 가고 싶어도 쉽지 않았던 것이 사실이었는데 이제 훌륭한
답사 안내서가 생긴 것이다.

　사실 가야불교를 조금 연구해 보면 고구려 소수림왕이나 백제
침류왕 이전에 이미 불교가 전래되었음을 유추할 수 있는 사료가
적지 않다. 중국의 『고승전』에는 소수림왕 때 전진에서 불교가 전

했다는 372년 이전에 중국의 고승과 고려도인이 편지를 주고받은 사실이 기록되어 있다. 고구려인들은 이미 불교에 대해서 알고 있었던 것이다. 또한『가야불교, 빗장을 열다』에도 나오는 것처럼 최치원이 지은 '봉암사 지증대사탑비'(국보 제315호)에는 소승불교가 먼저 들어오고 대승불교가 나중에 들어왔다고 해석할 수 있는 내용이 나온다.『삼국사기』의 불교 관련 기록은 대륙을 통해서 전해진 대승불교에 대한 기록이자 그것도 왕실에서 불교를 공인했다는 기록이지 그때 불교가 이 땅에 처음 전해졌다는 기록이 아니다. 한국불교사를 다시 써야 할 이유는 수두룩한데, 그 문을 도명 스님이『가야불교, 빗장을 열다』로 여는 셈이다.

4.

도명 스님을 만나면 가야불교에 "미쳤다"는 사실을 알 수 있다. 미쳐야 보이는 사실들을 발견하는 것에서도 알 수 있다.『삼국유사』〈파사석탑〉조에 "然于時海東末 有創寺奉法之事연우시해동말유창사봉법지사"라는 문장이 있다. 이 문장의 핵심은 末말 자인데 그동안 대부분 未미 자로 해석해 왔다. 말末과 미未는 글자가 비슷하지만 어느 글자인지에 따라 그 내용은 상전벽해로 달라진다. 그 전처럼 미未 자로 해석하면 "그러한 때 해동에는 절을 짓고 불법을 받든 일이 없었다."로 해석되어 이 땅에 불교가 전래되지 않았다는 의미가 된다. 그러나 말末 자로 해석하면 "그러한 때 해동의 끄트머리에서는 절을 세우고 불법을 받드는 일이 있었다."라고 전혀 다른 뜻이 된다. 한 번은 도명 스님이 한가람역사문화연구소에 오셔서 未미 자가 아니라 末말 자가 아니냐고 물으셨다. 그래서 국보인『삼국유사』규장각본과 보물인 고려대학교 소장본을 살펴보니 두 사료 모두 末말 자가 분명했다. 두 사료 모두 末말 자로 되어 있음을 확인한 스님의 기뻐하던 표정이 아직도 생생하다. 이런 열정이 있었기에 허왕후가 가락국에 도래하는 경로의 '기출변 → 망산도, 승재 → 유주지 → 주포(별포진 입구) → 능현 → 만전 → 본궁'을 모두 찾아다녔고, 조선시대 웅천현에 있던 만산도가 곧 망산도라는 내용을 확인할 수 있었다.

그동안 있었던 가야불교에 대한 연구사가 쉽게 정리되어 있는 것은 물론 가야불교에 대한 수많은 사료를 대부분 정리했는데, 스님의 번역문에 한문 원전을 함께 수록해 가야불교의 원전에 쉽게 접근할 수 있으면서 원문까지 확인할 수 있다. 그야말로 초등학생부터 필자 같은 연구자들까지 가야불교 연구에 요긴하게 사용할 수 있게 배려했다.

나머지 내용들은 책을 직접 확인하기를 바라면서 마지막으로 가야불교를 호국불교로 해석한 부분을 부연하려 한다. 가야 수로왕이 명월산에 지었다는 신국사新國寺, 진국사鎭國寺, 흥국사興國寺 등에 모두 나라 국國 자가 들어가는 것을 일종의 진호국가鎭護國家 사상이 반영된 호국불교護國佛教의 요소로 해석한 것이다. 장유화상이 나라의 부흥을 위해 창건했다고 전하는 흥부암興府庵도 마찬가지다. 이런 내용들이 가야불교를 적극적으로 연구해야 할 현재적 필요성이다. 중국의 양계초梁啓超는 "국사는 애국심의 원천이다." 라고 말했는데, 현재 남한 강단사학은 아직도 일본 제국주의의 자리에서 가야사를 바라보는 "매국심의 원천" 역할을 하고 있다. 이런 사실이 점차 알려지면서 시민들의 분노가 일고 있는 요즘에 도명 스님이 『가야불교, 빗장을 열다』를 출간하게 된 것 역시 억겁의 인연의 결과로 생각한다.

2022년 元旦

가야불교의 역사를
바로 세우기 위한 노력

정여 세상을 향기롭게 대표

우리 역사에서 고대사는 소중하다. 그리고 그 가운데 아직 제대로 복원되지 못한 가야의 역사는 매우 중요한 위치를 차지한다. 특히 불교 입장에서 가야의 불교가 인정된다면 한국불교사가 3백여 년 앞당겨지는 대전환이 일어날 수 있다. 실존한 가야의 역사가 고려시대 일연 스님에 의해 고증되었는데도 한낱 설화 정도로 여겨져 가야의 실질적인 역사가 거의 묻혀 버리고 있는 실정이다. 오늘날 우리는 잊혀진 역사를 바로잡기 위해 노력했던 일연 스님의 간절한 심정을 잘 살펴야 할 것이다.

여여정사 주지이자 상좌인 도명 스님이 불교 수행자로서 가야불교의 진실된 역사를 찾고 바로세우기 위해 노력한 지 수년이 흘렀다. 스님은 많은 역사학자를 만나고 지역의 가야불교 흔적을 찾아다니는 등 각고의 노력을 해 왔다. 스님의 열정적인 노력으로 가야의 역사와 문화 그리고 가야불교의 실체가 올곧이 드러나고 있다. 만일 잘못된 역사가 방치되어 흘러간다면 그릇된 역사를 후학들이 여과 없이 알고 따르게 된다. 가야불교의 역사를 한낱 설화로만 치부하면 안 되는 이유다.

앞으로 불교계를 중심으로 올바른 역사가 복원될 수 있도록 열정을 가지고 꾸준히 노력하면, 큰 흐름을 타기 시작한 가야의 역사가 하나하나 표면 위에 떠오를 것이다. 과거 신라에 의해 묻히고 일제강점기에 훼손된 가야의 역사를 이제라도 바로잡아야 조상님에게 떳떳한 후손이 될 수 있을 것이다. 잊혀진 불교 역사를 밝혀 가는 도명 스님이 앞으로도 어느 곳에도 치우침 없이 가야의 역사를 잘 정리해 나갔으면 한다. 올바르게 역사를 정립하고 2천 년 동안 묻혀 있었던 가야불교가 이어지도록 노력을 기울인 도명 스님에게 찬사를 보낸다.

2022년 1월 8일

가
야
불
교,

빗
장
을
열
다

| 목차

일러두기

· 이 책에서 『삼국유사』 원문 인용은 규장각본을 참고하였음을 밝힙니다.
· 본문에서 수로왕의 비는 허왕후로 표기하였으며, '허황옥 신혼길'과 '허황옥 공주' 등 일부는
  허황옥으로 표기하였습니다.

서문

잃어버린 역사, '가야' '가야불교' 되찾기

가야불교의 사실성

서문

가야불교에 대한 의문과 모색
그리고 다양한 시선과 논쟁은 모두 소중하다.
가야불교에는 밝혀야 할 과제가 많지만
아직 완전한 규명이 되지 못했다고 해서
전체를 부정하는 우를 범하지 말아야 한다.

　　'가야불교'와 '가야사'를 이해하는 데 어떤 역사관과 태도를 가
지고 접근하는가는 중요한 전제조건이 될 수 있다. 왜냐하면 아
직 그 실체가 완벽히 규명되지 않은 영역인 만큼 단편적인 사실
로 '있다' '없다'를 속단하기보다 적극적으로 포용하는 자세가 요
구되기 때문이다. 인도 아유타국 출신의 허황옥과 그의 오빠 장
유화상이 이 땅에 이식했다는 '가야불교'는 그 실존 여부를 두고
긍정과 부정의 입장이 첨예하게 교차하고 있다. 가야불교의 기반
이 되는 가야사 또한 아직도 본래의 모습이 제대로 규명되지 못
하고 있는 실정이다. 이러한 이유로 가야사 복원은 가야불교뿐만
아니라 한국 고대사 복원에서도 중요한 위치를 차지하고 있다.

잃어버린 역사, '가야' '가야불교' 되찾기

수직적 시간과 수평적 공간 속에서 일어나는 모든 것을 역사로 볼 수 있지만 인간 역사로 한정해 보면 '유물' 또는 '문자'로 남거나 '언어'로 전승되어 오는 것은 그중의 일부일 수밖에 없다. 시간의 흐름에 따른 유실과 변형, 전쟁과 재난에 의한 소실, 언어와 문자에 대한 무지 등으로 전대의 유산이 후대로 전해지지 못하는 경우가 많은데 오랜 시간 전의 고대사 영역에서는 더욱 그렇다. 특히 가야사와 가야불교의 경우 풍부한 유적이나 유물을 찾아보기가 쉽지 않다. 왜냐하면 일제강점기를 지나면서 '가야'가 '임나'였음을 증명하려는 일본 학자들과 관리들에 의해 수많은 가야문화재가 도굴되었기 때문이다. 일제강점기, 대성동고분군뿐 아니라 수많은 가야 고분들이 일본인들에 의해 훼손되었고 그 내부의 부장품들이 강탈되었다는 사실은 우리 고고학계에서도 인정하고 있다.

그래서 가야사와 가야불교 연구에서는 "역사란 모든 경험이지만 모두가 다 남겨지지는 않는다."는 사실을 인식해 유물, 문헌뿐 아니라 언어, 민속, 지형, 민담, 설화 등 무형의 자료를 통한 통합적 접근이 필요하다. 때로는 중간의 생략되고 비어 있는 부분들을 찾을 때는 상상력이 발휘되는 합리적 추론도 요구되는 것이다. 그리하여 조각조각 편린을 모아 과거의 원형에 근접하고자 하는 것이 가야사와 가야불교 복원에서 추구해야 할 지향점이다.

또한 잊혀졌던 가야의 기억과 가치들을 현재에 되살려 내는 작업은 이 땅에 사는 이들에게 또 하나의 의미가 될 것이다. 이러한 점들을 참고하여 가야사와 가야불교를 바르게 알려면 역사를 바라보는 종합적 시각과 함께 몇 가지 염두에 두어야 할 것이 있는데 다음과 같다.

> 우선 역사를 바라보는 시간적 지점이 중요한데
> 현재의 잣대로 과거를 보아선 안 된다.

현재에는 현재의 삶의 방식이 있듯이 고대에는 고대의 삶의 방식이 있기에 현재의 고정된 관념을 내려놓고 고대를 이해하려고 해야 하며 고정관념 없는 순수한 입장에서 역사를 탐구하는 자세가 필요하다. 흔히 고대를 바라보면서 가지는 착각 중의 하나가 "고대인들이 뭘 알겠어?" "그 시대에 그것이 가능하겠어?"라는 등 고대인의 정신 수준을 얕잡아 보거나 그들의 기술력을 낮게 보는 것이다. 그러나 현대인들이 떠받드는 인류 문화의 정수를 만든 석가모니, 예수, 공자, 소크라테스 등의 성자들 모두 고대인이라는 사실을 기억할 필요가 있다. 우리나라만 해도 고대에 만든 다뉴세문경이나 에밀레종의 종소리와 종 걸이쇠 등은 현대의 기술로도 정교한 재현이 어렵다고 한다. 그래서 고대를 탐구할 때는 '객관'적인 사료 비판도 필요하지만 그 객관의 기준이 현재만의 잣대가 되면 안 될 것이며, 현존하는 기록과 흔적을 당시의 시대 상황에 비추어 보다 적극적으로 받아들여야 할 것이다. 그동안 제대로 규명되지 못한 가야불교와 가야사도 이러한 선상에서 바라볼 필요가 있다.

또 하나 중요한 것은 사관史觀의 문제이다.

'사관'이란 역사를 보는 관점을 말하는데 곧 역사를 수용하고 인식하는 시각이다. 역사는 지나온 흔적이라서 100퍼센트 있는 그대로를 알기 어렵다. 하지만 최대한 사실에 입각하여 기술하려는 태도가 있어야 역사가 바르게 남겨질 수 있다. 불교에는 도를 완성하는 여덟 가지의 길인 팔정도八正道가 있는데, 그 첫 번째가 모든 현상을 있는 그대로 보는 정견正見이며 도의 입문과 완성에서 가장 중요한 요소이다. 도의 시작이 정견이 아닌 사견邪見이 되어 버리면 나머지 '칠정도七正道'는 존재할 수 없게 된다. 첫 단추가 잘 꿰어져야 나머지 단추가 제자리를 찾듯이 역사를 인식할 때도 사대주의 내지 국수주의라는 편향된 사고에서 벗어나 있는 그대로를 보려고 해야 할 것이다.

고려의 국사 일연 스님은 원 간섭기에 잃어버린 민족의 자부심을 고취시키고 외세의 침략으로 상실할 위기에 몰린 '삼국'과 '가야'의 역사를 올곧이 남기기 위해 『삼국유사』를 편찬했다. 이러한 스님의 사관은 현재 학계에서도 피폐해진 백성의 삶과 우리 문화유산에 대한 애착에 기반한 '민중 중심'의 역사관으로 평가받고 있다. 일연 스님의 『삼국유사』가 백성들 사이에서 구전된 민담, 설화를 비중 있게 다뤄 '기이사관奇異史觀'으로 쓰였다는 입장도 있지만 그것이 그분의 역사 서술에서 진정성을 의심하는 이유가 되기에는 부족하다.

가야불교와 가야사는 삼국에 의해 가려져 있었지만 일연 스님이 우리 역사에 대한 애정으로 남긴 『삼국유사』를 통해 비로소 제 모습을 드러낼 수 있었다. 그뿐 아니라 우리 민족의 시조 '단군'과 '고조선'도 『삼국유사』에 처음 등장한다. 이렇듯 우리의 고대사는 『삼국유사』를 연결고리로 하여 공백의 역사를 복원할 수 있었다.

하지만 역사학계 일부에서는 실증주의에 바탕을 둔 사료 비판을 강조하면서 일연 스님이 남겨 놓은 기록을 제대로 인정하지 않는가 하면 부분적으로 윤색되었다는 부정적인 시선을 가지고 있다. 이처럼 우리 역사에 당당하지 못하고 과거를 복원하는 데 소극적인 입장을 취한다면 '우리 선조는 나약하고 시원찮았구나.'라며 조상을 불신하게 될 수 있다. 그리하여 후손으로서의 자존감은 영영 사라져 심지어는 선조와 자기의 역사마저 부정하는 지경에 이르기도 한다. 그래서 단재 신채호 선생은 "역사를 잊은 민족에게 미래는 없다."고 단언한 것이다.

2017년 당시 문재인 대통령이 가야사 복원을 지시했을 때, 옛 가야 땅에 사는 나로서는 굉장히 반갑고 기대감이 컸는데 며칠 후 신문 기사를 보고는 큰 실망을 하지 않을 수 없었다. 왜냐하면 당시 한국고대사학회 회장이 "대통령이 역사의 특정 시기나 분야 연구 및 복원을 지시하는 것 자체가 적절치 않다."며 대통령의 가야사 복원 지시에 대해 비판적 입장을 드러낸 것을 보았기 때문이다. '아니, 대통령이 정치와 외교, 경제와 사회만 다뤄야 하는가? 대통령은 국정 전반에 관해서 말할 수 있고 관리하는 게 당연하지.'라는 생각이 들었다. 삼국 중심의 역사 서술로 인해 저평가되고, 일제강점기 임나일본부의 희생양이 되어 제대로 규명되지 못한 가야를 발굴하여 복원하라는데 기쁜 마음으로 환영하지는 못할 망정 찬물을 끼얹는 소리를 해야 하는가 하는 안타까운 마음이 들었다.

잃어버린 우리나라 역사, 잊혀지고 소외됐던 우리 고대사 그리고 가야사…. 저 깊은 땅 어디에서 나를 찾아 달라는, 잊지 말아 달라는 소리를 외면하지 말고 가야를 다시 찾아 가자는데 무슨 허구한 논설이 필요하단 말인가! 그동안 가야사를 제대로 복원하지 못했던 이유는 현존하는 유물이나 문헌이 충분하지 못한 탓도 있지만 이보다 더 근본적인 원인은 사학계의 학문적 권위주의와 배타성 그리고 삼국에 한정된 역사 서술 때문이라는 생각이

들었다. 순수한 학문적 자세라면, 모르는 것은 알아야 하고 묻힌 것은 밝히는 것이 당연하다. 없는 나라를 만들라는 것도 아니고 남의 나라 역사도 아닌데 대통령의 가야사 복원 지시를 왜 부정적으로 보는지 모를 일이다. 그렇다면 학자들이 연구하고자 할 때까지 기다리란 말인가.

그동안 우리 역사에서 축소되었던 '가야사 복원'은 가야라는 고대국가의 실체에 접근하는 차원을 넘어 이 땅에 살았던 우리 선조들의 삶을 복원하고 정신을 계승하는 과정이기도 하다. 가야 불교 또한 가야라는 큰 나무의 뿌리 중 하나로 가야의 정신문화를 형성한 핵심 가치였고, 이의 복원은 가야의 본모습을 구현하는 작업이기도 하다. 결국 가야사와 가야불교를 제대로 복원하기 위해서는 과도한 역사 부풀리기의 국수주의 사관도 지양해야 하지만 권위주의와 배타성에 영향을 받은 축소지향적 역사관도 극복해야 할 것이다.

> "역사를 알려거든 그 역사서를 기록한
> 역사가를 알아야 한다."

누가 어떤 역사서를 썼다면 어떤 목적으로 썼는지, 어떤 배경에서 편찬했는지뿐 아니라 저자가 진실한 사람인가 또는 어떤 인생을 살았는가를 아는 것도 그 가치를 결정하는 중요한 요소라고 할 수 있다. 남긴 글을 보고 인물을 알 수도 있지만 반대로 인물을 통하여 그 사서의 가치도 알 수 있다. 가야불교를 탐색하면서 여러 가지 선물을 받았지만, 그중 큰 것은 일연 스님과의 만남이었다. 일연 스님에 대해 학창 시절에는 『삼국유사』라는 야사野史를 지은 그저 지식이 있는 스님 정도로만 알았고 출가하여서도 기존의 생각에서 크게 벗어나지 못했다. 그러나 가야불교를 통하여 본 일연 스님의 진면목은 선교禪敎를 모두 갖춘 불세출의 선사禪師이자 이사理事에 원융무애圓融無礙한 고려 최고의 고승이셨다. 후학으로서 진작 알아보지 못한 죄송함도 있지만 그래도 늦게나마 스님의 진면목과 그가 남긴 유산에 대해 알게 되어 감사함을 느끼는 요즘이다. 이렇듯 가야사와 가야불교를 연구함에 있어서 염두에 둘 것을 요약하면 이러하다.

통합적 시각으로 보아야 한다.
현재의 잣대만으로 보아선 안 된다.
올바른 사관을 가져야 한다.
저자에 대해 잘 이해해야 한다.

가야와 가야불교의 진정한 복원에는 유물과 문헌, 민속과 지형, 민담과 설화, 언어와 지명 등 다양한 도구를 활용한 통합적 시각으로 보려는 노력이 필요하다. 또한 과거의 기록을 그 자체로 인정하면서 있는 그대로 보는 시각과 현재의 관점에서 과거를 재단하지 않고 해석하려는 역사관을 가져야 한다. 이를 바탕으로 가야와 가야불교를 기록한 일연 스님 등 우리 선조의 진정성과 노력을 이해한다면 의미 있는 연구 성과가 나오고 가야의 실체도 제대로 드러날 것이다.

가야불교의 사실성

우리나라의 불교 최초 전래는 서기 372년인 고구려 소수림왕 2년, 전진의 승려 순도가 불상과 경전을 고구려에 전한 것이 그 시초라고 알려져 있다. 보통 종교는 전래 - 수용 - 공인 - 포교의 네 단계를 거치게 되는데 전진의 순도 스님이 고구려에 오고 난 2년 후 초문사와 이불란사라는 사찰이 지어졌다고 사서에 기록되어 있다. 이 사실을 통해 불교 최초 전래로 기록된 372년 이전에 이미 불교가 어느 정도 전파됐다고 볼 수 있다. 왜냐하면 사찰 창건은 불교가 어느 정도 수용되어 포교할 수 있는 토대가 갖추어져야 가능하기 때문이다.

고대사회에서 종교가 전래되어 공인받기까지는 짧게는 수십 년에서 길게는 수백 년이 걸렸다. 항상 그러하듯 새로운 외래의 문화와 사상, 종교가 들어올 때는 토속종교의 텃세로 인한 충돌과 갈등이 나타나기 마련이다. 그래서 종교의 최초 전래가 곧 사회 전체의 공인된 수용을 뜻하는 건 아니다. 가야 초기에 도래했던 불교도 마찬가지다. 그렇기 때문에 『삼국유사』에도 가야의 일반 백성들은 외부에서 유입된 불교를 신봉하지 않았다고 기록하고 있다. 비록 불교가 백성들에게까지 수용되지 못했으나 전래는 분명히 됐다는 것이다. 고구려뿐 아니라 백제, 신라의 불교 전래 - 수용 - 공인은 『삼국사기』와 『삼국유사』의 기록을 근거로 하고 있다.

이와 마찬가지로 가야불교의 기록과 근거도 『삼국유사』에 뚜렷이 나와 있다. 『삼국유사』 권제3 「탑상」 제4 〈금관성파사석탑〉 조를 보면 "금관성에 있는 호계사의 파사석탑은 옛날 이 고을이 금관국으로 있을 때 세조 수로왕의 비 허황옥이 동한 건무建武 24년 갑신甲申에 서역의 아유타국에서 싣고 온 것이다."라고 육하원칙에 의해 파사석탑의 도래 사실을 구체적으로 말하고 있다. 기록에는 분명하게 탑이라고 하는 불교 상징물이 가야에 전래된 경위를 소상히 밝히고 있으므로 고구려에 불교가 전래된 때보다 324년 앞선 건무 24년(서기 48년)을 우리나라 최초의 불교 전래 시기로 볼 수 있다. 이러한 내용이 가야의 실체를 밝혀 줄 수 있는 우리 사료인 『삼국유사』에 분명히 기록되어 있는 만큼 역사학계는 이 사실을 인정해야 한다.

한편 『삼국사기』를 찬술한 김부식은 고대사를 정리하면서 신라 이외 고구려와 백제의 불교 역사는 축소하고 가야의 역사는 아예 빼 버리고 말았다. 물론 고조선도『삼국사기』에는 빠져 있는데 기술되지 않았다고 나라가 없었던 건 아니다. 또한 삼국의 불교 전래부터 수용은『삼국사기』와『삼국유사』의 관련 내용이 서로 일치해 그 역사성을 인정받는 만큼『삼국유사』에 근거한 가야 초기의 불교 도래를 역사적 사실로 받아들여야 마땅하다. 만약 근거 부족을 이유로 가야불교를 인정하지 못한다면 삼국의 불교사도 인정하지 말아야 한다. 왜냐하면 삼국의 역사에서도 불교 최초 전래를 확증할 유물 근거가 부족해 문헌의 기록을 근거로 불교수용 기록을 받아들였기 때문이다.

한편 가야불교를 규명하는 여정에서 함께 풀어야 할 과제는 '가야사 복원'이다. 가야의 역사가 온전히 복원되지 못했던 과정과 원인을 성찰하면서 새로운 모색을 하지 않고서는 '가야'의 한 줄기인 '가야불교'의 복원이 쉽지 않기 때문이다.『삼국사기』뿐만 아니라 이후 사서史書에서도 가야불교는커녕 그 뿌리가 되는 가야에 대한 제대로 된 평가가 이뤄지지 않았다. 현대 역사학이 시작된 광복 이후에도 가야를 인정하기는 고사하고 늘 '신비의 나라', '미완의 제국' 등의 수식어를 붙여 연구 자체를 후순위에 두지 않았던가.

근현대 우리나라 역사학의 태두라는 두계 이병도 박사가 김해에 내려왔을 때 후학들에게 했던 말이 "가야는 연구할 게 없다. 가야사 연구하면 밥 굶기 딱 좋다."였다고 하니 더 말해서 무엇하겠는가. 한국 근대 역사학의 태두라는 분이 그 정도의 안목이라니 안타까운 노릇이다. 부모가 없으면 자식이 없고, 땅이 없으면 나무가 자라지 못한다. 마찬가지로 가야가 역사에서 소외되어 제대로 기술되지 않았는데 그 줄기인 가야문화와 가야불교가 어떻게 올바르게 설 수 있었겠는가. 가야와 가야불교는 나무의 뿌리와 줄기처럼 운명을 같이하기에 학계의 가야사 연구가 늦어진 만큼 가야불교 연구가 더딘 것도 어쩌면 당연하다고 하겠다.

가야불교의 뿌리가 되는 가야의 실체를 규명하는 과정에서 1990년대 고고학계의 대성동고분군 발굴 성과가 없었다면 가야는 더 오랜 시간 '미완의 역사'로 남았을지 모를 일이다. 『삼국유사』에서 실재했다고 말하는 가야와 가야불교의 존재를 축소하거나 부정하는 것은 세상의 보편적인 인과에 비추어 봐도 맞지 않다. '있는 것 없다' 하고 부정해야 하는가, 아니면 '있는 것 있다' 하고 찾아내는 것이 맞는가 잘 생각해 볼 일이다. 사실에 대한 축소와 부정은 훗날 부메랑이 되어 자신에게로 돌아올 것임을 역사의 교훈을 통해 알아야 할 것이다. 이제는 축소지향적이고 소모적인 논쟁을 극복하여 가야불교가 '사실이냐 아니냐' 하는 원론적인 논의에서 벗어나 진일보한 연구로 나아가야 할 때이다. 이러한 차원에서 가야불교를 보면 앞으로 풀어야 할 과제가 몇 가지 있는데 예를 들면 다음과 같은 질문이다.

수로왕은 허왕후가 오기 전 불교를 알고 있었는가?

결혼 때 가져온 파사석탑은 진짜인가?

허왕후의 고향은 어디인가?

인도에서 가야까지의 뱃길과 소요 기간은 얼마인가?

허왕후 도래의 첫 단추인 망산도와 주포는 어디인가?

수로왕 당대에 사찰들이 창건되었는가?

수로왕의 일곱 왕자는 과연 출가하였는가?

이상의 주제를 포함하여 지역에 전승되어 온 유·무형 문화유산의 기반 위에 합리성을 가지고 가야불교를 규명해 간다면 더 나은 연구 성과가 나올 것이다. 물론 2천 년 전 고대의 수수께끼를 푸는 일이 쉽지만은 않을 것이다. 또 제기된 의문에 누구나 만족할 만한 해답을 얻을 수는 없다. 이렇게 가야불교에는 밝혀야 할 과제가 많지만 아직 완전한 규명이 되지 못했다고 해서 전체를 부정하는 우를 범하지 말아야 할 것이다. 가야불교에 대한 의문과 모색 그리고 다양한 시선과 논쟁은 모두 소중하다. 헤겔의 변증법에서 알 수 있듯이 역사도 도전과 응전, 정반합의 과정에서 한 걸음 더 성장할 수 있을 것이다. 2천 년 가야불교의 근원을 탐색하며 가시적 성과를 내는 일은 결코 만만하지 않다. 그러나 하인리히 슐리만이 신화로만 알고 있던 고대국가 트로이를 3천 년 만에 발굴했던 일이나, 2008년 에티오피아에서 구약성서에 한 줄 나오는 2천9백 년 전 시바여왕의 왕궁터가 발굴된 사례를 참고할 필요가 있다. 그러한 전례에 비춰 보면 현재 존재하는 기록과 근거만으로도 가야불교의 앞날은 매우 희망적이다.

물론 가야불교를 복원하는 길에는 이런저런 복병과 역경들이 있겠지만 때가 되면 이루어진다는 시절 인연과 역사의 흐름은 거역할 수 없다. 이제 가야권역뿐 아니라 모든 국민이 열망하는 가야 역사의 복원은 반드시 이루어질 것으로 믿어 의심치 않는다. 허황옥 공주가 2만5천여 리 뱃길에서 수많은 암초와 고난을 이겨 내고 가야에 온 것처럼 가야불교도 결국 역사의 희미한 안개를 걷어 내고 확연한 사실로 우리 앞에 나타날 것이다. 가야사와 가야불교가 우리 역사에서 지류가 아닌 당당한 본류의 역사임을 좀 더 많은 사람들이 알았으면 하는 마음으로 부족한 한 걸음을 떼어 본다.

가야불교의 시작

가야불교가 자란 토양, 가야
『삼국유사』, 가야불교 찾기의 시작
일연 스님의 본래면목

가야불교가
자란 토양, 가야

『삼국유사』〈가락국기〉에 의하면
가야는 기원후 42년 김해 분성산 아래
구지봉에서 시작된다.

일제강점기, 대성동고분군에서 본 구지봉. 봉분 뒤편으로 완만하게 솟은 언덕이다.
봉우리 모양이 거북이 엎드린 형상을 닮았다 하여 '구지봉'이라는 이름이 붙었다.

가야불교를 이해하기 위해서는 우선 가야를 알아야 한다. 왜냐하면 가야는 가야불교를 잉태한 모태가 되기 때문이다. 가야와 가야불교는 마치 부모와 자식 같은 관계라 부모 없는 자식 없고, 반대로 자식이 없으면 부부는 될 수 있어도 부모라는 이름을 얻지 못하는 것과 같은 이치이다. 나는 '가야'라는 단어를 떠올릴 때마다 복잡 미묘한 감정을 느낀다. 비단 나만 그런지 몰라도 가야라는 단어는 활달함과 화려함, 스펙터클한 스토리와 진취적인 기상, 그리고 달콤한 로맨스가 연상된다. 또한 가야는 역사에 묻혀버린 아련함과 누군가의 입맛대로 강제로 요리되는 도마 위의 생선 같은 안타까운 느낌도 준다.

가야는 한때 강력한 철기문화를 바탕으로 동아시아의 넓은 바다를 휘저으며 해상무역으로 성장한 부강한 해상왕국이었다. 그리고 나라를 개국한 청년 군주와 2만5천여 리 머나먼 바닷길을 건너온 인도 공주의 아름다운 사랑은 고대 로맨스의 끝판왕이었다. 이후 가야는 주변국들의 견제와 침략으로 고전하다가 마침내 신라에 복속되는 아픔을 겪지만 가야왕손 김유신이 삼국통일의 주역으로 역사에서 부활하며 꺾이지 않는 가야의 저력을 보여 준다. 가야는 이후 오랜 세월이 지나도록 가야 땅 사람들의 가슴속으로 전해졌다. 하지만 실낱같은 부활의 희망이 채 피어나기도 전에 가야는 일제의 칼질 아래 영역이 왜곡되거나 존립 연대가 축소되는 등 역사를 난도질당하는 시련을 겪었다.

그래도 '빼앗긴 들에도 봄은 오고, 나라를 잃어도 문화는 남는 법'이라서 찬란했던 가야 문화와 흔적은 시간이 지난 오늘날까지 곳곳에 전해지고 있다. 조선시대 학자 이익의『성호사설』에는 추석 차례의 기원을 팔월 보름날 수로왕께 차를 올리는 예법에서 시작됐다고 하고 있다. 가야권역 곳곳에는 '가야산'이란 이름이 산재해 있으며 '낙동강'이라는 강 이름도 '가락의 동쪽'에서 유래했다고 전해 오고 있다. 이제 520년이라는 장구한 세월을 견디며 실재했던 가야의 역사를 간략히 살펴보기로 하자.

『삼국유사』〈가락국기〉에 의하면 가야는 기원후 42년 김해 분성산 아래 구지봉에서 시작된다.

삼월삼짇날 계욕일에 아홉 명의 이 지역 지도자와 2백~3백 명의 사람들이 구지봉에 모여 하늘에 제사를 드릴 때, 홀연히 몸을 숨긴 어떤 존재가 "하늘의 명을 받아 내가 이 땅에 왔으니 발을 구르고 춤을 추면서 '거북아 거북아 머리를 내밀어라. 만약 내밀지 않으면 구워서 먹으리라'라는 노래[龜旨歌, 왕을 영접하는 노래]를 부르라."고 시켰다. 사람들이 그렇게 하니 얼마 되지 않아 보라색 줄이 하늘에서 내려오는데 줄 끝에 붉은 보자기에 금으로 된 상자가 싸여 있어 열어 보니 여섯 개의 황금알이 있었다. 이튿날 상자를 열어 보니 알들은 잘생긴 어린 동자로 변해 있었고, 쑥쑥 자라 얼마 지나지 않아 어른이 되었다. 이들을 사람들이 추대하여 모두 왕으로 옹립되었다. 알 중에서 처음 나온 김수로는 김해 가락

경상북도 고령군 지산동 고분군의 석곽묘에서 나온 흙방울토기. 금관가야의 구지가 및 건국설화와 연결 고리가 되는 거북 문양과 하늘에서 내려오는 금합 등이 새겨져 있다.

국의 왕이 되었고 나머지 형제들은 대가야, 아라가야, 고녕가야, 성산가야, 소가야 등 오가야의 왕이 되었다.

김수로가 왕이 된 후 신답평에 도읍을 정하고 궁궐과 관청을 지어 국가 운영의 기반을 다질 즈음, 용성국 출신 석탈해의 도전을 받았으나 지혜롭게 싸워서 항복을 받아 내고 5백 척의 배를 몰아 계림으로 쫓아 버렸다. 나라를 연 지 6년 후인 서기 48년, 젊은 군주 수로왕은 인도 아유타국에서 온 16세의 아리따운 공주 허황옥과 결혼하여 10남 2녀를 낳고 덕으로써 함께 나라를 다스렸다.

세월이 한참 흘러 189년 허왕후가 먼저 서거하고 구지봉 동북

구지봉에 세워진 '대가락국태조왕탄강지지大駕洛國太祖王誕降之地' 비석

언덕에 능묘를 썼으며, 10년 후인 199년 수로왕도 서거하여 대궐 동북쪽 평지에 능묘를 조성하였다. 이후 태자인 거등이 왕위를 계승하였고 가야는 마지막 구형왕까지 10대 490년을 이어 가다 서기 532년 신라에 복속되었다. 가야의 역사를 520년으로 보는 것은 가락국 금관가야가 신라에 복속되고 30년이 지난 562년 대가야가 신라에 병합된 시기까지를 포함하는 것이다.

　이상이 〈가락국기〉에 나오는 가야 탄생에서 소멸까지의 간략한 스토리다. 『삼국유사』〈가락국기〉에 기록된, 알에서 사람이 났다는 '난생신화'와 인간이 하늘에서 내려왔다는 '천손강림 신화'는 동이족의 탄생신화와 맥을 같이한다. 상식을 뛰어넘는 이러한 고대의 신화들은 동서양을 막론하고 개국시조나 영웅의 탄생에는 공통적으로 나타나는 경향이 있다. 이는 개국의 시조

국립김해박물관 앞의 〈가락국기〉 상징조형물

나 영웅들을 보통 사람들과 차별화하여 하늘의 선택 내지 권능을 부여받은 특별한 존재로 만들기 위한 일종의 퍼포먼스나 상징 조작이라 할 수 있다.

고대사회는 제정일치祭政一致 사회여서 왕은 정치가이면서 종교의 수장인 샤먼킹shaman-king의 역할을 하였다. 신성한 탄생신화를 통해 수로왕은 신하와 백성들의 존경과 신뢰를 한몸에 얻게 되었으며, 이는 자연스럽게 권력을 잡아 나가는 바탕이 되었을 것으로 보인다. 세상에 대한 넓은 안목을 갖춘 신세대 군주 수로왕은 당시의 최첨단 산업인 철 생산과 수출로 한나라와 왜, 낙랑, 대방 등과 국제무역을 하고, 구리로 물시계를 만들 만큼 가야를 기술력이 뛰어난 나라로 발전시켰다.

수로왕과 허왕후는 우리나라 최초의 국제결혼을 한 커플인데 가야의 개방성은 변화를 뛰어넘어 자못 파격에 가깝다고 할 것이

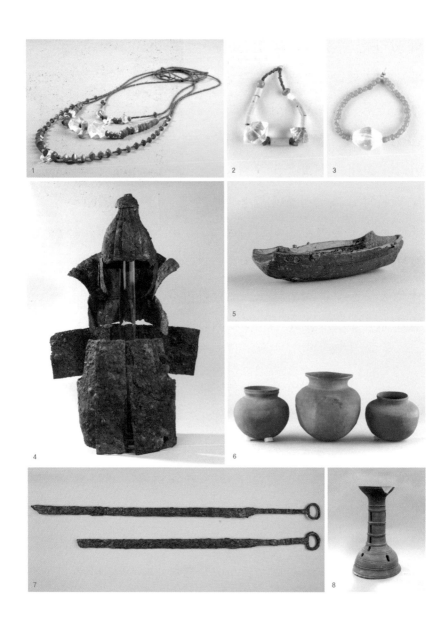

가야시대의 유물들
1. 구슬목걸이(보물)   2,3. 옥구슬
4. 철제갑옷(보물)   5. 배모양 토기   6. 짧은목 항아리
7. 고리자루 큰 칼   8. 원통모양 그릇받침

다. 김해와 합천 등의 가야 관련 박물관에 가면 인도 남부에서 나는 옥으로 만든 목걸이와 4~5세기 로마에서 온 로만글라스를 볼 수 있는데 저절로 감탄이 나올 지경이다. 요즘과 비교해도 뒤처지지 않을 정도로 수준이 뛰어나다. 가야는 여섯 개의 연맹체로 삼국에 비교하면 소국小國이었으나 그 문화는 격이 높았다. 우륵의 뛰어난 가야금 연주나 신라 문무왕이 격찬한 가야의 춤뿐 아니라 가야의 예술성 높은 도자기 등은 오히려 삼국을 능가할 정도였다.

한편 〈가락국기〉를 보면 가야인의 품성은 매우 덕스러웠다는 사실을 알 수 있다. 그들의 풍속을 보면, 길에서 사람을 만나면 길을 비켜 주고 농사를 지을 때는 땅을 서로 양보했다고 한다. 또한 금관가야의 마지막 왕인 구형왕은 전쟁 없이 대화와 타협으로 나라를 이양하기도 했다.

이렇게 동아시아 바다를 주름잡았던 가야는 일본에 최초로 문명을 전해 주었는데, 그 최초의 장소가 일본 문명의 발상지인 가고시마의 구지후루다케(구지봉)이다. 이는 가야계가 집단이주하면서 건국신화를 공유했다고 볼 수 있는 대목이다. 김해 구지봉과 동일한 천손강림의 건국신화를 간직한 일본 문명의 최초 전파자는 가야계 도래인들이다. 서기 815년에 일본 천황의 명으로 편찬된 『신찬성씨록新撰姓氏錄』에도 9개의 가야계 성씨가 있는데 일본 천황가의 초기 인물들이 가야계라는 것은 현재 많은 이들에게 알

구지봉 정상의 지석묘. 상석에 '구지봉석龜旨峰石'이란 명문이 있다.

려진 사실이다. 그러고 보면 일본으로 간 가야계는 우리 역사에서 가장 성공한 해외 이민이기도 하다. 이렇듯 고대 한일 양국은 요즘 생각하는 것 이상으로 서로 소통하며 상생하였다. 일본으로 간 가야계 도래인들은 무력으로 토착세력을 정복하기보다 선진 문물을 전해 주어 그들을 개화시켰다. 가야는 이렇게 우리 고대사뿐 아니라 일본의 여명에 지대한 영향을 미쳤다. 그런 만큼 갈등과 반목으로 점철되어 온 한일관계사의 정상화에 있어 가야의 복원은 중요하다.

옛날 비유에 '공명지조共命之鳥'로 알려진 '한 몸에 머리 둘 달린 새' 이야기가 있다. 내용인즉, 한 몸을 공유한 머리 둘 달린 새가 다른 머리의 새를 시기하고 미워한 나머지 다른 머리의 새에게 독이 든 열매를 먹였다가 둘 다 함께 죽었다는 이야기이다. 이제 한일 양국은 그들 역사의 공통분모인 가야의 가치를 제대로 인식하여 그 실체를 밝히려는 노력을 본격화할 시점이다.

　가야는 우리의 역사 기록에서 비록 소외됐지만 실제로는 삼국과 어깨를 나란히 하며 고대문화를 풍성하게 했다. 가야는 융·복합문화의 바탕 위에서 개방국가를 지향하였고 선진적인 제철 기술을 바탕으로 국제 교류를 활발히 펼치기도 했다. 그러한 성격은 인도에서 발흥한 불교를 비교적 이른 시기에 도입하는 결과를 가져왔다. 지금까지 가야인의 정신문화가 무엇인지 정확하게 규명하지 못했지만 앞으로 밝혀질 가야불교를 통해 그 가치를 메울 수 있는 가능성을 발견하게 된다.

『삼국유사』,
가야불교 찾기의
시작

문헌이 부족한 가야사 연구에 있어서
『삼국유사』가 없었다면
가야는 실존했던 국가가 아니라
민담이나 설화에 등장하는 허구의 나라로
치부되었을지도 모를 일이다.

1512년에 간행된 규장각본(국보 제306-2호) 『삼국유사』.
고조선 · 삼국 · 가락 · 후삼국의 역사와 불교에 관한 기사 · 신화 · 시가 등이 수록되어 있다.
권제5 권수卷首에 '국존조계종가지산하인각사주지원경충조대선사일연찬國尊曹溪宗迦智山下麟角寺住持圓鏡沖照大禪師一然撰'이라는 문구가 있어 일연 스님이 찬撰하였음을 알 수 있다.
권제2 「기이」 제2 〈가락국기〉조에는 수로왕의 탄생과 육가야 성립 설화를 기록하고 있다.

우리나라 사람 치고『삼국유사』를 모르는 사람은 별로 없다. 하지만 제대로 아는 사람도 거의 없는 것 같다. 또 저자가 일연 스님인 줄은 대다수가 알고 있으나 일연 스님에 대해 물어보면 제대로 아는 사람은 없다. 우리나라 고대사를 기술한 대표적인 사서가『삼국사기三國史記』와『삼국유사三國遺事』인데 이 두 문헌이 없었다면 우리 역사는 중국과 일본의 기록에 의지해야만 하는, 자주성과 뿌리가 없는 부평초 같은 역사가 될 뻔하였다.

우리의 사서『삼국유사』는 단군과 고조선 등 우리 민족의 시원始原을 기록하고 있다. 또한 향가, 고대 지명·인명, 고미술 관련 내용 등 지금은 전하지 않는 고문헌들이 수록되어 문화유산의 보고로 불리기도 한다. 특히 문헌이 부족한 가야사 연구에 있어서『삼국유사』가 없었다면 가야는 실존했던 국가가 아니라 일개 민담이나 설화에 등장하는 허구의 나라로 치부되었을지도 모를 일이다. 정사正史에 해당하는 김부식의『삼국사기』「신라본기」, 「열전」등에 가야와 관련된 기록이 나오기는 하지만 신라와 가야가 전쟁을 치렀을 때 부수적으로 언급되는 정도여서 그 실체를 알기가 쉽지 않다. 우리의 고대사 연구에서 자주 인용되는『삼국지』등 중국 측 사서에도 가야의 이름이 제대로 언급되지 않는다. 이런 상황에서『삼국유사』에 풍부하게 제시되는 가야 관련 기록들은 가야사 연구에 실마리가 되고 있다.

『삼국유사』〈가락국기〉에는 구지가가 등장하는 김수로왕의 탄강신화와 함께 그의 아내인 허왕후의 도래, 두 사람의 결혼 이야기가 나온다. 또한 여기에는 '허황옥 신혼길'의 지명도 구체적으로 언급되고 있어 당시 상황을 그려 보는 데 도움이 되고 있다. 이와 함께 『삼국유사』「탑상」편의 〈금관성파사석탑〉조에는 허왕후가 인도에서 가야로 올 때 파도를 잠재우기 위해 싣고 왔다는 파사석탑의 내력과 주변 이야기가 구체적으로 실려 있다. 이러한 허왕후의 인도 도래와 파사석탑에 대한 기록은 해양을 통해 불교가 전래되었다는 가야불교 남방전래설의 시작이자 근간이 된다.

또한 「기이」편의 〈오가야〉조는 가야계 왕국에 아라가야, 고녕가야, 대가야, 성산가야, 소가야가 있었다고 설명한다. 비록 개별 왕국들에 대한 구체적인 설명이 부족한 아쉬움은 있지만 오가야의 위치를 비정할 수 있는 단서를 제공해 오늘날 가야사 연구의 기초 자료가 되고 있다. 그러나 고대사의 시작이자 가야 및 가야불교의 근간이 되는 『삼국유사』가 그동안 저평가되어 온 것도 사실이다.

역사서를 말할 때 보통 '정사正史'와 '야사野史'로 나누는데 이 두 구분의 기준이 '사실이냐' '아니냐'의 차이는 아니다. 대개 국가에서 편찬하면 정사라 하고 개인이 편찬하면 야사라 부른다. 정사는 대체로 왕권의 세습을 기록한 왕력王歷과 정치사 중심으로 기술하고, 야사는 주로 민담, 설화, 풍속 등을 서술하면서 정사에서

누락된 부분을 보완해 준다. 어떤 사서는 정사보다 더 정확하게 시대상을 반영하여 사료적 가치가 높은 경우도 있다. 흔히『삼국유사』를 야사의 비중이 높은 사서라고 하지만『삼국사기』에서 다루지 않은 가야의 왕력과 정치사를 서술한 점을 감안하면 단순히 야사 중심의 역사서로 볼 수만은 없다.

더구나『삼국유사』가 없었다면 우리 민족의 역사는 5천 년이 아닌 2천여 년으로 축소되었을 것이며 시조인 단군도 사라져 우리는 자기의 뿌리도 모르는 한심한 민족이 됐을 것이다. 그뿐 아니라 고조선, 북부여, 동부여, 가야의 역사도『삼국유사』가 없었다면 과연 어떻게 됐을까 하고 가슴 쓸어내리게 된다. 또한『삼국사기』에는 출처가 없는 부분이 많은데『삼국유사』는 많은 부분에서 인용의 출처를 밝히고 있어 오히려 객관성을 상당히 인정받고 있다.

이렇듯 가치 있는『삼국유사』는 일연 스님이 열반하신 1289년 이후 스님이 생전 모은 자료를 바탕으로 제자인 무극無極과 혼구混丘에 의해 발간된다.『삼국유사』의 저술 연대에 대해서는 다양한 설이 있지만 스님의 생전 1백 권이 넘는 저술을 기록한〈보각국존비〉에『삼국유사』가 빠져 있을 뿐 아니라 사가史家가 아니라는 신분, 녹록하지 않았던 시대적 환경 등으로 인해 정확한 저술 연대를 남기기 어려웠을 것으로 여겨진다.

『삼국유사』에서 '유사遺事'는 '유실된 사실' 내지는 '남겨진 사실'

을 말하는데 삼국의 역사에서 다루지 못한 내용을 기술한다는 의미가 있다. 한편으로는 '유사遺事'라는 제목처럼, 유언같이 이를 남기라고 한 것으로 보이기도 한다. 일연 스님 생존 당시 고려는 몽골이 세운 원나라에 의해 수차례 침략당하여 혼란을 겪었고, 이어진 원의 내정간섭으로 민족의 정체성마저 훼손되는 아픔을 겪었다.

이러한 혼란이 일연 스님으로 하여금 『삼국사기』에서 빠뜨린 사실과 역사의 주류에서 소외됐던 불교와 민초들의 이야기를 남기게 한 중요한 이유로 작용하였을 것이다. 또한 이런 점이 『삼국사기』가 지배층의 시각으로 편찬됐다는 평가를 받는 데 비해 『삼국유사』는 민중의 시각으로 쓰인 역사서라고 불리는 근거가 된다. 『삼국유사』는 유교, 불교, 도교뿐 아니라 민간의 토착신앙과 다양한 풍속들도 수록하고 있어서 우리 민족문화의 보고로 여겨지며 『삼국사기』 기록의 근거로 활용되기도 한다. 그리하여 현재 진행형인 중국의 동북공정과 일본의 역사 왜곡을 막아 낼 수 있는 논거를 제공해 우리 역사를 지켜 내는 수문장과 같은 역할을 하고 있다.

그동안 『삼국유사』의 수많은 기록이 유적조사를 통해 사실로 입증됐다. 1980년 발굴로 확인된 전라북도 익산 미륵사지의 삼원식 가람 형태, 경상북도 울진 성류굴에서 발견된 바위에 새겨진 명문, 2019년 발견된 충청남도 공주의 대통사지大通寺址 기와 명

위. 복원된 전라북도 익산 미륵사지의 동탑과 서탑. 『삼국유사』
에 미륵삼회彌勒三會의 모습을 본떠 전殿과 탑塔과 낭무廊廡를
각각 세 곳에 세웠다고 기록되어 있다.
아래. 일제강점기, 복원 이전의 미륵사지 석탑

문 등은 『삼국유사』의 신뢰성을 한층 높여 주었다. 이외에도 파
사석탑 성분 분석이나 허왕후 도래길 등도 『삼국유사』가 얼마나
사실에 입각하여 기술했는지를 파악할 수 있는 중요한 단서가 된
다. 반가운 일은 2020년, 부산 범어사 성보박물관에 보관된 가장
오래된 『삼국유사』 판본이 국보가 되었다는 것이니 우리나라 역
사와 문화의 격이 더 높아진 듯하여 마음 뿌듯하다.

『삼국유사』는 어떤 역사서인가

일연 스님이 쓴 『삼국유사』는 우
리 역사·문화의 보고 차원을 넘어
이제는 국내보다 국외에서 더 주목
받고 있다. 전 세계 20여 개국에서
번역되며 한국학의 고전으로 인정
받고 있는 것이다. 체코 국립 카를

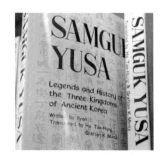

영문판 『삼국유사』

대학교 한국학과의 미리암 뢰벤스타이노바 교수는 2013년 『삼국
유사』를 체코어로 번역하여 현지에서 완판 기록을 세울 정도로
뜨거운 호응을 얻었고 한국문학번역상을 수상하기도 하였다. 최
근 이탈리아의 나폴리대학 동양학연구소 마우리치오 리오토 전
교수는 "『삼국유사』는 문화, 종교, 언어, 민속, 철학, 인류학 등이
총망라된 보물 같은 고전이며 완벽한 책"이라고 말하면서 K-팝
보다 K-클래식 『삼국유사』가 더 뛰어난 가치가 있다고 강조했다.
이렇게 우리 문화유산 『삼국유사』에 대한 세계인의 평가가 점차
높아지는 건 부정할 수 없는 현실이다.

하지만 그동안 일본의 식민지배를 거치고 실증주의라는 미명
아래 사료로서 『삼국유사』의 가치는 폄하되어 왔다. 일본은 구한
말과 일제강점기, 그들의 한반도 침략과 지배를 정당화하려는 이
른바 '식민주의 사학'을 형성시킨다. 식민주의 사학은 조선시대
까지 역대 왕조들은 저개발 상태에 있었다는 '정체성론停滯性論', 한

반도는 대륙 세력인 중국과 해양 세력인 일본에 의해 좌우되었다는 '타율성론他律性論', 그리고 일본과 조선은 원래 뿌리가 같았다는 '일선동조론日鮮同祖論'을 골간으로 한다. 이러한 식민주의 사학에 대항해 신채호, 박은식 선생 등은 우리 민족의 주체성과 역량을 강조하는 민족주의 사학을 주창했고, 백남운 등 사회주의 계열 지식인들도 일제의 관학 사학자들의 논리를 혁파하려고 했다.

하지만 이러한 민족주의 및 사회주의 계열의 역사 연구는 광복 후 혼란기와 한국전쟁으로 남한 역사학계에서 명맥이 끊기게 된다. 그 결과 1950~1960년대 한국 사학계는 일제가 남겨 놓은 식민주의 사학의 그늘에서 자유로울 수 없었다. 이러한 환경에서 우리의 고대사 사서인 『삼국사기』와 『삼국유사』의 초기 기록을 역사의 영역이 아니라 신화의 범주로 보려는 시각이 강했다. 그렇기 때문에 고대국가의 성립 시기를 늦춰 보면서 '『삼국사기』초기 기록 불신론'과 '『삼국유사』의 사료적 가치를 낮게 보는 시각'이 우리 사학계에 상당히 퍼져 있는데 이는 우려스러운 일이 아닐 수 없다.

과거 일제는 조선 침략을 정당화하기 위해 우리 고대국가들의 성립과 발전 단계를 최대한 늦춰 보려고 했다. 역사적으로 열등한 나라를 선진적인 일본 제국이 지배하는 것은 당연한 귀결이라는 논리였다. 이러한 입장에서 출발한 축소지향적 역사 인식을 완전히 극복하지 못한 것은 안타까운 대목이다. 그 결과 여전히 역사학계는 과도한 사료 비판으로『삼국사기』와『삼국유사』등 우리의 고대사 사료를 소극적으로 해석하고 있다.

더욱이『삼국유사』의 경우『삼국사기』와 달리 국가에서 편찬한 사서가 아닌 만큼 역사서보다는 문화자료에 가깝다는 시각이 적지 않다. 그렇기 때문에 일연 스님이 신화적 인물인 고조선의 시조 단군을 역사화하고 창작했다는 입장도 있지만 원 간섭기에 우리의 자주성을 지키기 위한 민족정신의 발로로 실존했던 단군을 기록에 남겼다는 사실을 간과해선 안 된다.

이렇게 일연 스님의 의도와『삼국유사』의 역사적 의미를 축소해서 바라보는 시각 중 하나가 그가 승려여서 객관적인 서술을 하기 힘들었다는 입장이다. 저자인 일연 스님이 '승려' 신분이기 때문에『삼국유사』후반부의 「홍법興法」, 「탑상塔像」 등 불교 기록에 비중을 둔 것은 사실이다. 하지만 검증 안 된 추측으로 이러한 내용을 불교적으로 윤색했다고 단정하며『삼국유사』의 역사적 의미를 축소해서는 안 될 것이다. 만일 일연 스님이『삼국유사』의 불교 관련 기사를 윤색하고자 마음먹었다면 〈가락국기〉에 나오는 왕후사 폐사 관련 기록, 승려의 간통 내용을 담은 서출지書出池 관련 기사 등 불교의 이미지에 득이 될 것이 없는 사찰 간 불미스러운 사건이나 승려의 비행을 무엇하러 남겼겠는가? 역사의 기록에 나에게 유리한 것만 취사선택할 수 없다고 여긴 스님은 보고 들은 바 그대로를 채록하여『삼국유사』로 남긴 것이다.

세상에서 흔히 쓰는 말 중에 '청출어람_{靑出於藍}'이라는 말이 있다. 불가에는 "제자가 스승만큼 되면 스승의 덕을 반감_{半減}한다."는 격언이 있다. 그 뜻은 제자가 스승만큼만 되어서는 안 되고 스승을 뛰어넘어야 진정한 제자가 된다는 것이며 후학이 선학보다 나아야 선학의 덕을 선양한다는 의미까지 담고 있다. 그러나 우리 역사학계에서는 선조의 유산을 계승·발전시키기는 고사하고 인정하기를 꺼려하는 경우가 있다. 일연 스님이『삼국유사』에 가야의 건국을 기원후 42년이라고 분명히 기록했건만 일부 학자들은 가야의 건국에 대해 3~4세기 후반이라고 주장하고 있으니 안타까운 일이다. 이처럼 가야사와 가야불교에 있어서는 연구가 제대로 이뤄지지 않고 있으니 크게 반성해야 할 것이다.

그렇지만 가야사 연구에서 희망적인 부분도 찾을 수 있다. 1990년대 대성동고분군 발굴 이후 가야의 역사 유적이 재조명되어 통상적인 유적 발굴뿐 아니라 도시개발에서 가야의 흔적이 발견되면서 이를 적극 조사·발굴하고 있다. 특히 김해시내의 봉황대, 수릉원 인근에서 진행되어 온 가야 도성 발굴은『삼국유사』기록의 사실성을 높여 주는 근거가 되고 있다. 임학종 전 국립김해박물관장은 인제대학교 포럼에서 "발굴을 통해 확인되고 있는 가야 도성 유적의 위치는『삼국유사』에 나오는 신답평_{新畓坪} 등의 기록과 부합한다."고 밝혔다. 이제『삼국유사』의 의미를 애써 축소하기보다 그 속에 든 가야 그리고 가야불교를 더 적극적으로

좌. 대성동고분군. 김해 대성동에 있는 금관가야시대의 여러 무덤 유적
우. 봉황대 바위에 새겨진 석각石刻

주목하고 복원해야 할 시점이다. '가야불교'는 잊혀진 나라 '가야'
와 함께 재조명되어야 할 우리의 문화유산이다.

　『삼국유사』는 한국 정신문화의 한 줄기인 불교의 최초 전래 과
정을 말해 주고 있다. 『삼국유사』가 남겨 놓은 가야불교의 편린
을 추적하는 과정은 종교적인 의미를 넘어 가야라는 소중한 유산
을 풍부하고 입체적으로 복원할 수 있는 실마리가 된다. 이는 전
체 속의 부분을 찾는 과정이며 또 부분의 탐색을 통해 전체를 더
욱 조화롭고 완벽하게 규명하는 방법이 된다. 앞서 언급한 것처
럼 일부에서는 일연 스님이 저술한 『삼국유사』는 불교적인 윤색
이 강해 사료로서 가치가 부족하다는 말을 한다. 하지만 이러한
선입관으로 부분에 매몰돼 전체를 보지 못하는 우를 범하지 말아
야 한다.

또 하나 유의할 점은, 우리의 문화유산을 말할 때 그것에 대해 '불교다, 유교다' '우리 역사의 주역이 어느 국가였다' 또는 '현재 이익이 된다, 안 된다' 등을 따지지 말고 있는 그대로 바라봐야 한다는 사실이다. 물론 역사가 박제된 것이 아닌 만큼 시대가 요구하는 부분을 소환해 당대의 필요를 위한 다양한 해석을 낳기도 한다. 하지만 과거로부터 전해진 유산을 원형 그 자체로 받아들이는 자세를 잊어선 안 된다. 그래야 우리와 후손들이 역사에서 잘한 건 그대로 본받고 못한 건 못한 대로 반성하며 현재를 돌아보는 교훈으로 삼을 수 있다. 그리고 이를 통해 우리는 인생의 바른 가치관까지도 세울 수 있다.

일연 스님의
본래면목

일연 스님은 세상에 흔히 알려진
학승學僧의 이미지에 머물지 않았다.
당대의 지식인으로 다양한 저작을 남겼지만
실제 그의 삶은
이 땅의 민중들을 만나 가는 여정이었다.

역사서인 『삼국유사』의 저자는 과거 역사 기록의 주류였던 관료나 유학자가 아닌 일연一然이라는 스님이다. 지금은 모든 분야에 전문가가 있어서 전문서적은 대개 그들이 쓰는 게 보통이지만 고대에서는 그 경계가 모호하였다. 문文·사史·철哲은 지식인이라면 으레 갖춰야 할 소양이자 학문이었고 일연 스님도 여기에 통달한 분이었다.

학문이든 다른 분야든 전문가가 되는 것은 좋으나 다만 한 부분에만 천착하여 전체를 놓쳐 버리면 소위 '전문가 바보'가 되어 나무만 보고 숲은 보지 못하게 된다. 특히 시간적 흐름과 공간적

경상북도 군위 인각사의
일연 스님 영정

관계성 속에서 과거를 복원하는 역사라는 분야는 더욱더 전체를 보는 폭넓은 시각과 다양한 입장에 대한 깊은 이해가 필요하다. 그렇기 때문에 '당대의 역사서'는 사가史家가 균형감 있는 시각과 폭넓은 지식을 갖추었을 때 탄생하는 것이다. 그래서 어떤 사서史書를 제대로 이해하려면 저자가 어떤 역사 인식과 식견을 갖추었는지를 아는 것이 중요한데『삼국유사』의 저자 일연 스님은 과연 어떤 분인지 알아보려 한다.

일연 스님의 일생이 기록된 〈보각국존비명普覺國尊碑銘〉을 보면 일연 스님은 고려 희종 2년인 1206년 경주의 속현이었던 장산

군(지금의 경상북도 경산)에서 태어났다. 경산은 원효, 설총, 일연이 태어났다 하여 삼성三聖이 태어난 곳으로 알려져 있다. 스님의 본명은 전견명全見明이고 자는 회연晦然 또는 일연一然이다. 과거 일연 스님의 속성이 경주 김씨로 알려졌으나 최근 비문의 글씨 판독 결과에 따르면 '온전 전씨全氏'로 판명되었다.

스님은 어린 나이인 9세에 전라도 광주 무량사로 출가했고, 14세에 설악산 진전사 대웅장로에게 구족계를 받아 스님이 되었다. 22세에 승과 상상과上上科에 수석 합격한 후 참선 수행에 몰두하여 31세에 무주암에서 깨달음을 얻었고, 그 후에도 참선을 지속하며 보임保任 수행을 하였다. 44세에는 경상남도 남해 정림사 주지 소임을 맡았으며 54세에 대선사 품계를 받았다. 그 후 선월사, 포항 오어사, 현풍 인홍사, 용천사 등의 사찰에 머물면서 참선 수행과 절을 짓는 불사를 겸하였다. 63세에는 조정에서 선교 양종의 덕이 높은 스님 1백 명을 청해 대장경 낙성회를 할 때 스님을 법회를 주관하는 법주法主로 모셨다.

72세에 경상북도 청도 운문사에 주석하면서 젊은 시절부터 모은 사료와 답사 내용을 바탕으로 『삼국유사』를 집필하기 시작했다. 다만 『삼국유사』의 간행은 스님이 열반한 해 또는 열반 직후 제자들에 의해 이루어진 것으로 보인다. 78세에 충렬왕으로부터 국존國尊으로 책봉되고 원경충조圓徑沖照라는 호를 하사받았다. 이후 경상북도 군위 인각사로 내려와 두 번에 걸쳐 선문禪門의 수장

이 되어 구산문도회九山門徒會를 주관하는 불교계의 가장 높은 어른
이 되었다. 84세인 1289년에『인천보감人天寶鑑』간행을 주관하였
으며, 충렬왕에게 올리는 글을 남기고 다음날 아침 제자들과 문
답을 나눈 후 방으로 가서 조용히 열반에 들었다.

이상 간략히 일연 스님의 생애를 살펴보았다. 그는 9세의 어
린 나이에 동진출가하여 30대 초반의 비교적 이른 나이에 진리를
깨달았다. 선禪과 교敎를 모두 통달하였고 이理와 사事에 원융무애
圓融無礙한 수행자의 전형을 보여 주고 있다. 선사이면서 대학자의
능력까지 겸하여『선어록』2권과『선문염송사원』30권을 비롯한
1백여 권의 저술을 남겼으나 안타깝게도 현재 대부분의 저술은
전하지 않고 있다. 지위가 보장된 고승이었음에도 한 곳에 주석

인각사 대웅전과 인각사에 세워진 보각국사탑

대부분 파손되고 현재 일부만 남은 인각사 보각국존비. 많이 손상되었지만 여러 탁본이 전해지고 있어 비문 내용을 알 수 있다.

하지 않고 노년에 이르기까지 많은 사찰을 옮겨 다니면서 수행하였다.

국존으로 책봉된 후 인각사로 돌아와서는 어머니가 97세로 돌아가실 때까지 효를 다해 봉양하였다. 9세의 어린 나이로 출가해서 성인이 되어서는 전국을 다니면서 수행한 탓에 홀어머니를 제대로 모시지 못한 마음의 빚이 있어 노년이 되어선 노모가 돌아가실 때까지 정성을 다해 모셨다. 〈보각국존비〉에서는 "스님께서 참선하는 여가에 대장경을 꼼꼼하게 읽고 여러 대가들의 주석서를 연구했으며, 유가와 도가뿐 아니라 제자백가까지 두루 꿰뚫었다."라고 말하니 스님의 사상적 기반이 얼마나 탄탄하고 넓었는지 엿볼 수 있다. 또한 이를 통해 우리 문화의 보고인『삼국유사』를 쓴 일연 스님의 학문적 내공을 알 수 있다.

하지만 반전이 있으니 일연 스님은 세상에 흔히 알려진 학승學僧의 이미지에 머물지 않았다는 사실이다. 당대의 지식인으로『삼국유사』와 선종의 다양한 저작을 남겼지만 실제 그의 삶은 백성에 대한 사랑과 나라를 지키고자 하는 일념으로 전쟁에 피폐해진 이 땅의 민중들을 만나 가는 여정이었다. 그리하여 '중생의 본바탕이 부처'라는 평등사상을 실천하며 아파하는 이들을 위로하였고 이러한 자비심의 바탕 위에서 궁극의 진리를 추구했다. 이렇듯 일연 스님의 본지풍광本地風光은 "태산 같은 모습으로 앉아서 무쇠소의 등짝에 주둥이를 꽂겠다."는 기상으로 참선한 대선사大禪師이며 중생과 아픔을 나누는 자비보살이었다.

일연 스님의 민중 중심의 역사관

고려의 국사인 일연 스님은 파란만장한 격동의 시대를 살았다. 스님이 태어나기 1백여 년 전부터 스님이 살았던 당시 고려는 무신정권의 집권에 이어 '묘청의 난'뿐 아니라 만적과 망이·망소이 등 민초들의 봉기까지 일어나 신분사회 전체가 요동치던 시기였다. 그가 태어난 후에는 몽골의 침입으로 국토는 유린되고 백성들의 삶은 말할 수 없이 피폐하던 상황이었다.

출가한 수행자로서 그는 자신의 해탈이 절실했지만 나라와 백성들의 현실은 참담했기에 도탄에 빠진 이들을 외면할 수 없었다. 진리를 향한 구도의 마음만큼 시대의 아픔을 함께하고자 했던 대자비심大慈悲心이 있었기 때문이다. 스님은 가난한 집안에서 태어나 일찍 아버지를 여읜 흙수저 출신인지라 핍박받는 백성의 현실을 공감할 수 있었고 젊은 시절부터 그들의 삶에 귀 기울이고 그들의 이야기를 들었다. 일연 스님은 역사의 현장은 되도록 이면 직접 발로 찾아갔고, 그 자리에서 목격하고 들은 바를 채록하여 쓴 것이『삼국유사』의 기록들이다. 그리 보면 스님은 학자이면서도 온몸으로 현실과 부딪치며 살아간 실천가였다.

스님은 국사의 지위에 오르기 전까지 여러 지방을 다니면서 민초들의 삶을 가까이에서 바라볼 수 있었고 그들과 함께 호흡하였다. 이를 통해 계급의 귀천을 뛰어넘는 인간평등사상을『삼국유사』속에 남겨 놓을 수 있었다. 그러한 활동은 붓다의 '일체중생 개유불성一切衆生 皆有佛性'이라는 인간 존엄의 수평적 가치관에 영향을 받은 것으로 보인다.

일각에서는 일연 스님이 승려 신분이라 해서 모든 것을 불교에 유리하도록 윤색했다고 주장하는데 이는 일연 스님에 대해 잘 모르고 하는 커다란 실례의 말이다. 흔히 문화·예술 방면에서 쓰는 '윤색'이란 단어는 본래의 원작을 다른 각도에서 편집하여 색다른 맛을 내게 하는 용어로 사용되지만, 그 말이 역사학으로 오면 전혀 다른 성격인 '미화', '과장' 또는 '조작'이란 뜻으로 쓰이기도 한다.

근현대 역사학의 실증주의 관점에서 보면『삼국유사』의 일부 기사가 다소 과장되고 억측으로 여겨질 수 있다. 하지만 이는 "신이한 전설부터 저잣거리에 회자되는 소문까지 모든 이야기는 당대인의 의식을 반영한다."고 보는 일연 스님의 민중 중심의 역사관을 고려하지 않은 지적이다. 일연 스님은 자신의 호불호好不好로 대상을 취사선택하기보다 오히려 있는 그대로의 이야기를 채록하기로 마음먹었다. 그렇기 때문에 스님은 전국을 돌며 흩어져 있던 사찰의 창건 내력뿐 아니라 민간의 전설, 설화 등을『삼국유사』에 가감 없이 담아냈다.

또한『삼국유사』를 두고 불교 기사의 비중이 높아 불교 편향적인 사서라는 시각도 있지만 이는 시대적 상황과 스님의 편찬 의도를 전혀 고려하지 않은 입장이다. 유럽에 가면 기독교에 대한 자료와 유물이 대부분이듯이 고려가 불교국가라 당연히 사회 전반에 불교와 관련한 소재가 많을 수밖에 없었다. 그럼에도『삼국사기』등 유교적 역사 서술에서 불교가 오히려 역차별로 많은 내용이 배제되었기 때문에 스님은 그러한 기록을 독자적으로 남기려 했던 것이다. 이 과정에서 불교 관련 내용뿐 아니라 단군, 신라 향가 등 우리 민족의 유산들이 전해질 수 있었다.

이러한 의도와 배경을 고려하지 않고 부정적인 의미를 담아 일연 스님이 윤색했다고 단정하는 것은 가당치 않은 말이다. 일연 스님이『삼국유사』를 저술한 목적은 실재한 우리 민족의 역사와 정체성을 지키려 한 것이지 역사를 과장하고자 한 것이 아니었다. 책을 쓸 때 선한 동기를 가지고 우리의 이야기를 채록한 것과 사실이 아닌 것을 필요에 따라 윤색했다는 입장은 천지 차이가 있는 만큼 표현을 가려 해야 할 것이다.

일연 스님이 역사 서술에 대해 얼마나 객관성을 가졌는지 알 수 있는 사례가 인용의 방식과 태도이다. 경전을 인용할 때는 '어떤 경에서 이렇게 말했다.'라고 했고, 역사서를 인용할 때는 '어디에서 이르기를'이라고 출전을 명확히 제시했다. 또한 사람의 말을 인용할 때는 '누가 말하기를' 또는 '누구의 말이다.'라고 기록하였고 자신의 생각을 밝힐 때는 주석을 달아서 입장을 명확히 하였다. 일각에서는 『삼국유사』의 설화적 부분과 신이한 요소를 문제 삼아 역사적 사료로서 가치를 낮게 보는 입장도 있다. 그러나 유연한 사고로 한 발 더 가까이 일연 스님을 바라보면 그저 한 권의 역사서를 쓴 종교인을 넘어서 우리 민족의 정체성을 일깨워 준 고마운 선각자가 아닐 수 없다.

스님은 당시 고려의 고통받는 민초들에게 희망을 주기 위해 『삼국유사』에 그들을 위로할 만한 판타지적 성격의 이야기를 일부 채록했다. 그렇다고 해서 저자 스스로가 그 내용을 창작하지는 않았다는 사실을 알아야 한다. 현대에는 현대의 표현방식이 있듯이 고대에는 고대의 표현방식이 있었다. 고대에는 동서양을 막론하고 역사 속에 판타지와 신화를 공유하고 있다는 사실을 이해해야 할 것이다.

인류학에서 인간에 대한 정의가 여럿 있는데 최근 '이야기하는 인간'을 뜻하는 '호모 나렌스Homo Narrans'가 주목받고 있다. 현재 한국인의 정체성은 한반도를 둘러싼 생존환경과 민족의 역사, 그리고 과거부터 이어져 온 다양한 관습과 이야기에 의해 형성되었다. 그중에는 일연 스님이 전해 준 〈서동과 선화공주 이야기〉, 〈원효와 의상의 설화〉, 〈연오랑세오녀 이야기〉, 〈만파식적 설화〉 등도 큰 영향을 주었다. 이들 외에도 선조의 삶을 통해 흥미와 교훈을 얻을 수 있는 많은 이야기를 『삼국유사』에 남겼다. 그리고 보면 일연 스님은 숨은 이야기를 발굴하여 우리 민족의 정체성을 지켜 온 위대한 이야기꾼이라 할 것이다.

가야불교의 얼개

기록으로 읽는 가야불교

가야불교의 인물

기록으로 읽는
가야불교

그나마 『삼국유사』라도 남아 있어
가야와 가야불교의 근원을 파악하는 데 도움이 되고
또한 조선시대의 문헌 기록이 전해져
가야불교의 얼개를 보여 주는 역할을 하고 있다.

　가야나 가야불교를 논할 때 늘 듣게 되는 말이 기록이 부족해서 고증하기가 어렵다는 말이다. 과거 우리나라는 수많은 외침으로 인하여 많은 고대의 기록들이 소실되었다. 물론 고대의 기록들이 부족한 이유 중에는 전쟁으로 인한 병화兵火 외에도 시대적 상황에 따라 나라에서 책을 거두어 가서 폐기하는 수서령收書令이란 제도를 꼽을 수 있다. 국가든 개인이든 힘이 없게 되면 강한 상대의 눈치를 볼 수밖에 없는데 우리나라도 중국에 사대事大하고 일본에 종속되었던 시기에는 상대의 강압에 의해서 또는 못나게도 스스로가 굴종하여 우리의 역사를 축소·왜곡하였다.

　가야도 신라에 병합된 까닭에 고려 조정의 주도로 편찬된『삼

국사기』에는 삼국과의 분쟁이나 특이한 사건들이 있을 때 부가
적으로 서술되었다. 그나마『삼국유사』라도 남아 있어 가야와 가
야불교의 근원을 파악하는 데 많은 도움이 되고 있다. 이와 함께
비교적 후대에 저술된 〈장유사중창기〉,『숭선전지』, 〈은하사
취운루중수기〉, 〈왕산사기〉 등 조선시대의 문헌 기록이 전해
져 가야불교의 얼개를 보여 주는 역할을 하고 있다. 또한 〈김해
명월사사적비〉, 〈가락국사장유화상기적비〉, 〈가락국태조릉
숭선전비〉, 〈부인당유주비〉 등의 비문에도 가락국 및 가야불
교와 관련한 기록들이 나온다. 아래에 제시한 가야불교 관련 기
록들은 원문을 발췌한 것이다.

『삼국유사』 권제2 「기이」 제2 〈가락국기駕洛國記〉

"이 땅(신답평, 가락국 임시궁전의 남쪽 땅)은 협소하기가 여뀌 잎
과 같다. 그러나 수려秀麗하고 기이奇異하여 가히 16나한
을 머물게 할 만한 곳이다. 더구나 1에서 3을 이루고 3에
서 7을 이루어 칠성이 거처하기에 적합하니"

此地狭小如蓼葉 然而秀異 可爲十六羅漢住地 何況 自一成三 自
三成七 七聖住地 固合于是

"둘레 1천5백 보 규모의 외성外城을 쌓을 곳과 궁궐 및 전
우殿宇와 이에 따른 모든 관리의 청사와 무기고 및 곳간

지을 터를 정하시고 환궁하셨다."

築置一千五百步周迴羅城 宮禁殿宇及諸有司屋宇 虎庫 倉廩之
地 事訖還宮

"이에 원가 29년 임진년(452)에 수로왕과 허황후가 합혼
한 곳에 절을 세워 이름을 왕후사라 하고 사신을 보내어
근처의 논 10결을 측량해서 삼보를 공양하는 비용으로
쓰게 했다. 이로부터 이 절이 생긴 지 5백 년 후에 장유
사를 세웠는데"

以元嘉二十九年壬辰 於元君與皇后 合婚之地創寺 額曰王后寺
遣使審量近側 平田十結 以爲供億三寶之費 自有是寺五百後 置
長遊寺

위의 내용은 일연 스님이 저술한『삼국유사』〈가락국기〉에
서 수로왕이 도읍을 정한 경위와 왕후사 창건 내력을 설명하는
대목이다. 이를 통해 수로왕대에 이미 불교의 영향이 있었음을
확인할 수 있다.

우선 〈가락국기〉에는 초기 불교에서 최고의 성자로 알려져
있는 '16나한'과 석가모니 이전의 과거 일곱 부처[七佛]를 지칭하는
단어인 '칠성'이 등장한다. 혹자는 여기 나오는 나한(아라한)이란 용
어는 7세기가 되어서야 중국 문헌에 등장하는 만큼 1세기를 배경
으로 하는 〈가락국기〉의 불교 내용을 믿을 수 없다고 지적한다.

하지만 이는 가야불교가 중국 대륙을 통해 전래된 불교가 아니라 바다인 해양으로 직접 전래됐다는 사실을 간과한 주장이다.

이와 함께 왕궁을 설명하는 대목에 나오는 '전우殿宇'도 주목할 필요가 있다. 이 용어를 사전에서 찾아보면 '신이나 부처를 모신 집'으로 나온다. 수로왕이 도읍을 정할 때 외성 안에 신이나 부처를 모실 전우를 지었다면 수로왕은 건국 초기부터 이미 불교를 알았다고 보아야 한다. 이렇게 〈가락국기〉 곳곳에는 불교적 요소가 등장해 가야시대에 불교가 퍼져 있었음을 시사한다. 이를 반영하듯 최근 김해 봉황대 인근에서 가야불교의 가능성을 보여주는 유적 조사가 진행되기도 했다.

2019년 외성 안의 회현동사무소 옆 주택지에서 전우殿宇로 보이는 유적이 발굴됐다. 김해시는 보도자료를 통해 가로·세로 10미터의 이 건물터가 가야시대의 첫 목탑 유적으로 보인다고 밝혀 관심이 집중되었다. 이 유적이 가로·세로 10미터 기초 위에 20미터 높이의 건물로 추정되었기에 그런 규모라면 목탑이 유력하다고 발표한 것이다. 하지만 발굴조사의 최종보고서는 건물 용도를 '알 수 없다.'로 결론 내렸다. 처음 발표와 달리 유적을 목탑지로 보지 않은 이유는 발굴지에서 탑의 중앙에 위치하는 주심, 주초심柱礎心이 발견되지 않았다는 것이다. 하지만 후대에 도입됐을 가능성도 배제할 수 없는 주초심의 유무로 '목탑이다, 아니다'를 성급하게 결론 내린 것은 아쉬운 대목이다.

가야 왕궁터 인근에서 발굴된 목탑 추정지

가야 왕궁터에서 발굴된 연화문 벽돌

통상 시간이 지나면서 탑의 구조도 변화, 발전해 왔는데 가야 초기에 불교가 들어와 목탑을 세웠을 경우 완전한 구조를 갖추긴 힘들었을 것이다. 탑의 발전 과정 속에 주초심이 후대에 만들어 졌다면 초기 목탑에는 주초심이 없었을 가능성도 높다. 여전히 회현동 건물터가 가야 왕궁지 내에서 발견된 최초의 불교 유적일 가능성이 남아 있는 만큼 학계가 추가조사에 나서서 더욱 면밀한 검토를 해야 할 것이다.

한편 〈가락국기〉에 제시된 왕후사 창건 기사는 기존 역사학계에서도 대체로 인정하는 부분이다. 해당 기사는 서기 452년 질지왕이 수로왕과 허왕후가 합혼한 곳에 왕후사를 지었고 5백 년 후인 통일신라시대에 장유사가 건립되었다고 두 사찰의 창건을 구체적으로 설명하고 있다. 1544년 신재愼齋 주세붕周世鵬이 지은 〈장유사중창기〉에도 신라 애장왕(800~809)대에 장유사를 지었다고 나온다. 최근 장유사의 옛터로 추정되는 대청동사지에서 통일신라의 기와와 자기가 나왔다고 하니 〈가락국기〉와 〈장유사중창기〉의 기록과 부합한다. 앞으로『삼국유사』〈가락국기〉에 등장하는 가야불교의 소중한 흔적들을 하나씩 밝히다 보면 머지않아 가야불교의 전모가 드러날 것이다. 가야불교의 기록이 많지 않은 것은 사실이나 서술된 기록과 유적이라도 제대로 살피면 역사는 분명히 대답하리라 본다.

『삼국유사』권제3「탑상」제4 〈금관성파사석탑金官城婆娑石塔〉

예나 지금이나 미지의 세계로 향할 때는 누구나 막연한 두려움을 가지기 마련이다. 그래서 목숨이 달린 위험한 길을 떠날 때는 안전한 항해를 위해 호신상을 모셔 가거나 부적을 몸에 지니기도 하고 주문을 염송하기도 한다. 〈금관성파사석탑〉조에서는 허왕후가 16세 어린 나이로 목숨 걸고 이 땅에 올 때 파사석탑이 2만5천여 리 바닷길에서 그녀를 지켜준 수호신이었다고 설명한다.

"금관성의 호계사 파사석탑은 옛날 이 고을이 금관국일 때, 세조 수로왕의 비 허황후 이름은 황옥인데 동한(후한)의 건무 24년 갑신년(48)에 서역 아유타국으로부터 올 때 싣고 온 것이다." (갑신년과 관련해 '건무 24년은 무신년이다'라고 교감되어 있다.)

金官虎溪寺婆娑石塔者 昔此邑爲金官國時 世祖首露王之妃 許皇后名黃玉 以東漢建武二十四年甲申 自西域阿踰陁國所載來

"처음에 공주가 양친의 명령을 받들어 배를 띄워 동쪽 바다로 향하다가 험한 파신의 성냄을 이기지 못하고 돌아가 부왕에게 아뢰었더니 부왕이 이 탑을 싣고 가도록 명하였다. 이에 편리하게 건너게 되어"

初公主承二親之命 泛海將指東 阻波神之怒 不克而還 白父王 父王命載玆塔 乃獲利涉

"수로왕이 예를 갖추어 맞이하여 함께 나라를 다스리길 150여 년이나 하였다. 그러한 때 해동의 끄트머리에서는 절을 세우고 불법佛法을 받드는 일이 있었으나 대체로 상교상敎가 들어오지 않아 이 지방 사람들은 믿지를 않았다. 그러므로 본기(금관국본기)에도 (이 지방 사람들이) 절을 세웠다는 글귀가 없다. 제8대 질지왕 2년 임진년(452)에 이르러 그곳에 있는 절(홍국사)은 두고 또 왕후사를 창건하여(아도와 눌지왕 때요, 법흥왕 이전이다-原註) 지금까지 복을 빌고 겸하여 남쪽 왜倭까지 진압하였으니 금관국본기에 자세히 나타나 있다."

首露王聘迎之 同御國一百五十餘年 然于時海東末有創寺奉法之事 蓋像敎未至 而土人不信伏 故本記無創寺之文 逮第八代銍知王二年壬辰 置寺於其地 又創王后寺(在阿道訥祇王之世 法興王之前) 至今奉福焉 兼以鎭南倭 具見本國本記

『삼국유사』〈금관성파사석탑〉조는 호계사虎溪寺에 있던 파사석탑의 출처를 '서역 아유타국'이라고 밝히고 있다. 여기서 말하는 서역은 당시 세계관으로 보면 인도, 중앙아시아, 아랍 등 광활한 영역이다. 다만 허황옥 공주가 탑을 싣고 온 아유타국이 현재 인도의 아요디아로 추정된다는 점을 고려하면 탑의 출처는 인도가 유력하다. 〈금관성파사석탑〉에는 탑의 전래 과정도 육하원칙에 따라 자세히 설명하고 있는데, 탑을 싣고 온 목적이 파신破神의 노여움을 가라앉히기 위한 액막이 용도라고 언급하고 있다.

2007년 MBC에서 제작한 다큐멘터리 〈미스터리 한글, 해례 6211의 비밀〉에 따르면 지금도 인도 아요디아에서는 나쁜 기운

좌. 일제강점기, 노천에 방치된 파사석탑
우. 과거 수로왕비릉 옆에 파사석탑이 세워졌으나 현재 능 앞에
   파사각을 지어 탑을 보호하고 있다.
   아래는 가로로 여러 층리가 분명하게 보이는 파사석

을 물리치기 위한 액막이용으로 '빠사(파사석)'를 갈아 가루를 얼굴
에 바르고 있다고 한다. 일설에는 파사석탑 모서리가 둥그스름한
것에 대해 본래는 사면이 모가 난 형태였으나 어부나 이 지방 사
람들이 액막이 벽사僻邪의 목적으로 조금씩 떼어 가다 보니 지금
의 모습으로 변했다고 한다.

　또한 〈금관성파사석탑〉조는 가야의 불교 도입 시기에 대해
언급하고 있어 가야불교의 시작을 알 수 있는 단서를 제공한다.
다만 가야불교가 들어온 시기를 설명하는 대목에 대해선 해석이 엇갈린다. 〈금관성파사석탑〉에서 가야불교의 시작을 알 수 있는 부분은 해동지역에서 불법을 받드는 문장인 "연우시해동말(미)유창사봉법지사然于時海東'末'(未)'有創寺奉法之事"이다. 기존 연구자들은 이 문장을 "然于時海東/'未'有創寺奉法之事"로 보아 "그러한 때 해동에는 절을 짓고 불법을 받드는 일이 없었다."로 해석해 왔다. 여기서 '해동'은 한반도 전체를 의미하므로 연구자들은 당시 가야를 포함한 4국에 불교가 들어오지 않았다고 보았다.

하지만 필자와 향토사학자 정영도 선생은 '해동海東' 뒤의 글자를 '미未'가 아닌 '말末'로 보아야 하며, 끊어 읽기도 다르게 해야 한다는 입장이다. 종전처럼 '유창사有創寺' 앞에 '미未'를 붙여서 '미유창사未有創寺'로 보는 것보다 '해동海東' 뒤에 '말末'을 붙여서 '해동말海東末'로 읽는 것이 더 타당하다는 것이다. 이렇게 끊어 읽기를 달리하여 보면 이 문장은 "然于時海東'末'/ 有創寺奉法之事"가 되고, 이를 풀이하면 "그러한 때 해동의 끄트머리에서는 절을 세우고 불법을 받드는 일이 있었다."라는 뜻이 된다.

이렇게 '해동海東' 뒤의 글자를 끄트머리를 뜻하는 '말末'로 보느냐, 부정의 의미를 담은 '미未'로 파악하느냐에 따라 가야 초기 불교가 도입됐는지에 대한 해석과 입장이 완전히 달라지는 것이다. 그리고 실제로 현재 국보인 『삼국유사』 규장각본과 보물인 고려대학교 소장본에는 이 글자가 '말末'로 인쇄되어 있다. 또한 현존하는 판본을 비교·정리한 『삼국유사 교감연구』를 봐도 해동 뒤

좌. 고려대학교 소장 『삼국유사』 〈금관성파사석탑〉조. 가야 초기, 절을 짓고 불법을 받들었다는 내용의 기사
우. 규장각본 『삼국유사』 〈금관성파사석탑〉조의 미未와 말末

의 글자는 '미未'가 아닌 '말末'이다.

이렇게 〈금관성파사석탑〉 판본을 있는 그대로 보면 불법을 받드는 대목의 첫 문장은 부정의 의미가 아니라 긍정의 뜻인 "가야 초기, 불교가 전래됐다."로 보는 편이 맞다. 또한 기사의 제목이 〈금관성파사석탑〉인 점도 주목해야 한다. 여기서 금관성은 옛 김해지역 즉 '금관가야'를 뜻한다. 따라서 한반도 전체를 가리키는 '해동海東'에, 끝 또는 끄트머리를 뜻하는 '말末'을 이어 붙여그 영역을 한정해야 비로소 반도 동남에 위치한 '가야[海東末]'를 지칭하게 되고 자연스러운 해석이 되는 것이다. 해당 문장의 바로 앞에 수로왕이 해동의 끝인 가야를 다스린 내용이 제시될 뿐 아니라, 글에 등장하는 토인土人이 해동 사람 전체를 가리키는 말이 아니라 지역민을 뜻한다는 점도 이러한 해석에 무게를 더한다. 결국 〈금관성파사석탑〉조의 불교 관련 대목이 말하는 바를 정리하면 이렇다.

첫째, 서기 48년 허황옥이 파사석탑을 싣고 왔다.
둘째, 해동의 끝인 김해에는 도래인들이 절을 짓고 불법을 받들었다.
셋째, 그러나 상법시대가 도래하지 않아 원래 살던 토박이[土人]들은 토착신앙을 믿고 있어서 불교를 믿지 않았다.
넷째, 그러므로 이 지역 사람들이 지은 절은 없다.

설령 해동 뒤의 글자를 '말未'이 아니라 '미未'로 해석해도 그 전체의 뜻은 별반 다르지 않다. 왜냐하면 〈금관성파사석탑〉의 기사에서 핵심 주제는 "허황옥이 불교의 상징물인 파사석탑을 금관국(가락국)에 가져왔다."는 것이다. 아울러 토인으로 표현되는 '이 지역 사람들'은 생소한 외래 종교인 불교를 믿지 않았기에 스스로가 절을 짓지 않았다는 설명은 지극히 당연하다고 할 수 있다.

또 하나 주목할 점은 일연 스님 스스로가 독백처럼 말하고 있는 '개상교미지蓋像敎未至'의 '아마도[蓋]'라는 글자이다. 허왕후가 올 때 탑과 불교를 들여왔지만 아직 지역 사람들은 이를 믿지 않았고, 이때가 상법시대 전이라 '아마도' 그들이 직접 절을 세우고 불법을 받드는 일은 없지 않았겠느냐 하고 일연 스님이 추측하는 대목의 핵심어이기 때문이다. 결국 '말末'로 해석하든 '미未'로 해석하든 허왕후가 직접 '탑'이라는 불교 상징물을 시집올 때 가져왔다는 사실은 달라지지 않기 때문에 이 시기를 한국불교 최초 도래로 보는 입장은 유지된다고 할 수 있다.

'개蓋' 자와 연결되는 상교像敎도 불교 관련 대목에서 전반적인 뜻을 좌우하는 중요한 단어이다. 지금까지 학자들은 『삼국유사』 해석에서 상교를 불교 전체로 보는 경우가 많았다. 그렇기 때문에 '개상교미지蓋像敎未至'를 "아직 불교가 들어오지 않았기 때문에"로 해석해 이 시기 불교 전래의 가능성을 낮게 보았다. 하지만 상교를 불교 전체로 확대해석하는 것은 엄밀하지 못한 접근 방식이다. 사전에서 '상교像敎'를 찾아보면 '불교, 곧 상법시대의 불교' 또는 '불상과 교법의 형상 위주의 불교시대'라고 나온다. 이렇게 사전적 의미도 불교 전체가 아니라 상법시대의 불교라고 명확히 정의하고 있다.

붓다는 기원전 6세기에 탄생했는데 붓다 사후인 기원전 5세기부터 기원후 6세기까지 1천 년을 정법正法시대라 하고 수행을 위주로 하는 시기이다. 또한 붓다 사후 1천 년 후인 기원후 7세기에서 16세기까지 1천 년을 상법像法시대라 하는데 불상 건립 등 외형을 중시하고 교학을 위주로 하는 시기를 말한다. 즉 가락국 초기 허왕후를 비롯한 도래인들이 오면서 탑도 가져오고 불교도 받들었으나 시기적으로 아직 상교가 도래하기 전의 정법正法시대라서 이 지방 토속인들은 믿지 못했다는 것이다.

우리가 흔히 고려불교라고 말할 때 불교 전체가 아닌 고려시대의 불교를 말하듯 '상교'도 불교 전체가 아닌 상법시대의 불교를 지칭하는 말이다. 예를 들면 법률에서 상법商法은 '상행위를 규율하는 법'이란 한정된 분야를 말하는 것이지 법체계 전체를 지칭하지 않는 것과 같은 이치이다. 이렇게 불교 전체를 지칭하지 않는 '상교像敎'라는 용어를 확대해석해서 가야불교 부정의 수단으로 인용하는 경우는 학자의 불교용어에 대한 무지이거나 가야불교의 부정을 위한 다분히 의도적 해석이라고 볼 수밖에 없다.

현재도 가야불교의 옛 기록과 부합하는 대표적 가야시대 유물인 파사석탑의 진위가 논란이 되고 있다. 탑의 실체를 인정하지 않는 일각에서는 기원 전후로 국내에서 파사석탑과 유사한 탑이 있었다는 증거가 있으면 인정하겠으나 그렇지 않다면 인정할 수 없다는 논리를 펴기도 한다. 그러나 현존하는 파사석탑이『삼국유사』에 언급된 대로 1세기 이전 인도에서 제작된 탑임을 부정할 명확한 증거도 부족하다. 파사석탑도 독창적 양식인 불국사의 다보탑 사례처럼 당대에는 유일한 양식의 탑이었을 가능성이 있다. 또한 제작할 때부터 몇 개 없는 소수의 탑이었는데 오랜 세월을 거치며 나머지 탑은 사라지고 이 탑만 남았을 개연성도 배제할 수 없다. 그리고 땅속에 묻힌 탑이 아직 발굴되지 못했을 가능성은 여전히 남아 있다.

그렇기 때문에 우리는 수많은 난관을 이겨 내고 전승된『삼국유사』속의 기록들을 신뢰하고 그 진가를 인정해야 한다. 2천 년 전, 허왕후를 이 땅으로 안전하게 인도한 볼품없는 저 탑이 수많은 난관을 이겨 내고 지금까지도 호위무사가 되어 그녀를 지키고 있는 모습을 보면 숙연한 마음까지 든다.

『삼국유사』 권제3 「탑상」 제4 〈어산불영魚山佛影〉

경상남도 밀양은 조선시대의 대유학자 변계량과 김종직을 배출한 추로지향鄒魯之鄕이자 임진왜란 때 승병을 이끌고 나라를 지킨 승병장 사명대사의 본향으로 불심지향佛心之鄕이기도 하다. 이와 함께 밀양의 표충사와 얼음골 그리고 조선시대 3대 누각인 영남루는 전국적으로도 유명하다. 그러나 일반인에게 잘 알려지지 않은 중요한 장소가 있으니 영남루 뒤의 '천진궁天眞宮'이다. 그곳에는 우리 민족의 시조인 단군뿐 아니라 발해, 고구려, 백제, 신라, 가야, 후백제, 고려, 조선 등 여덟 나라 시조왕들의 위패를 봉안하고 있다. 천진궁에는 가야의 시조인 김수로왕도 모셔 놓았는데『삼국유사』권제3 「탑상」 제4 〈어산불영魚山佛影〉조에는 이곳

밀양이 김수로왕과 깊은 관계가 있다는 이야기가 전한다.

"『고기古記』에 이르기를, 만어사萬魚寺(만어산으로 표기해야 한다.)
는 옛날의 자성산慈成山인데 또는 아야사산阿耶斯山(마땅히 마
야사摩耶斯라고 해야 할 것이다. 이것은 물고기를 말한다.-原註) 이라고도
한다. 그 옆에는 가라국呵囉國이 있었는데, 옛날 하늘에서
알이 해변으로 내려와 사람으로 화해서 나라를 다스렸
으니 곧 수로왕이다."

古記云 萬魚寺者古之慈成山也 又阿耶斯山(當作摩耶斯 此云魚
也) 傍有呵囉國 昔天卵下于海邊 作人御國 卽首露王

"그때 당시에 [가라국] 경내에 옥지가 있고 그 못에 독룡이
있었는데, 만어산에 있는 다섯 나찰녀와 왕래하며 사귀
었다. 그로 인해 그때마다 번개가 치고 비가 내려 4년 동
안 오곡五穀이 되지 않았다. 왕이 주술로 이것을 금하려
하였으나 능히 금하지 못하여, 머리를 조아리며 부처를
청하여 설법을 한 후에 나찰녀가 오계를 받았는데 그 뒤
로는 재해가 없어졌다. 그러므로 동해의 어룡魚龍이 마침
내 화하여 골짜기의 가득 찬 돌이 되어 각각 종경鍾磬의
소리가 난다."(이상 『고기』이다.-原註)

當此時 境內有玉池 池有毒龍焉 万魚山有五羅刹女 往來交通 故
時降電雨 歷四年 五穀不成 王呪禁不能 稽首請佛說法 然後羅刹
女受五戒而無後害 故東海魚龍遂化爲滿洞之石 各有鍾磬之聲
(已上古記)

동해 물고기들이 바위로 변해 형성됐다는 만어사 계곡

발로 뛰는 재야사학자 일연 스님은 만어사를 직접 찾아 계곡의 바윗돌에서 나는 종소리와, 어떤 때는 나타났다가 어떤 때는 사라지는 '부처의 영상'에 대한 두 가지 사실을 확인했다. 스님은 〈어산불영〉조를 통해 당시 목격한 바를 가감 없이 기술하였다.

일연 스님은 우선 『고기古記』를 인용하여 만어산의 유래를 설명하고 신이한 현상에 대응하는 수로왕의 활약에 대해 언급한다. 스님이 〈어산불영〉조에서 『고기』를 차용했듯 『삼국유사』에서는 어떤 사건이나 사찰, 불탑 등을 설명할 때 인용처를 분명히 밝히고 있다. 그것은 그 기록이 창작이 아니라 역사성을 지니고 있어 충분히 신뢰할 만하다고 보았기 때문이다.

〈어산불영〉의 주 무대인 만어산은 밀양 삼랑진에 자리한다. 당시 이곳에서 낙동강을 건너면 김해 상동의 옛 감로사 터 인근에 연못이 있었다. 기록에는 그 연못에 살던 독룡이 만어산에 살던 다섯 나찰녀(여자악귀)와 사귀면서 여러 문제를 일으켰다고 한다. 수로왕이 주술로 이들을 다스리려 했으나 본인이 감당하지 못하여 부처를 청하였는데, 부처께서 설법하고 교화한 후에 나찰녀가 오계를 받아 모든 문제가 사라졌다.

이렇게 〈어산불영〉에는 고대의 서술방식인 설화적인 요소가 없지는 않다. 하지만 당시 정황으로 보아 용과 나찰녀로 상징되는 집단들의 소요와 갈등이 있었던 것으로 보인다. 그리고 제사장인 수로왕이 주술이란 방편을 써서 그 집단의 우두머리들과 '영적 배틀'을 했다고 추측할 수 있다. 이것은 마치 〈가락국기〉에 나오는 수로왕과 석탈해의 대결과도 유사하다. 실제로 영적 대결을 벌인 것인지 아니면 무력으로 소위 '맞짱을 떴는지'는 알 수 없으나 갈등과 투쟁은 실재했던 사건으로 보인다.

동서양을 막론하고 신화의 시대에는 사실의 기록마저 상징적으로 표현하는 사례가 흔하게 나타나고 있음을 고려해야 한다. 그리고 고대는 제정일치祭政一致 사회라서 영적 능력의 소유자인 주술사 수로왕이 기후의 영향으로 4년 동안 농사가 되지 않을 때 일종의 '영적 퍼포먼스'를 통해 해결하는 과정을 표현했을 수도 있다. 어쨌든 수로왕 본인의 힘으로는 감당할 수 없어서 부처를 청하고 설법으로 그들을 교화하고 오계를 수계했다 하니 가락국 당시 이미 '부처'와 '오계'라는 불교적 용어가 등장하고 있다는 점을 주목해야 할 것이다. 위의 기록은 한국불교사에서 오계에 대한 최초의 기록이기도 하다.

또 〈어산불영〉조에는 고려 명종대인 1180년에 만어사를 창건했다고 되어 있으나 이때의 창건은 가락국 당시부터 수로왕의 설화가 전해 내려오던 그 터 위에 다시 사찰을 창건한 것을 말한다. 〈어산불영〉에는 만어사 창건 후 주지인 보림 스님이 왕에게 올린 글이 나오는데, 첫째 '양주 경계에 독룡이 살았다', 둘째 '구름 속에서 음악 소리가 난다', 셋째 '부처 영상의 서북쪽 반석에 부처님의 가사袈裟를 빨던 곳이 있다'는 내용이다. 이는 보림 스님이 당시에도 만어사 전설 속의 신이한 현상이 일어나는 것을 보고 글로 정리해서 임금에게 올린 것이다.

70~80년 후 일연 스님이 만어사를 직접 찾았을 때에도 바윗돌에서 종소리가 나는 것과 그림자가 나타나는 현상을 목격하였다. 일연 스님은 자신이 목격한 이적異蹟이 충분히 현실에서 나타날 수 있음을 설명하기 위해 가함可函의 『관불삼매경』, 『고승전』, 법현法現의 『서역전』, 성함星函의 『서역기』 등을 인용하였다. 혹자는 위의 경전들을 먼저 참고하여 어산불영의 설화를 창조했다고 주장하나 사실을 거꾸로 알고 있는 것이, 전해 내려오는 설화가 먼저 존재했고 나중에 일연 스님이 경전을 인용하여 덧붙인 것임을 알아야 한다.

한편 『고기』에도 가락국의 존재와 개국 시조인 수로왕을 언급한 것으로 보아 『삼국유사』가 편찬된 고려시대에는 〈가락국기〉 외에도 가락국이나 수로왕의 존재에 대해 기술한 문헌들이 더 있었을 것으로 사료된다. 흔히 가야를 말할 때 삼국보다 문화가 뒤떨어져 있었다는 선입관이 있지만 불교 도래 등 어떤 부분은 상식을 뛰어넘는 앞선 기록들이 있다. 특히 〈어산불영〉에는 대화불大化佛, 삼귀三歸, 아누보리阿耨菩提, 범천梵天, 바가바婆伽婆, 결가부좌結跏趺坐, 천축天竺, 월지국月支國, 솔도파窣堵婆, 수기授記, 적멸寂滅 등 다수의 불교용어가 등장하고 있어 가야에서 불교가 어떻게 영향을 미쳤는지 가늠할 수 있는 중요한 사료가 된다. 이를 통해 가야불교의 성격에 대한 보다 적극적인 연구의 필요성을 느낀다.

〈장유사중창기長遊寺重創記〉 주세붕 (1544)

우리나라는 산이 많은 나라이다. 예부터 선조들은 산에서 병을 낫게 하는 약초도 캐고 추운 겨울을 지낼 땔나무도 하였다. 또 밤나무와 잣나무 등 유실수도 심고 비탈에는 밭을 일구어 생계를 의지하였다. 그뿐 아니라 인물을 논할 때면 대개 "무슨 산 정기를 타고났다."는 얘기가 빠지지 않으며, 산의 정기에 비할 바는 아니지만 "논두렁 정기라도 타고나야 무엇이라도 한다."는 말도 있다. 이는 보이지 않게 작용하여 후광이 되는 산의 역할을 강조하는 말이다. 그리하여 선조들은 산을 우리의 삶과 떼놓을 수 없는 고맙고도 신령스러운 존재로 여기며 산마다 거기에 맞는 의미의 이름을 부여하였다.

경상남도에는 김해와 창원을 경계 짓는 산이 있는데 이름을 불모산佛母山 또는 장유산長遊山이라고 한다. 여기서 '불모'는 '부처의 어머니'란 뜻을 지닌다. 이 산의 내력에 대해서는, 가락국 일곱 왕자의 어머니인 허왕후를 지칭하여 지어진 이름이라는 주장과, 칠 왕자를 출가하게 하여 성불로 이끈 스승 장유화상을 숭상하여 불모라고 불렀다는 설이 있다. 후자가 가능성이 높아 보이는 것이 불모산을 장유산이라고도 부르기 때문이다.

학계에서는 장유화상에 대한 최초 기록을 1708년의 〈김해명월사사적비〉로 보고 있다. 그러나 실은 그보다 160여 년 앞선 기록으로 1544년 주세붕이 쓴 〈장유사중창기〉가 있다. 당시 주지

좌. 주세붕 초상. 억불숭유의 조선시대에 대유학자 주세붕이 찬한 〈장유사중창기〉에는 장유화상 관련 내용이 있다.
우. 주세붕의 시문집 『무릉잡고』에 실린 〈장유사중창기〉

인 천옥 스님이 당대의 대학자 주세붕을 찾아가 중창기문을 부탁하여 찬하였다. 주세붕의 시문집인 『무릉잡고武陵雜稿』에 실린 〈장유사중창기〉는 지금까지 세간에 잘 알려지지 않았다. 그렇기 때문에 〈장유사중창기〉와 가야 또는 가야불교의 연관성을 밝히는 연구는 사실상 진행되지 않았다고 말해도 과언이 아니다. 이런 상황에서 필자와 향토사학자인 정영도 선생은 〈장유사중창기〉를 가야불교와 장유화상의 실체를 밝힐 수 있는 중요한 단서로 여겨 원문 해석에 천착했다. 이를 통해 대학자인 주세붕 또한 장유화상의 실체를 믿었다는 사실을 확인할 수 있었다.

> "산승 천옥이 가락으로부터 와서 말하기를 '빈도가 가락의 장유사를 다시 짓는데 병신년에 시작하여 내년 정유년에 마칩니다. 기둥이 60여 개 되는 건물에 불전은 순금과 주단으로 장식하여 남쪽 지방에서는 최고로 아름답습니다.'
>
> 山人天玉 自駕洛來 其言曰 貧道改構駕洛之長遊寺 丙申歲始役 明年丁酉斷手 宇六十楹 殿純用黃金 以朱丹 奢麗甲南國云
>
> 또 말하기를 '처음 절을 지은 이는 신라 애장왕입니다. 수로왕으로부터 거듭 확장하여 여덟 번째인데 여덟 번째 화주자(주지)가 소승입니다. 그 처음은 월지국 신승 장유대사가 화주하였고 그 나머지 이름은 알 수 없습니다.'

라고 하였다.

且曰 始爲是寺者 新羅哀莊王 首露王重恢 恢之者凡八重 而第八
化主者 小釋也 其始 月支國神僧長遊師爲化主 其他忘其名

내가 부연하면 장유대사와 애장왕이 그 터를 인연하여
만났고 그 후 단월과 시주들이 여덟 번 확장(보시)하였다.
그곳을 넓힌 처음은 수로왕이다. 그 나머지 중간에 보시
하고 화주한 것이 다 사라지고 조금도 없는 것을 가히 탄
식한다."

余曰然 長遊師遇哀莊而基之 其後檀施之八恢者 其一首露 其他
則檀施與化主 俱泯焉無徵 可嘆

〈장유사중창기〉는 장유사가 신라 애장왕대(재위 800~809)에 창
건됐다고 말한다. 반면『삼국유사』〈가락국기〉에서는 "고려 광
종대(재위 949~975)에 장유사를 지었다."라고 하고 있다. 두 기록의
창건 연대가 다른 것은 일연 스님과 주세붕이 장유사와 관련해
전해 오는 다른 기록들을 참고했음을 암시한다. 〈장유사중창기〉
는 풍수에 밝은 수로왕이 최초로 조그만 수행터를 잡고 월지국
출신 장유화상이 처음 주지가 되었다고 말한다. 세월이 흘러 신
라 애장왕 시절, 그 터 위에 격을 제대로 갖춘 사찰을 창건하였고
이후 조선시대까지 도합 여덟 번 중창하였다고 한다. 또한 주세
붕은 〈장유사중창기〉에서 수로왕이 장유사 자리에 터를 잡은

후 시주 단월과 주지스님들의 기록이 사라진 것을 안타까워했다. 이를 통해 보면 여덟 번의 중창 가운데 애장왕이 시주했을 때 제대로 된 사찰을 건립한 것으로 보인다. 이때 '시주'란 사찰에 금전이나 물질을 희사하는 것을 말하며 '화주'란 시주하는 사람들을 이끌어 가는 주지 소임자를 말한다.

흥미로운 점은 국정을 수행한 수로왕이 장유사의 터를 정하고 수도인이었던 장유화상이 주지 소임을 맡았다는 것이다. 수로왕의 풍수에 대한 안목은 이미 신답평에 도읍을 정할 때도 드러났는데, 왕이 점지한 이 터에서 장유화상은 가야불교의 기틀을 마련할 수 있었다. 또 장유화상을 월지국의 신비스러운 스님으로 표현하고 있는데, 월지국은 기원전 3세기에서 기원후 1세기까지 중앙아시아와 인도 북부에 존재했다고 알려져 있다. 이 월지국의 쇠퇴기가 장유화상의 생존연대와 부합하는 시기이다.

한편 저자인 주세붕은 스승인 강신효를 찾아 10여 년간 김해를 왕래하면서 가야불교와 장유화상에 대해 어느 정도 알 수 있었기에 억불숭유의 조선시대에도 〈장유사중창기〉를 흔쾌히 써 준 것 같다. 조선시대 대표적 유학자 가운데 한 명인 주세붕이 장유화상을 역사 속에 실재한 인물로 보고 있다는 점은 그가 허구로 창작된 인물이 아니라는 것을 우리에게 상기시켜 준다.

이와 함께 2020년 4월 불교문화재연구소가 주관한 대청동사지大淸洞寺址 발굴 자문회의에서 현장에 대한 설명을 들을 기회가

2020년 발굴된 대청동사지의 건물터와 대청동사지에서 나온 기와편들

있었다. 김해시가 가야문화의 원형을 탐색하기 위해 전문기관에 의뢰하여 대청동사지를 발굴한 것이다. 그 결과 통일신라시대부터 고려, 조선 시대까지의 축대와 건물지, 도자기와 기와 등이 발견되었다. 오랜 세월 속에 그 원형은 많이 소실되었지만 쌍계雙溪계곡 위의 높이 2미터, 너비 40미터 축대는 창건 당시 사찰의 격이 만만치 않았음을 보여 주었다. 이렇게 발굴된 터의 규모와 건물지, 통일신라시대의 유물 등 현재까지 확인된 고고학적 근거는 기둥이 60개라는 〈장유사중창기〉 내용과 애장왕대의 창건 기록 등 문헌 기록과 부합한다.

이렇듯 가야문화의 주요한 영역인 가야불교의 흔적이 조금씩 드러나고 있는 만큼 지금까지 주목받지 못했던 가야불교의 기록을 적극적으로 받아들여 연구해야 한다. 이런 차원에서 주세붕이 찬한 〈장유사중창기〉의 가치를 재발견한 것은 의미가 있다. 주세붕은 홍문관, 성균관 등 조선시대 언론·학문을 관장하던 중앙

관청에서 근무해 유교적 학식이 높았다. 서원의 시초 격인 백운동서원을 건립한 대유학자인 그가 불교 승려인 장유화상을 실재한 인물로 믿었다는 사실은 가야불교의 새로운 단서가 될 수 있다.

〈김해명월사사적비金海明月寺事績碑〉증원證元 (1708)
: 명월산에 서린 가락국 삼성三聖 이야기

경상북도 경산에는 삼성산三聖山이 있는데 신라의 원효와 설총 그리고 고려의 일연 스님이 그 산자락에서 태어났다고 해서 붙은 이름이다. 경산의 삼성산이 원효, 설총, 일연 스님과 인연했듯이 부산시 강서구의 명월산도 장유화상, 수로왕, 허왕후와 인연하고 있다. 가야의 장유화상과 수로왕, 허왕후는 기록은 많이 남아 있지 않지만 백성을 사랑하고 덕으로써 나라를 다스렸다는 점에서 가히 성인이라 불릴 만하다.

김해명월사사적비. 가락국의 수로왕과 허왕후, 그리고 장유화상에 관한 내용을 기록한 비로, 1708년 김해부(지금은 부산시 강서구 편입)에 있던 명월사 내에 세워졌다. 이후 명월사는 흥국사로 사명이 바뀌었다.

강서구 허왕후길에 위치한 홍국사 법당 옆에는 비석이 몇 개 있는데 그중 1미터 정도 되는 이끼 낀 작은 비석이 1708년 증원 스님이 찬한 〈김해명월사사적비〉이다. 비문에는 수로왕과 허왕후 그리고 장유화상에 대한 세간에 알려지지 않은 이야기가 기록되어 가야불교의 실마리를 풀 수 있는 '다빈치 코드'가 되고 있다.

"산은 (김해)부 남쪽 40리에 있는데, 절이 있는 곳은 봉우리를 돌아가면 수풀이 빽빽한 곳인즉, 수로왕이 창건한 바이다. 후한의 건무 18년(42)에 분성에 처음 도읍하고 국호를 가락駕洛이라 하였으며, 그 후 7년(48) 만에 왕과 허왕후가 서로 이 산에서 만났는데, (그때) 높은 산 아래에 만전을 설치하고 왕후를 맞이하였으며"

山在府南四十里 而寺居 峰回林密處 乃首露王所建也 漢建武十八年 創都盆城 國號駕洛 後七年 王與許后 相遇於是山 高嶠下 設幔殿 迎后

"왕이 기이하고 신령함에 감동하여 산 이름을 명월이라 짓고 훗날 절을 세 곳에 세우도록 명한 바, 흥·진·신 3자를 국 자 위에 얹어 편액하여 길이 나라를 위하여 축원하는 장소로 하였다. 신국사는 세자를 위하여 세운 것으로 산 서쪽 벼랑에 있고, 진국사는 허왕후를 위해 세운 것으로 산 동쪽 골짜기에 있으며, 흥국사는 왕 자신을 위한 것으로 산 가운데 있으니 곧 이 절로서 지금은 삼원당이라 부르는데, 두 절은 다만 (옛)터만 남았다."

王感其靈異以明月名山後命建寺三所 以興鎭新三字弁于國而扁
之永爲邦家 祝釐之所曰 新國爲世子建在山西崖曰 鎭國爲后所
設在山東谷曰 興國爲王自爲在山中卽是寺至今稱三願堂而二寺
只爲遺址

"산 아래에 있는 부인당 및 주포는 왕후가 곧 서역西域 국
왕의 딸로서 바다를 저어 와서 이곳에 배를 맨 곳이다.
본 사찰이 있는 곳은 높은 언덕 아래 건좌(동남쪽)에 있어
지난날 임진년(1592) 병화兵火에 헌 것을 중수할(1708) 때에
또 기왓장 하나를 무너진 담 아래에서 얻었는데 뒷면에
건강원년갑신삼월람색(서기 144년 3월) 등의 글자가 있어,
또한 장유화상이 서역西域으로부터 불법을 받들어 옴에
왕이 불도를 중히 여겨 숭불하게 된 것을 다시 증험證驗
하게 하는 바이다."

山下有夫人塘 及主浦后乃西土國王女航海而來 維舟於此本寺在
高嶠下乾坐往在壬辰毀於兵火萬曆戊午重修時又得一瓦頹垣下
背有建康元年甲申三月藍色等字且長遊和尙 自西域奉佛法而來
王之重道崇佛 亦可驗矣

〈김해명월사사적비〉를 보면 명월사는 수로왕이 창건하였다
고 하고 있다. 또 명월산 아래에 수로왕이 만전幔殿을 설치하고 허
왕후와 처음 만났다고 하였고, 이 산 아래에서 첫날밤을 치른 수

로왕은 이를 기념하기 위해 산 이름을 '명월'이라 지었다고 한다. 이 명월산은 현재의 보배산이다.

〈김해명월사사적비〉에서 특히 주목할 내용은 명월산에 터를 잡은 세 절에 관한 이야기이다. 수로왕은 훗날 흥興, 진鎭, 신新 세 글자에 '나라 국國' 자를 붙여서 세자를 위해서는 명월산 서쪽 벼랑에 '신국사', 허왕후를 위해서는 산 동쪽 골짜기에 '진국사', 그리고 왕 자신을 위해서는 산 중앙에 '홍국사'를 지었다. 그 가운데 홍국사가 바뀌어서 지금의 명월사가 되었다고 말한다. 사적비가 세워진 1708년 당시 수로왕과 허왕후, 세자를 추모하기 위해 지은 '삼원당三願堂' 가운데 옛 홍국사인 명월사만 남았고, 두 절은 폐사해 터만 남았다고 기록하고 있다. 다행히 얼마 전 명월산 자락에서 두 절의 옛터가 발견되기도 하였다.

사적비는 이렇게 명월사 창건부터 중건 당시까지의 내력을 소상히 말하고 있다. 이를 통해 수로왕이 절을 지을 때 새 나라 '가락국'을 위한다는 의미로 신국사新國寺, 안정된 나라를 위해 진국사鎭國寺, 잘 사는 나라를 바라며 홍국사興國寺를 지었다는 사실을 알 수 있다. 세 절에 세자와 허왕후, 수로왕 자신의 존재를 투영했다는 점에서 수로왕이 얼마나 나라를 사랑하고 가족을 챙겼는지 엿볼 수 있다.

또 하나 사적비에서 눈여겨볼 기록은 명월사를 중수할 때인 1708년(숙종 34) 무너진 담 아래에서 나온 기왓장에 '건강원년建康元年

갑신삼월람색^{甲申三月藍色}'이라는 명문^{銘文}이 발견됐다는 부분이다. 건강원년은 서기 144년으로 기록대로라면 수로왕 당시에 사찰을 지었다는 내용과 정확히 일치한다. 다만 안타까운 점은 오랜 세월 속에 기록에 등장하는 기왓장은 사라지고 없다는 점이다. 그러나 현재 흔적이 없다고 과거의 기록을 함부로 부정하거나 '사찰 측에서 윤색했다.' 등으로 속단하는 일은 금물이다. 왜냐하면 지금도 여전히 가야불교와 관련된 흔적들이 지속적으로 발견되고 있기 때문이다.

비석을 쓴 증원 스님도 중수할 때 나온 기와 명문을 보고 '이 절의 내려오는 기록과 설화 그대로 수로왕이 지은 게 사실이고 장유화상이 그때 불법을 들여왔구나.'라는 확신을 가져 있는 그대로의 사실을 찬술한 것이다. 그래서 스님은 "장유화상이 서역으로부터 불법을 받들어 옴에 왕이 불도를 중히 여겨 숭불하게 된 것을 다시 증험하게 하는 바이다."라며 '증험'이란 경험적 용어를 명확히 쓰고 있다. 경상남도 진해 용원 앞바다를 바라보는 명월산은 산령에게 비단 바지를 폐백한 '허왕후'와 산 이름을 지은 '수로왕' 그리고 해동 초조^{初祖} '장유화상'의 이야기를 간직한 가락국의 성산^{聖山}으로 여전히 그 자리를 지키고 있다.

〈가락국태조릉숭선전비駕洛國太祖陵崇善殿碑〉 허전 (1884)

: 숭선전비에 나타난 수로왕과 허왕후의 출신

"곰곰이 옛일을 살펴보니 가락국 시조의 성은 김씨요, 휘는 수로이시다. 하늘에서 처음 이 땅에 내려오실 때 금의 상서로움이 있었다. 하여 김金을 성姓으로 삼았다. 혹은 소호금천씨의 후예라서 김씨라 했다고도 하며, 또 말하기를 맨 먼저 나시어 백성을 보살핀 시조라서 수로라 하고 이를 왕호로 삼았다 한다."

粤若稽古駕洛始祖王姓金氏諱首露 降生之初有金瑞 故曰金姓
或曰少昊金天氏之後故曰金氏 又曰首出爲生民之祖故以首露爲
王號

"왕이 되신 지 121년에 스스로 정무政務에 권태로움을 느끼시고, 황제가 신선이 되었음을 흔연히 사모하여 왕위를 태자 거등에게 전하고, 지품천의 방장산 속에 별궁을 지어서 태후와 함께 이거하여 수련을 하셨다. 왕께서 스스로 보주황태왕이라 하시고, 왕후의 호를 보주황태후라 하셨으며, 산을 태왕산, 별궁을 태왕궁이라 하셨는데"

王年百二十一自以倦勤 欣然慕黃帝之升仙 傳位于太子居登 築
別宮于知品川之方丈山中 與太后移居而修鍊 王自號曰普州皇太
王 號后曰普州皇太后 山曰太王山 宮曰太王宮

"문무왕께서 말씀하셨다. '짐은 수로왕의 외가 후손이다.' 하시고는 예관을 파견하여 제사를 드리게 하고 다시 두 능을 보수케 하시었다. 그리고 우리 영조대왕께서 을축년(1745, 영조 21)에 명하시기를 '수로왕릉과 허왕후릉의 제향을 함께 거행하게' 하시었다. 정조대왕께서는 임자년(1792, 정조 16)에 각신 이만수를 파견하시어 '두 능을 받들어 살피고 합향 의식을 하라.' 하시며 친히 치제문을 지으셨다."

文武王曰朕首露王之外裔也 遣官致祭復修二陵 逮我英宗大王乙丑 命曰首露王陵許后陵 祭享一體擧行 正宗大王壬子 遣閣臣李晚秀奉審二陵合享之儀親製致祭文

"대개 아유타국 임금의 따님이라 하는데, 혹은 남천축국 임금의 따님이라 하기도 하고, 혹은 서역 허국 임금의 따님이라 한다. 또한 허황국이라고도 하니, 알 만한 주변에 있는 나라가 아니라서 보첩 및 금관고사, 동사강목 등의 서적에 번잡하게 나오나 일치하지 않는다."

蓋云阿隃陀國君之女 或曰南天竺國君之女 或曰西域許國君之女 亦云許黃之國方外別國譜牒及金官古事東史綱目等書雜出者不一也

"태후께서 스스로 말씀하시기를 '저는 아유타국 임금의 공주로서 올해 나이 열여섯 살입니다. 부왕께서 저에게 말씀하시기를 <꿈에 상제께서 분부하시기를 가락국의

왕이 아직 배필을 정하지 못했으니 마땅히 왕의 딸을 보
내어 왕후가 되게 하라고 하셨으니 너는 그곳으로 가야
할 것이다> 하시고는 석탑을 배에 실어 주셔서 바람과
파도를 누르고 제가 여기에 이르게 되었나이다.'"

自言妾阿踰陀國君之公主也年今十六父語妾曰夢上帝命曰駕洛
元君 未定配耦 宜遣王女以后之爾基往哉乃載石塔于船 以鎭風
濤故妾得以至此

"태후께서는 아들 열 분을 낳으셨는데, 태후께서 돌아가
심에 임박하여 왕에게 청하기를 '저에게는 동토가 객지
인지라 제가 숨을 거둔 후에는 성姓이 전승되지 못하니
슬픕니다.' 하시니, 그 말씀에 왕께서 감동하시어 두 왕
자에게 허씨 성을 내려 주셨다."

后生子男十人后臨薨請於王曰妾於東土客也妾沒之後悲姓之不
傳也王感其言錫二子姓許氏

김해 봉황대 동북쪽 평지에 수로왕릉이 자리하는데 정문을 들
어서면 좌측에 몇 기의 비석이 있다. 그 가운데 보호각 안에 있는
비석이 1884년에 허전이 찬한 〈가락국태조릉숭선전비駕洛國太祖陵
崇善殿碑〉이다. 〈숭선전비〉는 김해 김씨 문중이 시조인 수로왕
을 기리기 위해 지은 비문으로 가락국 건국, 역대 왕들의 이름과
별호, 허씨 성의 유래에 대해 말하고 있다. 비는 조선 후기의 기
록이지만『삼국유사』〈가락국기〉뿐 아니라 전해 오는 다른 문

1. 가락국태조릉숭선전비
2. 김해 수로왕릉의 숭선전에는 김수로왕과 허왕후의 신위
   가 모셔져 있고 매년 두 차례 국민 누구나 참여할 수 있는
   숭선전제례를 올리고 있다.
3. 숭선전 내부에 그려진 수로왕 탄강설화 벽화

헌을 참고한 내용들이 나오기도 한다.

비는 우선 수로왕의 출신과 그 내력을 비중 있게 언급하고 있
다. 불교에서는 세상 모든 존재의 탄생에 대해 네 가지로 분류한
다. 포유류인 태생胎生과 조류·파충류인 난생卵生 그리고 미생물·
바이러스 등의 습생濕生과 신神 및 변태동물과 같은 화생化生으로
구분한다. 수로왕의 경우 〈숭선전비〉와 〈가락국기〉에서는 부
모 없이 하늘에서 갑자기 나타난 화생化生으로 말하나 그것은 하

나의 비유일 뿐이고, 실제는 사람이므로 태생胎生이다. 그는 백성들에게 자신의 신적인 권위를 내세우기 위해 부모를 드러내지 못할 형편이었을 것이다.

또한 〈숭선전비〉에는 수로왕의 출신을 중국 사서인『사기史記』에 나오는 황제 헌원의 아들 '소호금천씨'의 후손으로 보는 대목이 등장한다.『삼국사기』「김유신열전」에도 김유신의 윗대 조상을 수로왕과 소호금천少昊金天씨라고 하고 있다. 이는 김해 김씨의 시조인 수로왕의 뿌리가 대륙에 연원했을 가능성을 보여 준다. 이러한 기록을 남긴 김부식과 허전이 모두 유학자라는 점을 고려하면 유교적인 세계관이 반영된 대목으로 볼 수 있다. 수로왕의 탄생과 출신은 가락국 초기부터 신비화된 비밀의 영역이었기 때문에 후대의 기록에서도 분명하게 확정 짓지는 못했다. 그러나 불분명하게 표현됐다고 해서 역사적 사건이나 인물 자체가 없었다고 부정할 수는 없다. 오히려 불분명하다고 기록을 남긴 자체가 "있었는데 다만 잘 알 수는 없다."는 찬자撰者의 솔직한 자기고백인 것이다.

〈숭선전비〉에는 신라 문무왕이 수로왕의 외손일 뿐 아니라 예관을 파견해 제사를 드리고 수로왕과 허왕후의 능을 보수하게 하였다 말한다. 조선의 영조와 정조 대왕도 왕릉에 제관을 보내어 제향했으며 정조는 친히 치제문까지 지을 정도로 수로왕 부부에게 예우를 다했다고 전한다. 이렇게 역대 군왕들이 이들을 정성을 다해 모셨다는 사실은 두 사람이 역사적 인물이라는 근거가 된다. 그러므로 〈숭선전비〉에 제시된 내용을 함부로 신화나 유사 역사로 치부해서는 안 될 것이다.

이와 함께 〈숭선전비〉에서는 허왕후의 출신에 대한 단서도 발견할 수 있다. 〈숭선전비〉에는 허왕후의 출신에 대해 아유타국, 남천축국 또는 서역의 허국許國 내지 허황국으로 제시하면서 가야 주변에 없는 먼 나라라고 말하고 있다. 허씨의 나라를 뜻하는 허국, 허황국을 논외로 하고 허왕후의 고향을 아유타국, 남천축국으로 혼재해 기록한 것을 보면, 조선시대 후기까지도 인도에 대한 지리적 개념이 불분명했음을 추정할 수 있다.

이와 함께 〈숭선전비〉에 등장하는 '보주普州'도 허왕후의 출자를 확인할 수 있는 또 다른 근거가 된다. 〈숭선전비〉에 따르면 수로왕은 정무에 권태로움을 느껴 거등왕에게 양위하고 허왕후와 함께 지리산으로 들어가 도를 닦고 수련하였는데 스스로를 '보주황태왕'이라 하고 왕후를 '보주황태후'라고 칭했다. 허왕후릉에도 〈가락국수로왕비 보주태후허씨릉〉이라는 비석 명문이 있는 만큼 '보주'가 허왕후의 출자와 깊은 관련이 있다고 추정할 수 있다.

김병모 한양대학교 명예교수는 중국 사천성 안악현이 기원 전후에 '보주普州'라고 불린 만큼 이와 관련이 있다고 본다. 또 다른 의견은 인도가 대국이라서 '넓은 땅'이란 뜻으로 '보주'라고 했다는 설이 있다. 개인적으로는 인도 북부의 아요디아에서 '보주'라는 지명이 유래한 것이 아닐까 생각해 본다. 연호탁 교수의 『중앙아시아 인문학 기행』에는 산스크리트어의 나눔과 봉사를 뜻하는 '보즈푸르bhojpur'가 나오는데 이는 과거 아요디아의 또 다른 이름이라고 설명된다. 인도의 아요디아는 〈가락국기〉에 등장하는 허왕후의 고향 '아유타국'의 가장 유력한 후보지다. 이와 같이 보주가 아요디아와 같은 공간이었다는 주장과 '수로'라는 말이 왕또는 태양을 의미하는 산스크리트어 수르sur, 수리야suriya에서 연원했을 가능성을 고려하면 '보주(보즈푸르)=아요디아'라는 가설은 충분한 설득력을 가진다.

한편 〈숭선전비〉에는 허씨 성의 내력과 허왕후의 출신지를 유추할 수 있는 대목이 등장한다. 허왕후가 임종이 가까워 수로 왕에게 "저는 동토가 객지인지라 제가 숨을 거둔 후에는 성姓을 전승하지 못하니 슬픕니다."라고 말하자 왕이 감동해 두 왕자에게 허씨 성을 내리는 장면이 나오는데, 이 역시 여성을 통해 성을 받은 우리나라 사성賜姓의 최초 기록이다. 또한 허왕후가 동토를 객지라고 표현한 것에서 그녀가 서쪽에서 왔다고 추정할 수 있다.

이러한 전후 상황을 고려하면 당시 효심 깊은 16세 아리따운 공주는 부모님의 명을 받들어 파사석탑을 싣고 고향인 인도 아유타국을 떠나올 때 '나 이제 한번 떠나면 다시 고향으로 돌아가지 못한다. 동쪽 끝 가락국에 내 뼈를 묻으리라.'고 다짐하였을 것이다. 그렇다면 과연 무엇이 그녀로 하여금 고향 산천을 떠나 목숨 걸고 이 땅에 오게 했을까? 얼굴 한번 못 본 젊은 군주에 대한 사랑의 힘이었을까, 아니면 또 다른 사명이 있었을까. 아유타국 공주의 담대함과 그 깊은 속마음을 감히 알 수 없다.

마침내 공주의 목숨 건 항해는 보상을 받아 그녀는 10남 2녀를 낳고 행복한 가정을 이뤘으며 천수와 천복을 누렸다. 그러나 짐승도 죽기 전에 고향을 향해 머리를 둔다는데 평생 친정 한 번 못 간 그녀의 심정이 어떠하였으랴. 결국 임종을 앞둔 허왕후의 애끓는 향수가 수로왕의 마음을 흔들었고 그것이 허씨 성의 연원이 된 것으로 보인다. 김해 김씨 가문에 전해져 오는 〈숭선전비〉가 허왕후 도래의 미스터리를 푸는 데 적잖은 도움이 되는 만큼 향후 가야사 등 역사 연구에서 성씨의 내력을 말해 주는 보학譜學도 상당한 도움이 되리라 본다.

가야불교의 인물

가야불교의 전개에서
장유화상, 수로왕 그리고 허왕후
이 세 사람이 차지하는 역할은 절대적이다.

역사는 문명의 발달과 함께 수많은 위대한 인물을 탄생시켰고 또 이러한 인물들이 역사를 발전시키는 원동력이 되기도 하였다. 새로운 역사를 만들거나 그 물줄기를 좌우하는 것은 소수의 영웅이나 천재들만이 아니며 다수의 대중도 그에 못지않은 역할을 해왔다. 하지만 거대한 역사의 움직임이 처음에는 한 사람으로부터 시작하며 이윽고 다수가 참여하는 것이 일반적이기는 하다.

가야불교의 전개에서 장유화상, 수로왕 그리고 허왕후 세 사람이 차지하는 역할은 절대적이다. 『삼국유사』뿐 아니라 후대에 작성된 기록, 연기사찰緣起寺刹의 각종 설화 대부분이 그들을 다루고 있기 때문이다. 가야불교의 역사에 지대한 영향을 끼친 세 사람이 어떤 인물인지 살펴보자.

좌. 장유사 삼성각 | 우. 장유화상 진영眞影

한국불교의 최초 전래자 장유화상

역사는 인간에게만 국한되지 않는다. 땅에도 세월의 나이테인 '땅의 역사'가 있고, 땅에 이름을 붙여 지명화地名化가 되면 지명은 그것이 시작된 유래, 변천 그리고 현재라는 역사를 가진다. 김해에는 '장유長有'라는 지명이 있고 이 지명은 장유화상이라는 스님의 이름에서 왔다고 한다. 이때 '화상'은 덕이 높은 스님을 말하는 용어인데, '장유화상長遊和尙'을 문자 그대로 해석하면 '오래도록 산림에 은거하면서 노닐던 덕 높은 스님' 또는 '오래도록 산림 속에서 수행한 덕 높은 스님'이 된다. 장유에서 '유'는 처음 '놀 유遊'였는데 조선시대 말에 '있을 유有'로 바뀌었다고 한다.

1915년 숭선전 참봉 허렴_{許廉}이 찬한 〈가락국사장유화상기적비〉에는 '화상이 놀았다 하여 절도 장유, 산도 장유, 마을도 장유 [和尙遊 寺曰長遊 山曰長遊 村亦曰長遊]'라고 하는 대목이 나오는데, 장유는 지역 이름뿐 아니라 장유사_{長遊寺}라는 사찰명에도 남아 있다. 장유산은 조선시대까지는 실재하였다. 옛 기록들에 따르면 장유화상은 허왕후의 오빠로 인도 아유타국 왕자 출신의 스님이며, 남매는 가락국에 불교를 처음 전해 주었다. 〈김해명월사사적비〉(1708)는 아래와 같이 장유화상의 출신을 설명하고 있다.

> "장유화상이 서역으로부터 불법을 받들어 옴에 왕이 불도를 중히 여겨 숭불하게 된 것을 다시 증험하게 하는 바이다."
>
> 長遊和尙 自西域奉佛法而來 王之重道崇佛 亦可驗矣
>
> "화상은 성은 허씨요, 이름은 보옥이며, 아유타국 임금의 아들이다."
>
> 和尙姓許氏 名寶玉 阿踰陀國君之子也

한편 조선 전기인 1544년 주세붕이 지은 〈장유사중창기〉에는 '월지국의 신이한 스님 장유대사[月支國神僧長遊師]'라고 표현돼 장유화상이 월지국 출신으로 나오기도 한다. 1797년 김해 은하사의 <취운루중수기>에도 장유화상의 출신지에 대한 설명이 나온다.

> "세상 사람들이 전하기를 가락국의 왕비 허왕후가 천축국에서 올 때 오빠 장유화상이 함께 왔다고 한다. 천축국은 본래 부처의 나라이다. 왕이 은하사와 명월사 및 암자를 창건하라고 하며 부암, 모암, 자암이라 명해 근본을 잊지 않는 뜻을 보였는데 이는 왕후의 소원이었다."

世傳駕洛王妃許后 自天竺國來 兄長遊和尙從焉 天竺本佛氏國也 王命刱銀河寺及明月及菴曰父曰母曰子用寓 不忘本之意蓋后願也

이처럼 장유화상의 출신지에 대해서는 서역, 아유타국, 월지국, 천축국 등의 다양한 기록과 주장이 있지만 이 모두가 옛 사람들의 관념으로 본 인도를 지칭하는 말임을 알 수 있다. 장유화상이 이역만리 인도에서 순교殉敎를 각오하고 가락국에 올 때는 세속의 사람처럼 생존을 위한 호구지책으로 오지는 않았을 것이다. 성직자로서 한 생을 걸 만한 원대한 목적과 불법홍포佛法弘布라는 이상이 있어서일 것이다. 인간의 행복을 위한다는 종교의 전도행위는 동서양을 막론하고 오래전부터 존재해 왔으며, 그 최초 전파자들은 생명을 걸기도 했다.

한편 〈가락국기〉에는 장유화상이 왔다는 기록이 수록되지 않았다. 이는 일연 스님이 〈가락국기〉를 요약해서 쓰다 보니 이 부분의 기록이 빠졌거나, 아니면 화상은 공주가 오기 전에 미리 상업 루트를 따라 먼저 가야에 와서 수행과 전법을 하고 있었기 때문이라 추측해 본다. 화상은 동생보다 먼저 이 땅에 와서 수로왕을 만나 가야의 부강과 불국토 건설을 함께 구상하였고, 그 일환으로 신심 깊은 여동생을 오게 해서 수로왕과의 혼인을 성사시켰을 가능성도 있다. 또한 장유화상과 인연 있는 사찰인 동림사, 영구암, 흥부암 등은 모두 나라의 번영을 위해 지어졌다는 공통점이 있다.

〈가락국기〉에는 가야 8대 질지왕이 서기 452년에 허왕후를 위해 왕후사를 짓고 5백여 년 후인 고려 광종대에 장유사를 지었다고 기록하고 있다. 장유사의 중요성을 간접적으로 알 수 있는 대목이 허왕후를 기리는 왕후사를 짓고 난 후 나라에서 하사한 땅이 평전 10결인 데 반해 장유사는 농지와 산을 합쳐 그 30배인 300결을 하사했다는 점이다. 그것은 장유사가 비록 후대에 지어졌지만 불교사적 입장이나 국가적으로는 장유화상을 허왕후보다 더 중요하다고 보았기 때문이라 생각된다.

또한 〈가락국기〉에는 왕후사를 장유사의 '시지柴地 동남쪽 구역' 안에 있다는 이유로 폐사시켰다고 나온다. 폐사시킬 당시 왕후사를 허물고 그 자리에 마구간과 농장을 만들었다는 기록으로 보아 단순히 본사와 말사의 갈등뿐 아니라 장유사를 선양하기 위해서 왕후사를 폐사한 것으로 보인다. 또 다른 이유 중 하나는 수로왕과 허왕후가 처음 만난 주포라는 하나의 공간 안에 왕후사와 홍국사 두 개의 절이 존재한다는 사실도 본사인 장유사의 입장에서는 부담으로 작용했을 것이다.

한편 장유화상의 실존을 구체적으로 증언하는 기록이 주세붕의 〈장유사중창기〉이다. 여기엔 장유화상을 월지국 신승 장유대사[月支國神僧長遊師]로 표현하고 있다. 월지국은 기원전 3세기에서 기원후 1세기까지 존재한 것으로 알려졌다. 서역 돈황지역이 주무대였으나 기원전 흉노에 쫓겨 인도까지 영역이 이동된 만큼 그 후손인 장유화상은 기원 전후의 인물인 것이다.

장유화상에 대해 불교계와 김해 김씨 문중에서는 실존 인물로 여기나 사학계 일부에서는 창작된 인물로 보고 있어 그 실존에 있어서는 시각이 극명하게 둘로 나뉜다. 패자의 역사인 가야는 신라와 고려의 주류와 사가史家들에 의해 철저히 배제되었으며, 허왕후와 장유화상은 김해지역의 김씨와 허씨의 씨족사회를 중심으로 전설과 설화로 겨우 전승되었다. 특히 유교적 가치관을 가진 사관들은 한국불교의 법통과 최초 전래라는 타이틀 및 영예가 이민족인 장유화상에게 돌아가는 것이 별로 반갑지만은 않았을 것이다. 그러나 '장유'라는 지명과 각종 전설을 간직한 연기사찰, 장유화상사리탑 등이 전해 내려오는 현실을 감안하면 오히려 장유화상이 허구적 인물이라는 주장을 증명하기가 쉽지 않으리라 본다.

한국불교가 반드시 중국을 경유해야 하고, 중국보다 늦게 전래되어야 하는 당위성은 없다. 거리와 시간이 부분적인 조건은 될 수 있으나 어떤 현상에 대해 절대적인 것은 아니다. 2천 년 전으로 추정되는 주거지와 무덤 등이 확인된 경상남도 사천의 늑도 유적을 보면 우리 조상들은 기원전에도 국제적인 해상 교역을 하였고, 그 정점에서 장유화상과 허왕후가 당시 최고의 산물이었던 불교를 이 땅에 이식했던 것이다.

이와 함께 수로왕 부부의 칠 왕자 출가도 장유화상 스토리에서 빠질 수 없는 요소다. 조카인 일곱 왕자가 출가한 것은 이들이 평소 외삼촌인 장유화상의 수행력과 덕행을 사모하였기에 가능했을 것이다. 한두 명이 아니라 일곱 명이나 되는 왕자의 집단출가는 하루 아침에 갑자기 일어날 수 있는 일이 아니며, 오랜 시간 충분한 신뢰가 쌓여야 가능하기 때문이다.

그러나 "인정이 농후하면 도심道心은 옅어진다."고 한 경전의 말처럼 화상은 칠 왕자의 스승이 되고 난 후 외삼촌과 조카라는 혈육의 정을 멀리하고 수년간의 혹독한 훈도 끝에 지리산 칠불암에서 성도하게 하였다. 이후 칠 왕자는 득도하여 승천한 것으로 알려져 있다. 국내에서는 칠 왕자에 대한 더 이상의 기록이 없는데 재미있는 것은 일본의 남규슈 고쿠부[國分]와 가사사[笠沙] 지역에 가야의 칠 왕자에 대한 흔적과 전설이 내려오고 있다는 사실이다.

부산일보의 도쿄지사장으로 오랫동안 일본에서 근무했던 최성규 기자가 20여 년간의 연구와 답사를 바탕으로 1993년 『일본왕가의 뿌리는 가야왕족』을 발표했는데, 그는 이 책에서 남규슈 지역에는 칠 왕자 신사와 칠 왕자 성城 그리고 7개의 김씨 마을이 있다고 주장했다.

가야를 떠난 칠 왕자는 도의 즐거움에 안주하지 않고 화광동진和光同塵의 마음으로 미지의 땅인 일본열도에 가서 새로운 세계를 개척하고 중생들을 제도하는 데 노력한 문명 전파자들은 아니었을까. 칠 왕자의 일본열도 진출이 사실이라면 그것은 신세계를 개척한 어머니 허왕후의 모험정신과 가야의 정신적 멘토인 외삼촌 장유화상의 자비사상에 영향을 받았던 것이리라.

르네상스적 인물 김수로왕

가락국의 건국과 허왕후의 도래가 실려 있는 『삼국유사』〈가락국기〉에는 수로왕의 다양한 캐릭터 가운데 카리스마 넘치는 모습이 부각된다. 가야의 이전 명칭인 가락국을 처음 개창한 김수로왕에 대한 기록이 문헌으로 많이 남아 있지는 않지만 현존하는 기록으로만 보아도 김수로왕은 그리 간단한 인물은 아닌 것

1. 김수로왕 표준영정
2. 김수로왕과 허왕후의 영정을 봉안하고 있는 숭정각
3. 1914년의 수로왕릉. 숭선전, 납릉 정문으로 현재 숭선전은 동쪽 20미터 지점으로 옮겨져 있다.
4. 납릉 정문 앞의 문무인석. 1990년대 사적지 정비 사업으로 현재 문무인석은 왕릉 바로 앞으로 옮겨져 있다.
5. 현재 수로왕릉의 납릉 입구

같다. 수로왕의 정체성은 왕이라는 정치적 신분으로 때로는 근엄한 모습이지만 때로는 수도인으로, 때로는 국가 간의 분쟁을 조정하는 중재자로 다양한 모습을 보이고 있다. 비록 짧은 기록의 편린이지만 수로왕이 매우 다재다능한 팔방미인이었음을 알게 해 준다.

〈가락국기〉에 나오는 수로왕 관련 기록들을 살펴보면 왕으로서의 위엄을 갖추고 백성을 사랑하는 덕치를 베풀었음을 확인할 수 있다. 먼저 신라 왕 석탈해와의 대결 장면에서는 카리스마 넘치는 왕의 풍모를 느낄 수 있다.

> "탈해가 왕에게 말하기를 '내가 왕의 자리를 빼앗으러 왔다.' 하니 왕이 대답하기를 '하늘이 나로 하여금 왕위에 오르게 명한 것은 장차 나라를 안정시키고 백성을 편안케 하려 함이니 감히 하늘의 명을 어겨 왕위를 남에게 줄 수 없고 또 내 나라와 국민을 너에게 맡길 수도 없다.' 라고 하였다."
>
> 語於王云 我欲奪王之位故來耳 王答曰 天命我俾即于位 將令安中國 而綏下民 不敢違天之命以與之位 又不敢以吾國吾民付屬於汝

위 대목에서 석탈해의 자신감 넘치면서도 오만한 도전에 대해 수로왕은 단호한 어조로 "나는 하늘의 선택을 받은 사람이며 나라를 안정시키고 백성을 편안하게 하는 게 나의 의무다."라고 당당하게 응수하는데, 이를 통해 왕의 치국안민治國安民에 대한 뚜렷한 철학을 엿볼 수 있다. 〈가락국기〉뿐 아니라 〈가락국태조릉숭선전비〉 등에도 수로왕은 합리적이며 백성을 덕으로써 다스린 인자한 국부로 묘사된다.

> "이에 나라를 다스림이 집안을 다스리듯 백성을 사랑하니 그 교화는 엄숙하지 않아도 위엄이 서고 그 정치는 엄하지 않아도 다스려졌다."
>
> 於是乎理國齊家愛民如子 其敎不肅而威 其政不嚴而咸 〈가락국기〉

> "왕께서 보위에 오르셔서 황무지를 개척하여 좋은 땅을 만드시고 만물의 속성을 드러내고 밝혀 천하의 일을 성취시키니 풍속이 순박하고 정이 두터워졌고, 다스릴 때 교화를 두텁게 함을 숭상하였다. 인의를 숭상하고 겸양의 예의를 흥하게 하시었고 고아나 홀아비나 과부를 불쌍히 여기셔서 구휼하셨다."
>
> 王旣登大位破荒啓土開物成務俗因淳厖 治尙惇化 崇仁義興禮讓恤孤獨哀矜寡 〈가락국태조릉숭선전비〉

이처럼 수로왕은 강압적인 전제군주의 모습이 아닌 최소의 법률로 국정을 운영하였고 인의와 예의를 숭상하고 경제력이 없는 고아와 과부를 구제하는 복지정책을 그때 이미 실행하였으니 가락국은 당시 최고의 선진국이라 할 것이다. 또 수로왕에 관한 기록에는 고대에 흔치 않았던 남녀평등과 여성을 배려하는 신사적 모습을 보여 주는 대목이 있다.

> "마중을 나간 구간들이 배를 돌려 대궐로 들어가자고 하니 왕후가 말했다. '나는 평소 그대들을 모르는 터인데 어찌 감히 경솔하게 따라갈 수 있겠느냐.' 유천간 등이 되돌아가서 왕후의 말을 전하니 왕이 옳게 여겨 길잡이 유사를 데리고 행차하여 종궐 아래에서 서남쪽으로 육십 보쯤 되는 산 밖 변두리에 장막을 쳐서 임시 궁전을 만들어 놓고 기다렸다."
>
> 旋欲陪入內王后乃曰 我與等素昧平生 焉敢輕忽相隨而去 留天
> 等返達后之語 王然之率有司動蹕 從闕下西南六十步許地 山邊
> 設幔殿祇候 <가락국기>

이처럼 수로왕이 공주가 마음속으로 말한 '수로왕 당신이 직접 와라. 그렇지 않으면 나는 가지 않겠다.'라는 의도를 알아채고 몸소 주포로 행차하는 정성을 보인 것은 여성에 대한 수로왕의 성숙한 인식을 보여 준다. 어린 나이임에도 불구하고 자신을 시험하는 지혜로운 공주에 대해 겸손과 예의를 가지고 응하는 것으로 보아 수로왕의 의젓하고 자상한 면모를 느낄 수 있게 한다.

다음의 수로왕에 대한 기사는 신라 파사 이사금이 자신이 해결하지 못하는 문제를 수로왕께 청하여 주변국 간의 영토분쟁을 해결하는 모습인데 짧은 글 속에서도 수로왕의 품격을 느낄 수 있다.

> "23년(서기 102) 가을 8월 음즙벌국과 실직곡국이 국경을 두고 다투다가 왕에게 와서 판결을 청하였다. 왕이 처리하기 난처하여 '금관국 수로왕이 연로하여 아는 것이 많고 지혜로울 것이다.' 하고는 초청하여 물었다. 수로왕이 의견을 내어 다투던 땅을 음즙벌국에 속하게 하였다. 이에 왕이 6부에 명하여 함께 (잔치를 열어) 수로왕을 대접했다."
>
> 二十三年秋八月音汁伐國與悉直谷國爭疆 詣王請決 王難之謂
> 金官國首露王年老多智識召問之 首露立議以所爭之地屬音汁伐
> 國於是王命六部會饗首露王 『삼국사기』 「파사이사금」

이처럼 수로왕은 백성과 상대를 배려하는 인품과 능숙한 국가운영으로 이웃 나라 왕의 초청을 받아 어려운 문제를 해결하는 중재자로서의 지혜로운 모습을 보여 준다. 다음은 수로왕의 수행자적 측면이 보이는 기록들인데 불교뿐 아니라 풍수에 안목을 갖춘 도교적인 풍모도 함께 보이는 대목이다.

"이 땅은 협소하기가 여뀌 잎과 같다. 그러나 수려하고 기이하여 가히 16나한을 머물게 할 만한 곳이다. 더구나 1에서 3을 이루고 3에서 7을 이뤄 칠성이 거처하기에 적합하니"

此地狹小如蓼葉 然而秀異 可爲十六羅漢住地 何況自一成三 自三成七 七聖住地 固合于是 <가락국기>

"나는 나면서부터 성스러워 공주께서 멀리서 올 것을 미리 알고 있어서 신하들이 왕비를 맞으라는 청을 따르지 않았는데 이제 현숙한 공주께서 스스로 오셨으니 부족한 이 몸에는 매우 다행한 일이오."

朕生而頗聖先知公主 自遠而屆下臣有納妃之請不敢從焉 今也淑質自臻眇躬多幸 <가락국기>

"그때 당시에 (가락국) 경내에 옥지가 있고 그 못에 독룡이 있었는데 만어산에 있는 다섯 나찰녀와 왕래하며 사귀었다. 그때마다 번개가 치고 비가 내려 4년 동안 오곡이 되지 않았다. 왕이 주술로 이것을 금하려 하였으나 능히 금하지 못하여 머리를 조아리며 부처를 청하여 (부처께서) 설법을 한 후에 나찰녀가 오계를 받았는데 그 뒤로는 재해가 없어졌다."

當此時 境內有玉池 池有毒龍焉 万魚山有五羅刹女 往來交通 故時降電雨 歷四年 五穀不成 王呪禁不能 稽首請佛說法 然後羅刹女受五戒而無後害 <어산불영>

"왕이 되신 지 121년에 스스로 정무에 권태를 느끼시고
황제가 신선이 되었음을 흔연히 사모하여 왕위를 태자
거등에게 전하고 지품천의 방장산 속에 별궁을 지어서
태후와 함께 옮겨 가서 수련을 하였다."

王年百二十一自以倦勤欣然慕黃帝之升仙傳位于太子居登築別
宮于知品川之方丈山中 與太后移居而修鍊 <가락국태조릉승선
전비>

　위의 기록들에서 보면 수로왕은 창업 초기부터 도읍을 정할
때 풍수를 보았고, 공주가 올 것을 미리 아는 예지력이 있었다.
만어사에서는 주술을 행하였고, 나중에는 왕후와 함께 지리산에
들어가 수행 생활을 했다고 한다. 고대국가의 왕들은 제사장으로
서의 역할이 있었으며 일반인보다 뛰어난 정신 능력뿐 아니라 지
식과 정보를 보유해 그들과 차별성을 갖게 되고 집단의 지배력을
가지게 되는 것이다. 현대인들은 고대의 제사장에 대해 주술과
제사 능력을 갖춘 무당쯤으로 오해하는 경향도 있으나 당시 제사
장은 한 집단과 국가에서 가장 뛰어난 영적 능력을 갖췄을 뿐 아
니라 무리를 이끌어 갈 지도력까지 겸비해야 했다.
　고대 시기 하늘에서 내려왔다거나 알에서 탄생했다는 천손강
림설화에 기반한 국가의 출현은 대부분 토착민이 아닌 선진 문명
을 가진 도래인에 의한 정권 수립으로 보고 있다. 김해 구지봉에
서 붉은 보자기에 싸인 황금상자의 알에서 탄강한 김수로왕도 마

수로왕릉에 자리한 거북이 석상

찬가지로 북방대륙 유목민 출신으로 한반도 끝에 정착하여 나라를 창업하고 철기문화를 바탕으로 드넓은 해양과 신세계를 개척하였다.

이런 내용을 종합하면 수로왕은 결코 단순한 인물로 보이지 않는다. 그는 문文과 무武, 지智와 덕德을 갖춘 복합적인 성격의 '르네상스적 인물'이었다. 그리고 이러한 통합적 정체성은 그가 세운 가야의 정체성에도 영향을 주었을 것이다. 2천 년 전 열린 세상과 해양대국을 꿈꾸었던 고대인 김수로왕은 그때 이미 현대화된 국제인이었다.

허황옥,
그녀가 동쪽으로 온 까닭은

가야와 가야문화를 얘기할 때 건국자 수로왕과 함께 항상 거론되는 존재가 왕비 허왕후이다. 옛 기록을 종합해 보면 가야를 창건한 이는 수로왕이지만 수로왕이 나

허왕후 표준영정

1. 과거 파사각이 세워지기 전 파사석탑과 수로왕비릉
2. 현재 수로왕비릉 앞에 파사각을 세워 파사석탑을 보호하고 있다.
3. 현재의 수로왕비릉
4. 수로왕비릉 비석의 〈가락국수로왕비 보주태후허씨릉〉 명문

라를 잘 다스릴 수 있게 내조한 이는 덕스러운 양처良妻 허왕후였다. 또한 그녀는 10남 2녀의 자녀를 잘 기른 현모賢母이자 수로왕과 인생의 마지막까지 함께한 영혼의 동반자이기도 하였다. 그리하여 2천 년이 지난 지금도 허왕후의 삶은 많은 여성들에게 롤 모델이 되고 영감을 주고 있다. 허왕후, 그녀는 과연 어떤 사람이었을까.

그녀가 처음 등장하는 『삼국유사』 〈가락국기〉를 보면 신혼 첫날밤에 "저는 아유타국의 공주로서 성은 허이고 이름은 황옥이며 나이는 16세입니다[妾是阿踰陀國公主也 姓許名黃玉 年二八矣]."라고 자신을 소개한다. 10대에 불과했던 허황옥 공주는 수로왕 앞에서도 주눅 들지 않고 시종일관 당당함을 유지했다. 이러한 당찬 모습은 전날 그녀가 이 땅에 왔을 때 환영 나온 삼정승 육판서라 할 수 있는 구간九千들을 돌려보내는 행동에서도 확인된다. 그녀가 환영사인 구간을 돌려보낼 때의 의도는 '나는 수로왕 당신을 만나기 위해 목숨 걸고 저 험난한 바다를 건너왔는데 왜 당신이 직접 마중 나오지 않고 대리인을 보냈느냐.'는 일종의 시위였다. 〈가락국기〉에는 허왕후가 얼마나 주체성을 가진 인물인지 드러나는 대목이 있다.

> "마중을 나간 구간들이 배를 돌려 대궐로 들어가자고 하니 왕후가 '나는 평소 그대들을 모르는 터인데 어찌 감히 경솔하게 따라갈 수 있겠느냐.'라고 말했다. 유천간 등이 되돌아가서 이 말을 전하니 왕이 옳게 여겨 길잡이 유사를 데리고 행차하였다."
>
> 旋欲陪入内王后乃曰 我與等素昧平生 焉敢輕忽相隨而去 留天等返達后之語 王然之率有司動蹕

이 장면에서 공주는 자신의 행동에 수로왕이 어떻게 나올까 하고 상대를 떠보았다. 그녀는 부모님을 떠나 이역만리 바다 건너 수로왕만 바라보고 오는데, 과연 자신의 뜻을 존중하고 평생 의지처가 될 사람인지 궁금했을 것이다. 이렇게 점잖으면서도 격 있는 핀잔에 수로왕도 즉시 알아듣고 '그렇다.' 하고는 주포로 몸소 마중을 나갔던 것이다.

역사에 만일이라는 가정은 없다지만 이때 수로왕이 가락국까지 온 공주를 '왜 이리 콧대가 세냐.'며 몸소 마중 나가지 않았다면 허왕후 스토리가 우리 역사의 한 장에 위치하지 못했을 수도 있다. 그녀의 당당하고 주체적인 삶을 비춰 보면 "배 돌려라. 목숨 걸고 온 여인의 마음 하나 알지 못하는 남자에게 내 인생을 맡길 수 없다. 고향으로 돌아가자. 배를 돌려라!"라고 일갈했으리라. 이렇듯 당찬 허황옥 공주는 결혼한 후에도 왕비로서 내조만한 것이 아니었다. 기록에 의하면 수로왕과 함께 나라를 다스렸다고 한다.

〈금관성파사석탑〉조는 "수로왕이 예를 갖추어 맞이하여 함께 나라를 다스린 지 150년이나 되었다[首露王聘迎之 同御國一百五十餘年]." 고 말하고 있다. 또한 〈가락국기〉를 보면 수로왕은 허왕후가 오고 난 직후 옛 주나라의 법과 당시의 강대국인 한나라의 행정을 참고하여 국정의 기틀을 세우는 데 왕후의 역할이 무관하지는 않았던 것 같다. 이러한 이유로 우리나라 여성 리더십의 효시로 백제 건국에 주도적 역할을 한 소서노와 함께 허왕후가 꼽히는 것이다.

김해에 사는 김해 김씨 어르신들이 허왕후를 칭할 때 종종 '허수로 할매'라고 말하는데 수로는 '왕'이란 뜻의 범어로 '허수로 할매'는 풀이하면 '허 왕할머니'인 것이다. 그냥 할머니가 아닌 왕인 할머니란 말로 수로왕과 국정을 함께 운영하였다는 뜻이다.

차인들은 우리나라에 처음 차를 전해 준 이를 허왕후라고 여겨 김해 수릉원에 허왕후 동상을 세웠다. '다조茶組 보주태후普州太后'가 새겨져 있다.

이 말이 사실이라면 가야는 남성만큼이나 여성의 지위가 높았다는 추정이 가능한데 가야의 고고학적 발굴에서 보이는 여성 무사의 흔적은 그 좋은 사례로 보인다.

근세까지 여성은 불평등한 신분적 지위 속에서 사회적 약자로 살아왔으며 자기의 성을 후대에 전승한다는 것은 있을 수 없는 일이었다. 평생 고향을 떠나 있던 탓에 나이 들어 향수병이 있을 법한 사랑스러운 아내의 청이 있었지만 출가한 일곱 명을 빼고 남은 셋 중 두 명의 자식에게 아내의 성을 따르게 한 수로왕의 〈가락국태조릉숭선전비〉의 기록은 예사로 볼 수 없을 것이다.

"태후께서는 아들 열 분을 낳으셨는데 태후께서 돌아가심에 임박하여 왕에게 청하기를 '저에게는 동토가 객지인지라 제가 숨을 거둔 후에는 성이 전해지지 못하니 슬픕니다.'라고 하시니 그 말에 왕께서 감응하시어 두 왕자에게 허씨 성을 내려 주셨다 한다."

后生男子十人 后臨薨請於王曰 妾於東土客地 妾歿之後 悲姓之不傳也 王感其言 錫二子姓許氏

이러한 김해 허씨 성에 대한 내력은 지금 보아도 매우 파격적인 내용이며 모계의 성을 받는 우리나라 최초의 기록이다. 이주 여성으로 이 땅에 와서 자기의 인생을 당당히 살아간 허왕후와 같은 이는 동서고금을 통틀어도 흔치 않다. 그녀는 시대를 앞선 롤 모델 같은 여인이다.

사실 이렇게 당당한 허왕후에 대해 그동안 몇 가지 오해가 있어 왔다. '그녀의 존재는 사실이 아니며 도래는 불가능하다.' 또는 '그녀는 망한 나라에서 망명한 유민流民이다.' 등의 주장이었다. 그러나 2021년 12월 부산·경남의 지역 민영방송 KNN에서 방영한 다큐멘터리 〈과학으로 본 허황옥 3일〉을 통해 그녀의 가락국 도래는 근거가 충분하다는 사실이 증명되었다. 이 다큐멘터리에서는 외국 학자들의 연구를 통해 철기 이동 경로를 따라 허왕후가 도래했을 것으로 보았다.

또한 허왕후가 망한 나라의 유민이라는 부정적인 추정도 사실과는 거리가 있어 보인다. 그녀가 망한 나라의 유민이라면 최고의 환영사인 구간을 거절하고 '왕 당신이 직접 오라.'고 할 수 있었겠는가. 그녀가 당당할 수 있었던 이유는 모국인 아유타국이 망한 나라가 아니라 오히려 부강하고 잘 사는 나라였기 때문이다. 세간에서도 친정이 힘 있고 부유하면 신부가 기가 살고 큰소리 칠 수 있게 되는 이치와 비슷하다. 그녀의 모국 '아유타'는 '정복되지 않는 나라'라는 뜻을 가졌다. 정복되지 않는 국가는 부유한 경제력과 강력한 군대를 갖춘 부국강병이 되어야 가능할 것이다. 당나라 승려 현장玄奘이 찬한 『대당서역기』를 봐도 '아유타국'은 둘레가 5천여 리에 이르렀으며 곡식이 풍성하고 꽃과 열매가 매우 번성했다고 나온다.

또한 그녀의 모국이 잘 살았다는 근거는 그녀가 시집올 때 가져왔다는 많은 혼수를 통해서도 엿볼 수 있다. 〈가락국기〉에 나오는 그녀의 대궐 도착 후 기사를 보면 "그들이 싣고 온 보배로운 물건들은 내고內庫에 두고 사시四時의 비용으로 쓰게 했다."고 한다. 이는 부유한 나라의 공주이기에 진귀한 혼수와 보물을 많이 가져올 수 있었고 결혼 후부터 안집 살림하는 창고를 따로 두어 각자 살림을 했다는 말이다. 경제적 독립은 그냥 되는 게 아니다. 이는 허왕후의 정치적 입지가 만만치 않았음을 방증해 준다.

그렇다면 허왕후가 목숨 걸고 이 땅에 온 진정한 이유는 무엇일까. 아무리 아버지의 명을 받드는 효녀라 해도 그 먼 나라를 온다는 것과 결혼을 위해서 얼굴도 모르는 이를 찾아온다는 것은 쉽게 이해하기 어려운 부분이다. 또 다른 이유 중 하나는 종교를 전파하기 위한 결혼 항해로 추측할 수 있다. 허왕후가 이 땅에 오기 3백 년 전에 인도를 최초로 통일한 아소카왕은 많은 나라로 전법단을 보내는데, 스리랑카에는 왕자 마힌다와 공주 상가미타가 최초로 불교를 전했다. 그것을 전례로 하면 아유타국의 왕자 장유화상과 공주 허황옥이 불법을 전하기 위해 순교를 무릅쓰고 바다를 건넌 것으로 보인다.

흔히 실크로드라는 고대의 교류를 보면 먼저 옥과 비단의 상업 루트가 열리고 그다음에는 불교, 이슬람교, 기독교 등의 종교가 전파되는 과정이 법칙처럼 이어졌다. 과연 그녀를 이 땅으로 오게 한 것은 사랑의 힘이었을까, 아니면 종교적 사명이었을까. 그것도 아니라면 또 다른 이유가 있었을까.

가야불교의 전래 경로

허황옥 루트의
국외 경로

허왕후의 도래 경로가 중요한 이유는
그 루트가 허왕후의 역사적 실재를 증명하는
'바로미터'일 뿐 아니라
그녀의 출신국을 밝히는 데
결정적인 단서가 되기 때문이다.

공식적으로 알려진 한국불교의 최초 전래는 전진의 승려 순도가 불상과 경전을 가져온 고구려 소수림왕 2년인 서기 372년으로 알려져 있다. 그러나 오래전부터 옛 가야권역인 영남지역의 민간과 사찰에서는 허왕후와 장유화상에 의해 불교가 최초로 전래되었다고 말을 한다. 『삼국유사』〈가락국기〉에는 허왕후 도래의 상황을 육하원칙에 따라 상세히 설명하고 있고, 이후 이 지역에서 이어져 온 지명들과 놀이문화는 그것이 역사적 사실임을 뒷받침한다.

가야불교 전래의 실체는 『삼국유사』〈금관성파사석탑〉조를 통해서도 확인된다. 〈금관성파사석탑〉조에는 허왕후가 도래할 때 "불교의 상징물인 탑을 싣고 왔다."고 분명히 기록되어 있는데, 탑의 용도는 사리를 모시는 것인 만큼 이때를 불교의 전래로 볼 수 있는 것이다. 또한 가야권역에서는 한두 사찰도 아닌 30여 사찰이 수로왕 및 허왕후와 관련한 이야기를 품고 있다. 가야는 사라진 지 오래됐지만 이 땅에 사는 많은 사람들은 아직도 가야에 대한 기억과 자부심을 가지고 있다.

오랜 세월 속에 절집도 숱한 변화를 겪었지만 현재까지 영남 지역의 많은 스님들은 가야불교에 대해 전해 오는 이야기를 사실로 인식하고 있다. 하지만 주류 역사학계에서는 유물과 문헌의 부족을 이유로 가야불교 인정을 주저하고 있다. 그럼에도 『삼국유사』뿐 아니라 〈명월사사적비〉, 〈가락국태조릉숭선전비〉 등의 기록, 그리고 무엇보다 파사석탑, 인도와 가야의 교류 흔적인 쌍어문 등 유물을 토대로 종합적으로 판단해 보면 '가야불교는 없다.'라고 하는 일부의 견해가 오히려 합리성이 떨어져 보인다. 사실 가야불교는 역사적 기록으로도 온전하게 남아 있을 뿐 아니라 여기저기 흩어져 있는 민담과 설화들은 기록에서 못다 한 비하인드 스토리를 전해 주기도 한다.

역사적 기록 가운데 『삼국유사』에 제시된 '허왕후 도래 경로'는 그녀와 그녀의 오빠 장유화상이 인도로부터 불교를 가져왔다는 사실을 뒷받침하는 중요한 근거가 된다. 그렇기 때문에 도래 경로를 규명하는 작업은 가야불교 복원에 있어 중요한 의미를 지닌다. 허왕후 도래 경로는 인도에서 가락국까지의 국외 경로와 허황옥 신혼길로 알려진 기출변에서 본궐까지의 국내 경로로 구분해 살펴볼 필요가 있다.

먼저 허왕후의 국외 경로에 대한 기존 주장들에 대해서 알아보고자 한다. 지금까지 세 가지 학설이 부각됐는데, 우선 허왕후 일행이 인도 북부 아요디아에서 한 번의 항해로 가락국으로 왔다는 주장이 있다. 또 아요디아의 왕족인 허왕후가 중국 '보주'로 이주해 나중에 가락국으로 왔다는 학설, 이와 유사하게 그녀가 인도 아유타국의 식민지였던 태국 아유타야에서 가락국으로 왔다는 입장도 있다. 이들 주장은 이동 경로와 시점은 다르지만 인도 아유타국의 왕족인 허왕후 일행이 해로로 바로 왔다거나 또는 경유지를 거쳐 가야까지 왔다고 보는 공통점을 가진다. 최근에는 인도 남부의 첸나이 인근이 허왕후의 출발지라는 '아요디아 꾸빰설'이 주목을 받고 있다. 이밖에 일본 '규슈설', 중국 '발해만설' 등의 다양한 주장이 제기됐다. 허왕후의 도래 경로가 중요한 이유는 그 루트가 허왕후의 역사적 실재를 증명하는 '바로미터'일 뿐 아니라 그녀의 출신국을 밝히는 데 있어 결정적인 단서가 되기 때문이다.

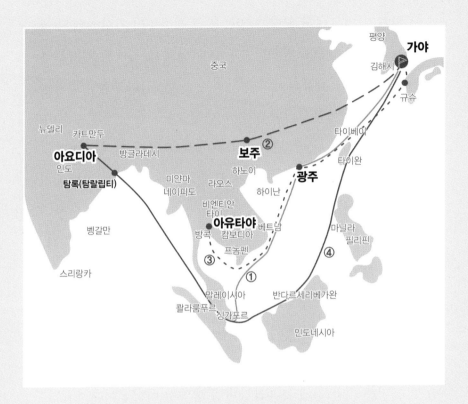

인도에서 가락국까지의 국외 경로. 『삼국유사』에는 "수로왕의 비 허왕후 이름은 황옥인
데 동한의 건무 24년 무신년에 서역 아유타국으로부터 올 때"라는 기록이 있다. 아유타
국은 현재 인도의 아요디아로 추정된다. 아요디아에서 출발한 허왕후 일행은 사라유강
과 갠지스강을 따라 탐록에 도착해 본격적인 대양 항해를 시작했다. 탐록은 과거 탐랄
립티로 부르는 항구도시였으나 갠지스강의 범람으로 모래에 묻혀 버렸다.

국외 경로
① 아요디아설 (인도) ② 안악현 보주설 (중국) ③ 아유타야설 (태국) ④ 철의 전파 경로설

인도 북부 아요디아설

허왕후가 인도에서 왔다는 믿음은 오래전부터 가야권역 내에
선 확고하게 자리잡고 있었다. 하지만 『삼국유사』에서 허왕후의
고향으로 지목한 아유타국이 정확히 인도의 어느 지역인지 확정
하지 못했다. 가야불교의 초기 연구자인 고故 이종기 선생이 1970
년대에 인도로 직접 답사를 가서 가야와의 교류 흔적을 찾았고
쌍어문, 사왕석 등 공통분모를 발견했다. 그의 발견은 가락종친
회, 향토사학자 등 허왕후의 도래를 믿는 이들에게 인도 북부의
아요디아가 그녀의 고향이라는 인식을 심어 주는 계기가 되었다.
그럼에도 이종기 선생은 허왕후 일행이 인도에서 가야까지 한 번
에 오기는 힘들다고 보았고 태국 아유타야 경유설을 주장했다.

이런 상황에서 허왕후가 온 곳이 현재 인도 북부 우프라 프라
데시주에 있는 고대 도시 '아요디아'라는 주장을 체계적으로 정리
하고 규명한 이가 김해 조은금강병원 허명철 이사장이다. 아요디
아의 옛 이름이 '아유타'로 알려져 있는데, 불교 경전인 『승만경』
에는 승만 부인의 고향이 인도의 아유타라고 나와 있다. 아요디
아 도래설을 뒷받침하는 보다 명확한 근거는 〈가락국기〉에도
나와 있듯이 공주가 첫날밤에 자신의 본향을 아유타국이라고 명
확히 말하고 있다는 점이다.

허명철 이사장의 저서 『가야불교의 고찰』에 따르면 공주의 배
는 아요디아에서 사라유강을 따라 나와 항구도시 '탐록(탐랄립티)'에

인도 아요디아를 관통하는 사라유강이 흘러드는 갠지스강(바라나시)

서 본격적인 항해를 시작했다. 과거 허왕후가 출발한 항구로 추정되는 탐록은 강 흐름의 변화와 범람으로 인해 현재 삼각주의 평야로 변해 있다. 이후 안다만 니코발 제도와 말라카해협을 통과하고 중국의 광주를 경유하여 가락국에 왔다고 한다. 그는 5세기 초 중국의 구법승 법현法顯이 남긴『불국기』의 항해 기록을 예시로 제시하며 허왕후가 계절풍을 타고 오면 장거리 항해가 충분히 가능하다고 주장했다. 허왕후 일행은 신보, 조광 부부와 시종 20여 명, 뱃사공 15명 등 모두 합하여 40여 명에 이르렀다. 뱃사공에게 돌아갈 때 선물로 각각 쌀 20가마와 베 30필씩을 주었다

고대 인도의 붉은 돛을 단 배. KNN에서 방영한 다큐멘터리 〈과학으로 본 허황옥 3일〉
에서는 허황옥 도래 시기와 가장 유사한 시점의 선박에는 두 개의 돛이 유달리 큰 것
이 특징이라고 하였다.

하니 이때 소요된 쌀은 총 300가마이고, 베는 450필 규모다. 이
를 통해 당시 배의 크기를 유추해 볼 수 있다. 그 옛날 쌀과 베가
귀한 시절에 이렇게 많은 대가를 지불한 것으로 미루어 보아 공
주가 온 곳이 가까운 곳이 아님을 알 수 있다.

허명철 이사장은 허왕후 일행이 5월에 인도에서 출발하여 계
절풍을 타고 8월에 도착하면 거의 3개월이 소요되는데, 이 정도
의 시간이면 탐록에서 가락국까지 항해가 가능하다고 주장했다.
고대의 월력을 정확히 알 수는 없으나, 현재의 월력으로 보면 기
원후 48년 무신년 7월은 윤달이라 한 달의 시간이 더 있게 되어
그러한 장기간 항해가 충분히 가능했을 것으로 보인다. 물론 석

달이건 넉 달이건 고대의 배가 얼마나 빠르기에 초장거리 항해가 가능했겠느냐는 의구심이 들 수도 있다. 고대인의 선박 건조술에 대해 매우 조악한 것으로 여길 수도 있지만 허왕후 도래보다 5천 년 앞선 울산 반구대 암각화의 고래잡이 배에 이미 삼각형의 돛이 그려진 사실을 감안할 필요가 있다. 또한 최근 선박 연구에 의하면 인도에는 기원 전후 이미 수백 명이 타는 배들이 있었다고 하니 허왕후 도래 가능성은 매우 높다고 할 수 있다.

이러한 근거들 때문에 허왕후의 인도 아요디아 도래설은 현재 김해시뿐 아니라 가야불교를 믿는 많은 이들로부터 지지를 받는 학설이다. 현재 김해시와 인도 우프라 프라데시 주정부가 아요디아의 사라유강 인근에 허왕후기념공원을 만들고 정기적으로 기념행사를 열고 있다. 그곳의 아요디아연구센터에는 허왕후 벽화와 쌍어 등이 전시되어 있을 뿐 아니라 가야와 아요디아의 관계를 정리한 책자도 발간했다.

이제 '아요디아 출신 허왕후'는 한국-인도를 이어 주는 상징적 존재다. 김해시장을 비롯한 시 관계자뿐 아니라 가락종친회도 정기적으로

주한 인도 대사의 수로왕비릉 참배

아유디아를 방문하고 있고, 주한 인도 대사가 부임할 때 첫 공식 일정이 허왕후릉과 수로왕릉이 있는 김해 방문으로 정례화됐을 정도다. 2019년 당시 문재인 대통령도 한국-인도 정상회담에서 "양국은 고대 인도 아유타국의 공주가 고대 한국 가야왕국의 국왕과 혼인한 이래 2천여 년 동안 교류와 협력을 이어 왔다."며 허왕후를 거론하는 상황이다.

중국 안악현安岳縣 보주普州설

인간의 삶은 현재의 끊임없는 체험과 과거의 수많은 기억, 그리고 미래를 향한 다양한 상상으로 이루어져 있다. 이는 과거를 인식하는 역사관과 현재를 인식하는 세계관에도 동일하게 적용되는데, 역사 인식에 있어서도 통합적으로 보느냐, 분절적으로 보느냐에 따라 현격한 차이가 난다. 사실 외부에서 유입된 가야 불교의 전래 경로는 통합적 사고가 아니고는 그 실체에 접근하기가 어려워 보인다.

통합적으로 가야사를 인식하고 연구한 대표적 학자가 김병모 한양대학교 명예교수이다. 영국 옥스퍼드대학교에서 인류학을 전공하고 동양학 박사학위를 취득한 김병모 교수는 일찍부터 인류의 이동에 주목하였다. '허황옥 보주 도래설'을 주장한 그는 기존 역사학자와는 다르게 문화·인류학적 입장에서 허왕후의 도래를 탐구하였다. 김병모 교수는 허왕후릉 비명碑銘의 '가락국 수로왕비 보주태후普州太后 허씨릉'의 보주普州에서 실마리를 얻었다. 묘비에는 고인의 생전 직책이나 관향貫鄕이 새겨지는데 김 교수는 왕후릉비의 '보주普州'에 착안하여 연구한 결과 허왕후의 본향이 중국의 안악현 보주라는 결론에 도달했다.

그의 주장에 따르면 허왕후의 선대 조상들은 인도 아유타국에 살았으나 1세기경 북방 월지족이 침입했고, 전쟁의 패배와 함께 미얀마를 거쳐서 중국의 보주 지방에 정착하였다고 한다. 중국과 미얀마는 고대로부터 옥을 교류하던 '옥의 길jade road'이 있었던 만큼 그녀의 조상들이 그 길을 통해 중국으로 간 것으로 추정한 것이다.

당시 중국의『후한서』를 보면 외부에서 이주해 정착해 살던 '허씨'들이 서기 47년 과도한 세금에 반발하여 반란을 일으키다 진압되었다고 한다. 그렇기 때문에 김병모 교수는 1년 후인 서기 48년에 탈출한 지도부의 일부가 가락국으로 왔다고 보았다. 그 근거로 허왕후가 시집올 때 가지고 온 한나라 시장에서 나는 물건인 한사잡물漢肆雜物과 예물로 가져온 미얀마에서 나는 보석인 경옥瓊玉, black stone을 예로 들고 있다.

이러한 '보주 경유설'을 입증하기 위해 김병모 교수는 문화인류학을 전공한 특기를 발휘하여 옛 보주 지방인 지금의 중국 사천성 안악현으로 답사를 갔고, 그곳에 허씨 집성촌이 있음을 알게 되었다. 또한 마을의 신정神井이라는 우물 인근 바위에는 그 유래가 적힌 〈신정기神井記〉가 있었는데 놀랍게도 허황옥이란 소녀에 대한 내용이었다.

요약하면 "옛날 허씨 집성촌에 허황옥이란 효심 깊은 소녀가 살았다. 어느 해 큰 기근이 들었을 때 허씨 일족의 한 사람이 마을 우물에서 간절히 기도를 드리자 우물에서 매일 고기 두 마리를 얻게 되어 부인을 봉양해 목숨을 구했다."는 내용이다.

허왕후의 공주일 때 이름이 허황옥인데 〈신정기〉의 내용에 동일한 이름으로 나오고 그녀가 태어난 시기가 동한초東漢初라 하니 『삼국유사』의 허황옥과 동시대로 볼 수 있는 것이다. 이와 함께 김병모 교수가 주목한 점은 허씨 사당 입구에 걸려 있는 '쌍어문양'이었다. 쌍어문은 수로왕릉의 정문에도 있고 북인도 아유타국에서도 종종 볼 수 있는데, 이곳 허씨 사당에도 있다는 사실은 예사롭지 않았다.

김병모 교수는 보주라는 지명의 동일성과 허씨 집성촌 그리고 〈신정기〉, 쌍어문 등을 근거로 허왕후가 온 곳이 현재의 중국 사천성 안악현임을 확신하였다. 국경이 명확하지 않았던 고대에 전쟁으로 인한 씨족과 민족의 이동은 흔한 일이었고, 허왕후의 도래도 그 결과의 하나로 본 것이다. 한국의 문화인류학을 개척한 김병모 교수는 이 문제에 천착하면서 인도, 중국 등을 수차례 답사하고 인도 아요디아-중국 보주-가야로 이어지는 전래 경로를 추정한 만큼 그의 결론은 상당한 설득력을 가진다. 고대 아시아 대륙에서 베링해를 건너가 다른 대륙에 정착한 아메리카 인디언에 비하면 훨씬 후대의 허왕후가 같은 대륙인 인도나 중국에서 오는 게 뭐 어려울까 싶다.

태국 아유타야설

세상 모든 것은 끊임없이 변화하며 그것이 물질이든 정신이든 영원한 것은 존재하지 않는다. 마찬가지로 잘 변하지 않을 것 같던 지명地名들도 세계 역사에서 보면 바뀌거나 이동하는 것은 흔한 일이다. 기원전 3세기 마케도니아의 왕 알렉산더는 자기가 정복한 여러 곳에 도시를 건설하였고, 그 도시들에 자기의 이름을 본떠 알렉산드리아라 이름 지었다. 이와 같이 아유타국으로 알려진 인도 고대국가 '아요디아'도 해외 여러 곳에 위성도시를 두었다고 한다.

가야불교의 초기 연구자인 고故 이종기 선생은 이러한 사실에 착안하여 태국 메남(짜오프라야)강 유역의 '아유타야'를 허왕후 일행의 출발지로 보았다. 그는 영국의 역사학자 아널드 토인비가 작성한 〈서기 1세기의 세계 교류도〉를 근거로 기원전 인도 아요디아에 살았던 허왕후 일족이 해상 교류를 통해 태국 메남 강변에 '아유타야'를 건설하여 살다가 가락국으로 왔다고 주장했다.

이종기 선생이 태국 아유타야를 허왕후의 출발지로 지목한 이유 중 하나는 인도 북부의 아요디아가 가야와 너무 먼 거리에 있어 당시의 항해술로는 한 번에 오기 불가능하다고 생각했기 때문이다.

인도 북부의 아요디아는 서기 1세기경 쿠샨왕조의 공격으로 멸망했고, 이 영향으로 태국의 식민도시였던 아유타야 또한 위기에 봉착한다. 이러한 이유로 이종기 선생은 그 지도부의 일부가 베트남의 하이난과 중국의 푸저우(복주)를 경유해 일본에 도착했고, 이후 일본 규슈에 얼마간 있다가 가락국으로 왔다고 보았다. 허왕후 일행이 태국 아유타야에서 5월에 계절풍을 따라 항해하다 보면 가야보다 일본 규슈에 먼저 도달하는 것이 더 자연스럽기 때문에, 그곳에서 얼마간 휴식을 취하고 정비를 한 후 가락국으로 왔을 것이라는 입장이다. 그는 실제로 규슈지역 여러 곳에서 초기 가야와 관련성 있어 보이는 신사神祠를 발견하고 설화들을 채집하였으며 이를 허왕후 일족이 규슈지역에서 머문 증거로 제시했다.

그리고 이종기 선생은 이후 허왕후의 자녀인 묘견공주가 해상왕인 김수로왕의 지원에 힘입어 일본으로 가서 권력을 잡았고, 훗날 일본 최초의 여왕이 된 히미코[卑彌呼]라고 보았다. 『삼국사기』에는 실제로 히미코가 서기 173년, 신라 8대 아달라 이사금 때 사신을 보내 왔다고 기록되어 있다. 또 중국 진수陳壽의 『삼국지』

「왜인전」에도 여인국 히미코에 대한 기록이 등장하므로 그녀가 역사 속의 실재 인물임은 분명하다. 이종기 선생의 일본을 경유한 '태국 도래설'은 사료가 절대 부족한 가운데 수차례 답사를 통해 도출해 낸 결과물이기도 하다.

인류학을 전공한 이종기 선생의 딸 이진아 작가도 아버지의 입장을 이어받아 허왕후 일행이 고대 아요디아의 식민지였던 태국 아유타야에서 출발했다고 보았다. 그녀는 이들이 해양도시들을 경유했다면 가락국에 충분히 도달할 수 있다고 주장했다. 그녀는 인도 갠지스강 지류인 사라유강의 중류에 위치한 아요디아에서 바다로 나오려면 강을 900킬로미터 내려와야 하며, 그곳에서 인도양과 태평양을 거쳐 2만5천 리를 항해한다는 것은 힘들다고 보았다.

최근 이진아 작가는 해양 환경과 철기 등을 주제로 한 세계 석학들의 학제 간 연구를 근거로 허왕후가 인도에서 경유지를 거치지 않고 바로 가야로 왔다는 입장에 무게를 두고 있다. 아버지의 연구를 바탕으로 더욱 진일보한 모습인데 부녀父女 사이에 아름다운 청출어람靑出於藍을 보는 듯하다.

철의 전파 경로설 iron road

지금까지 '허왕후 도래설'은 인도의 아요디아, 태국의 아유타

야, 중국 보주 등 허왕후의 출발지와 경유지를 중심으로 그것을
규명하기 위한 내용이 주를 이루었다. 하지만 그녀가 어떤 경로
를 통해 이 땅에 왔는지 구체적이고 과학적인 연구는 부족했다.
그러다 최근 한 방송의 다큐멘터리를 통해 도래 경로에 대한 실
증적인 접근이 이뤄졌고, 그 결과 허왕후가 인도 철기 기술이 이
동했던 '아이언 로드iron road'를 따라 가야에 왔을 가능성이 제시되
었다. 그 가능성을 두고 설왕설래하던 허황옥 루트가 과학의 장
에서 검증받는 순간이었다.

2021년 부산·경남의 지역 민영방송 KNN은 허왕후의 도래를
다룬 다큐멘터리 〈과학으로 본 허황옥 3일〉을 제작하였다. 이
다큐멘터리를 연출한 진재운 감독은 2013년 세계 3대 영상제인
뉴욕 페스티벌에서 〈위대한 비행〉으로 한국 최초로 2개 부문

김해 수로왕릉의 숭선전 동면에 그려진 용선 벽화. 〈과학으로 본 허황옥 3일〉에서 그래픽화하였다.

금상을 차지할 정도로 밀도 있는 영상 제작으로 인정받고 있다. 진재운 감독은 이 프로그램을 제작하는 과정에서 허왕후의 도래를 입증할 50여 편에 이르는 국내외 논문과 50여 권의 책을 조사하며 『삼국유사』〈가락국기〉의 내용이 사실임을 증명하려 했다. 진재운 감독은 고故 이종기 선생의 딸인 환경생태 저술가 이진아 작가가 주목했던 '철의 루트'에 착안해 '허황옥 루트'의 구체적인 경로를 탐색했다. 이진아 작가는 "인도에서 시작된 문명 전파의 물결이 인도네시아, 필리핀 군도를 넘어 대만을 지나 한반도 동남단 '가야'에 이르렀다."고 말하면서 그 물결의 주된 추동력이 철과 철기의 제작 기술이었다고 강조한 바 있다.

진재운 감독은 가야의 철기 제작 기술이 인도의 방식과 유사하다는 홍익대학교 박장식 교수의 주장을 근거로 허황옥 루트의 가능성을 탐색해 나갔다. 박장식 교수는 "가야와 고대 인도의 철 제련법이 매우 유사하다. 이를 우연의 일치로 보기에는 무리가 있다."며 우수한 고대 인도 철 제작 기술의 가야 전파 가능성을 제기했다. 또한 진재운 감독은 인도의 제철 기술이 이미 기원전 4세기에 동남아시아를 거쳐 대만까지 퍼졌다는 연구 결과에 주목했다. 호주국립대학교의 홍 샤오춘 교수는 인도가 기원전 4세기부터 동남아시아 일대를 정복해 가는 인도화indianization 과정에서 인도의 철기 기술이 급속하게 전파됐다고 주장했다. 그는 철기 이동이 일어난 '아이언 로드iron road'가 인도에서 인도네시아,

위. 가야의 철제 투구
아래. 가야의 덩이쇠

필리핀을 지나 대만까지 이어졌다고 보았다. 진재운 감독은 이러한 아이언 로드를 바탕으로 허왕후가 인도네시아와 필리핀 인근의 먼 바다를 통해 가야로 왔을 가능성에 주목한다. 그는 허왕후의 배가 철의 이동로가 끝나는 대만에서 오키나와를 거쳐 가락국으로 왔다고 추정하였는데 상당히 설득력 있는 가설이라 여겨진다.

지금까지 허명철 이사장 등 기존 연구자들은 허왕후가 인도 북부를 출발해 말라카해협을 통과한 후 베트남과 중국 연안의 항구를 거쳐 가락국으로 왔다고 보는 경우가 많았다. 하지만 아이언 로드에 대입한 허황옥 루트는 동남아시아와 중국의 연안 도시들을 둘러서 오는 기존의 허왕후 도래길보다 시간적으로 훨씬 빠른 직행로이다. 이는 〈가락국기〉에 나와 있는 허왕후 일행의 3개월 항해 기간에 보다 부합하는 사실적인 바닷길이기도 하다. 필자도 이 주장이 매우 타당하다고 생각한다. 한 가지 덧붙이면 〈가락국기〉에는 허왕후가 올 때 '한나라 저잣거리의 여러 물건'을 가져왔다고 하는데 이를 보면 공주 일행이 대만까지 왔다가 중국 남부 연안의 항구도시에 잠시 들렀을 가능성도 있어 보인다는 점이다.

다큐멘터리에서는 철의 이동로뿐 아니라 당시의 해류와 해풍 등을 과학적 방법으로 면밀히 분석해 허왕후 일행의 대양 항해가 가능했는지 추적했다. 이러한 과학적인 접근과 그 결과가 타당하다면 '아이언 로드'를 따라 허왕후 일행이 이 땅에 왔다는 주장이 가장 유력해 보인다.

그 외의 주장들

허왕후 도래설의 또 다른 주장으로는 최근 부각된 인도 남부 '아요디아 꾸빰 도래설'이 있다. 이 주장은 인도 남부의 타밀어와 한국어가 2천여 단어에서 유사성을 보이며, 고대 항로를 고려하면 인도 남동해안에 위치한 '아요디아 꾸빰'을 〈가락국기〉에 나오는 '아유타'로 볼 수 있다는 것이다. 2005년 서울대학교 김종일 교수와 한림대학교 서정선 교수는 2세기 가야 귀족의 무덤으로 추정되는 김해 예안리 고분에서 발굴된 인골의 유전자가 인도 남부의 타밀계임을 밝혀내기도 했다. 또 일부 불교학자들은 우리나라 불교의 관음신앙이 인도 첸나이를 중심으로 한 해양의 도시들에서 시작됐고 바다를 통해 전해졌다고 말하고 있다.

'가야는 임나'라는 일본의 임나일본부설을 부정하며 '삼한삼국의 일본열도 분국설'을 펼쳤던 북한학자 김석형의 북규슈 전래설도 있다. 그는 임나가 일본열도 내에 있었던 가야의 분국分國이고 삼국 또한 일본에 분국을 건설했다고 주장했는데, 이러한 이론의 연장선에서 허왕후 일행이 북규슈에서 가야로 온 것으로 보았다.

허왕후 일행이 중국 발해만 인근에서 왔다는 시각도 있다. 당시 해류를 감안하면 발해만을 출발해 황해에서 제주해협을 지나 가락국으로 오는 항해가 가능했기 때문에 부각된 내용이다. 이러한 입장을 주장하는 이들은 파사석탑의 재료가 되는 파사석이 발해만 인근에서도 나는 것으로 보고 있다. 그러나 발해만 인근에서 파사석이 나는지 검증된 바는 없다.

이와 같이 허왕후의 국외 루트에 대해선 인도, 태국, 중국, 일본 경유 등 여러 학설이 분분하다. 하지만 당시 기록과 정황 등을 고려했을 때 인도 도래설이 유력해 보인다. 왜냐하면 토인비의 기원 전후 해상 교류도나 타밀어와의 언어적 친연성은 인도와의

교류 가능성을 높여 주고, 전 세계의 고대 결혼 신화 중 허왕후의
결혼 신화만큼 사실적이고 세밀한 기록도 없기 때문이다.

국내 '허황옥 신혼길'의
새로운 발견

신혼길 규명에 있어 가장 중요한 곳은
첫 단추가 되는 '망산도'이다.
오늘날 '견마도'로 불리는 곳이야말로
고지도에 나오는 '만산도'이자
〈가락국기〉에 나오는 '망산도'인 것이다.

　허왕후가 이 땅에 오기 전 그녀의 이름은 허황옥이었다. 그리
하여 필자는 그녀가 시집올 때 거쳐 간 가야 국경 초입에서 본궐
까지의 행로를 '허황옥 신혼길'로 정의하고자 한다. 지금까지는
대개 허황옥 공주가 온 길을 '신행길'이라고 불렀다. 그러나 '신행
新行'이란 말이 일반적으로 잘 쓰이지 않는 어려운 용어여서 이제
부터는 이해하기 쉬운 '신혼新婚길'이란 단어로 대신하겠다.
　그녀가 아유타국에서 가락국까지 온 바닷길에 대해 여러 이설
異說이 있는 것처럼, 가락국 초입에 있는 진해 용원의 '유주지'에
도착한 후 본궐에 오기까지의 과정과 경유지에 대해서도 연구자

들간 학설이 분분해 명확한 결론을 내리지 못하는 실정이다. 하지만 '허황옥 신혼길' 규명은 가야의 초기 역사를 뒷받침하는 근거가 될 수 있고, 그만큼 가야사 연구에 있어서 중요한 위치를 점한다. 그렇기 때문에 기존 사학계와 향토사학계에서는 신혼길에 대해 오랫동안 연구를 진행해 왔다.

필자는 역사를 전공하지는 않았으나 우연한 기회에 '허황옥 신혼길'을 연구하게 되어, 그동안의 성과와 소회를 밝히고자 한다. 역사학계나 과학계에서 소위 '재야'라고 하는 정식 타이틀이 없는 사람들이 가끔씩 잭팟을 터뜨리기도 한다. 트로이를 발굴했던 독일의 재야 사학자 하인리히 슐리만이나 종의 기원과 진화론을 주장했던 영국의 찰스 다윈이 대표적 사례이다. 슐리만의 발굴이나 다윈의 발견은 인류의 고대사와 생물학의 흐름을 바꾼 대단한 업적으로 평가받는데 영국에서 다윈은 이제 뉴턴을 제치고 최고의 과학자로 인정 받는다 하니 '재야'나 '향토'라는 명칭을 함부로 볼 수만은 없다.

허황옥 루트와 가야불교의 경우를 보면 강단의 학계에서 한양대학교 김병모 명예교수가 '쌍어雙魚'의 기원과 가야와의 연관성에 대해 괄목할 만한 연구 성과를 내었다. 향토사학자인 김해 조은금강병원 허명철 이사장도 허왕후가 싣고 왔다는 '파사석탑'에 대한 성분 분석과 해체를 통해 파사석을 규명하고 탑의 원형을 복원하는 성과를 이루었다. 가야의 발전이 수로왕의 대륙문화와 극성이 다른 허왕후의 해양문화가 만난 융·복합에서 기인한 것처럼 앞으로 강단과 재야 사학계가 협력한다면 더욱 좋은 연구 결과가 나올 것이라 생각하며 그러한 날을 고대해 본다.

이제 인도에서 출발한 16세의 아리따운 공주가 해동 끝 가락국에 도착한 과정부터 수로왕과의 만남, 그리고 본궐까지의 발자취를 따라가 보겠다. 기존 연구자들은 신혼길을 대체로 망산도, 기출변, 승재(승점), 능현, 만전, 주포, 본궐의 일곱 개 지점으로 특정하였으나 필자는 유주지, 별포진두, 종궐을 더하여 열 개 지점으로 비정하였다. 유주지의 경우 『삼국유사』에 직접 언급되지는 않지만 후대의 기록에 의거해 추정했다. 그리고 승재乘岾(승점)는 '승재'로 읽을 때는 '오르는 고개'를 뜻하고 '승점'으로 읽을 때는 '오르는 지점'으로 한정적인 지역을 가리킨다. 필자는 〈가락국기〉의 본문 주석과 능현의 의미 등을 고려할 때 '승재'로 보는 것이 타당하다고 생각하여 '승재'로 표기하였다.

신혼길 규명에 있어 가장 중요한 곳은 열 개 지점의 첫 단추가 되는 '망산도'이다. 필자는 문헌 연구와 현장 답사를 통해 망산도는 지금까지 망산도로 추정된 '말무섬'이나 '욕망산'이 아니라는 결론에 도달했다. 또한 다른 연구자들이 망산도로 지목한 고古 김해만의 내해에 있는 '칠산'이나 〈대동여지도〉에 표시된 '전산마을'도 여러 정황상 망산도로 보기 힘들다고 판단했다. 결국 〈가락국기〉에 정합하는 망산도는 매립 전 진해 용원 지역에서 '견마도'라고 불리던 주포와 가덕도 사이의 옛 섬이었음을 발견할 수 있었다.

기존 허왕후 도래 경로의 지명과 장소

『삼국유사』〈가락국기〉에는 허왕후의 도착 일자와 경로가 자세하게 기록되어 있다. 〈가락국기〉에 기록된 '허황옥 신혼길' 관련 대목과 그 지점을 정리하면 다음과 같다.

"후한後漢 건무建武 24년 무신戊申(서기 48년) 7월 27일 김수로왕은 유천간留天干에게는 왕비가 될 사람을 마중하러 '망산도望山島'에 가서 기다리게 하고, 신귀간神鬼干에게는 '승재乘岾(승점)'에 가게 했다. 이에 망산도에서 기다리던 유천간의 눈에 비단 돛을 단 배가 천기茜旗를 휘날리며 서남쪽에서 들어왔다. 이에 유천간 등이 망산도에서 횃불을 올리고 다투어 육지로 건너왔다.

수로왕은 공주를 맞이하기 위해 '종궐從闕' 아래 서남쪽 60보쯤에 '만전幔殿'을 설치한다. 공주는 산 바깥의 '별포진두別浦津頭'에 배를 대고, 육지로 올라와 높은 언덕에서 쉬었는데 그 언덕에서 자기가 입었던 비단 바지를 벗어서 그것을 폐백 삼아 산신에게 바쳤다. 그곳이 바로 '능현綾峴'이다. 만전에서 이틀을 머문 수로왕과 허왕후는

8월 1일 정오가 되어 '본궐'로 행차한다.

훗날 그녀 사후에 그녀가 처음 내린 포구를 '주포主浦'라
고 했으며, 천기茜旗를 단 배가 들어온 바닷가를 '기출변
旗出邊'이라고 했다."

이처럼 공주의 배가 처음 조망된 망산도로부터 기출변, 승재,
주포, 만전 등 허황옥 신혼길의 주요 지점들은 하나의 연결선상
에 있다. 그렇기 때문에 망산도를 기준으로 주요 지점들에 대한
이야기를 하나씩 풀어 가려 한다.

가. 현재 망산도望山島라 통칭되는 '말무섬' 그리고 '유주지'

〈가락국기〉에 수로왕 7년 무신년(서기 48년) 7월 27일 구간九干
들이 수로왕에게 신하들의 딸 중에서 배필을 천거하겠다고 하자,
수로왕은 자신이 이곳에 온 것은 하늘의 뜻이기 때문에 배필 역
시 하늘의 명命이 있을 것이라 거절했다. 그러고는 유천간과 신귀
간에게 망산도와 승재에 가서 왕비가 될 사람을 기다리게 하였
다. 그러므로 '망산도'와 '승재'는 가야사 스토리텔링에서 매우 중
요한 위치를 차지하고 있다.

현재 문화재청이나 부산광역시 등 행정당국에서는 부산시 강
서구 송정동 산 188의 '말무섬'을 망산도라고 하는데, 이곳에는
1954년에 세운 '망산도望山島' 비석이 있다.

기원 전후 고 김해만. 서기 48년 7월 27일 가락국에 배를 대고 8월 1일 본궐에 도착하기까지의 '허황옥 신혼길'에서 중요한 지점들. 기존 연구 자들은 망산도, 기출변, 만전 등 일곱 개 지점으로 특정하였으나 필자 는 유주지, 별포진두, 종궐을 더하여 열 개 지점으로 비정하였다.

좌. 말무섬에 세워진 망산도 비석 | 우. 공주가 처음 배를 댔다는 곳에 세워진 유주비각

　망산도 근처(경남 창원시 진해구 용원동 산 197)에는 유주비각이 있다. 유주비각은 지역민과 김해 김씨 문중에 의해 허왕후의 배가 처음 정박한 곳으로 믿어졌던 '유주지'에 세워졌다. 이 유주비각에는 1908년(순종 2)에 세운 유주비維舟碑가 있는데 '대가락국 태조왕비 보주태후 허씨 유주지지大駕洛國太祖王妃普州太后許氏維舟之地'라는 글귀가 새겨져 있다. 비석을 보호하는 비각은 정면 1칸, 측면 1칸의 맞배지붕 목조 기와 건축물이다.

　망산도는 공주의 신혼길에서 매우 중요한 장소이나 대부분의 연구자들은 현재의 망산도(말무섬)를 부정한다. 그 이유는 현 망산도는 허왕후의 배가 들어오는 먼 바다를 조망하기에 낮고 욕망산에 시야가 가리는 부적당한 위치에 있을 뿐 아니라 서기 48년이라면 해수면이 높아서 '만조滿潮 때 과연 섬으로 존재했을까.'라는 의문을 떨칠 수 없기 때문이다. 1세기의 해수면 상황을 고려하여 복원한 바다, 육지, 섬 등을 나타낸 '고古 김해만'의 이미지를 보면 현재의 말무섬은 수면에 잠겨 보이지 않는다.

나. 선행 연구자들이 말하는 망산도, 주포 등 도래 지점

허명철 박사는 김해문화원이 간행한 1987년도 「김해문화」 제5호에 〈허왕후許王后의 초행初行길〉이란 제목의 글에서 '망산도는 욕망산'이라고 했다. 그 전문全文을 옮기면 다음과 같다.

"망산도望山島의 조건은 관망대이므로 상당히 높은 산으로 이루어진 섬이며, 승점乘岾(승재)에서 쉽게 바라볼 수 있는 곳이어야 한다. 또 『신증동국여지승람新增東國興地勝覽』을 참조하면 김해도호부金海都護府에 망산도성望山島城이 있다고 하였는데 이는 망산도에 성城이 있었다는 뜻이다. 이상의 조건에 합당할 수 있는 지점은 진해시 용원동 부인당夫人堂 서남쪽에 있는 오늘날 지도상의 '욕망산'이라고 본다. 이 산은 약 2천 년 전에는 섬이었음이 분명하다. 오늘날 여러분들이 '망산도望山島'라고 주장하는 진해시 용원동에 있는 '말무섬'(지도상의 명칭)이라는 섬은 〈가락국기〉에 기록된 망산도가 아니다. 그 이유는 이 섬은 해면으로부터 높이가 5미터밖에 되지 않으므로 관망대觀望臺로서 부적합하며 약 2천 년 전에는 물에 잠겨 있었기 때문에 그 존재마저도 없었던 것이기 때문이다."

이에 대해 진해의 향토사학자 고故 황정덕 선생도 같은 견해이다. 그러나 욕망산欲望山은 육망산陸望山이라고도 불리는 산이어서 멀리 바라보기는 좋지만 섬은 아니다. 물론 옛날 해수면이 높았을 때에 섬이었을 가능성은 있지만 욕망산의 낮은 지점의 해발이 25미터 이상이므로 과거에도 섬이 아닌 육지였던 것으로 추정된다.

이정룡 박사는 망산도를 김해시청 앞에 위치한 전산마을로 보았다. 그는 〈허왕후의 가락국 도래 행로 파악〉(가야불교 관광콘텐츠 학술대회, 2017)에서 "망산도가 전산도前山島이고 전산도의 일명이 난산卵山이라는 지리지의 기록과 김해시 삼정동의 전산마을이 알매(알산)마을인 것에 근거하여 망산도望山島가 삼정동 전산마을에 비정"된다고 주장했다. 또한 그는 김해시 풍유동 일대를 주포로 보았다. 하지만 그가 말한 대로 봉황대에서 서남쪽 10리 거리에 불과한 풍유동을 주포라고 한다면 1530년에 간행된 『신증동국여지승람』과 이후 발간된 문헌들에 등장하는 현재 진해구 가주동의 '주포' 마을을 부정해야 하는 부담이 따른다.

최헌섭 박사는 망산도를 전산도로, 승재를 활천고개로 비정했다. 그는 〈허황옥의 가야 도래 경로〉(가야불교 관광콘텐츠 학술대회, 2017)에서 "망산도는 고산자古山子의 『대동지지』와 〈대동여지도〉에 지금의 전산도를 적기하고 있어 이를 수용하였다."고 했다. 그리고 이어서 말하기를 "이런 견지에서 망산도望山島에서 올린 햇불 신호

과거 연구자들이 망산도로 비정한 전산도,
칠산을 비롯하여 허왕후 도래와 관련한 지점들

를 기다리던 승점乘岾(승재)을 지금의 활천고개로 추정해 보았다."
고 했다.

하지만 최헌섭 박사가 승점乘岾(승재)으로 본 활천고개 정상에서
는 망산도로 비정한 전산도가 잘 보이지 않는다. 만약 활천고개
방면에서 전산도를 바라보려 한다면 활천고개가 아닌 고개 동쪽
너머의 삼정동 쪽에서 전산도를 관측할 수 있다. 이러한 관점이
라면 현재 김해시청사가 자리한 남산이 오히려 전산도와 주변의

신행길 지명 비정 선행 연구자 비교

(지원 스님)

출자	망산도	승재·승점	유궁,만전	주포	별포	능현	기출변
『삼국유사』 기이편	京南島嶼也	輦下岡 (輦下國)	從闕下西南 六十步許地	初來下纜渡頭 村曰主浦	王后於山 外別浦津頭	解陵袴高 岡曰綾峴	茜旗行入海涯曰 旗出邊
『삼국유사』 탑상편				緋帆茜旗珠玉 之美今云主浦			
신증동국여지승람 (1530)				부의 남쪽 40리		부의 남쪽 30리	
김해읍지(1786)							在主浦之左至今 猶存基名
대동여지도(1861)	전산도						
백승충	전산도		왕후사 근처 (육천 오기)	녹산 생곡리 장낙마을		명월산과 구랑촌 사이 언덕	
민긍기	전산도			망산도에서 보이는 나루		적향현	
김태식(1998)	칠산 (풍유동,명법동)	봉황대	산문리 반룡 산자락 (육천 오기)	금병산 남쪽으로 흐르는 시내		태정고개	강서구 범망동 조만포 부근
이종기(1977)	칠산		서남 6000보 임호산	녹산동 장낙마을			
최헌섭(2017)	전산도	활천고개					
이정룡(2017)	전산도	임호산	회현동 봉황대 일원	조만강 상류		외동 무점고개	
김해시 2018.9.15.발굴	삼정동 전산 마을 봉우리						
유주비 (1908)	말무섬 (창원 용현동)						
허명철	용원 욕망산	너더리고개	태정리 태봉 옆 (육천 오기)	진해 가주동	진해 두동리	두동고개	가주동 혹은 금곡
황정덕	용원 욕망산	너더리고개				공주고개	두동마을 앞 바닷가
최진원		남산南山 조선놀이문화					
숭선전지(1980) 김완태	웅동면 용원리 앞			웅동면 가주리			
도명 (2020)	용원 견마도 (옛 만산도)	관음사 위 언덕	주포마을	진해 가주동	주포마을 입구	관음사 위 언덕	가덕도 서북단

바다를 관망하기 좋은 장소가 될 것이다. 또한 최헌섭, 이정룡 박사처럼 전산도를 망산도로 본다면 주포뿐 아니라 능현이나 왕후사 등이 들어설 만한 장소가 마땅치 않은 한계도 있다.

김태식 홍익대학교 교수는 칠산을 망산도로 규정했다. 그는 〈가락국기 소재 허왕후 설화의 성격〉(『한국사 연구』, 1998)에서 "최근의 지질학적 연구에 의해 김해평야가 생긴 것은 6백여 년 전부터의 일이며 이전에는 김해시 중심가 바로 남쪽이 바다였음이 밝혀졌다. 이에 이전의 바다 안에 있었다는 섬인 전산도前山島가 망산도로 추정되고 있다. 이에 망산도, 즉 전산도는 조선 후기(1861)의 〈대동여지도〉로 보아 칠점산과 명지도에 둘러싸인 내해의 작은 섬들 중의 하나였지만 지금은 김해시 풍유동과 명법동, 이동에 걸쳐 여러 봉우리가 이어져 있는 칠산에 해당된다."고 하면서 칠산을 망산도로 비정하였다.

그러나 칠산의 서남쪽은 반룡산이 자리한 내륙이지 바다가 아니기에 칠산을 망산도로 보면 〈가락국기〉 원문과 부합하지 않는 모순이 생긴다. 내해의 중앙도 아닌 측면의 칠산이 바다 서남쪽을 조망하기 좋은 망산도는 아닌 것이다.

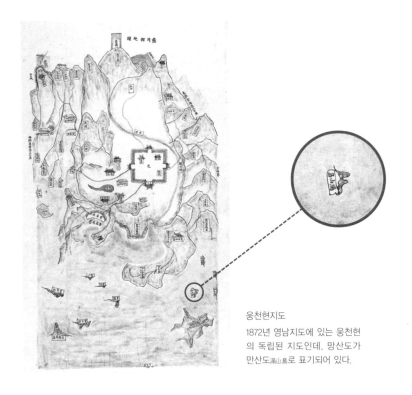

웅천현지도
1872년 영남지도에 있는 웅천현
의 독립된 지도인데, 망산도가
만산도滿山島로 표기되어 있다.

다시 규명한 '망산도' '주포' 등 도래 지점들

가. 〈가락국기〉로 본 망산도의 위치

〈가락국기〉의 주[原註]에서 '망산도는 수도의 남쪽에 있는 섬 [望山島 京南島嶼也]'이라고 했는데, 이 망산도는 수로왕이 유천간에게 '빠른 배와 말[輕舟駿馬]'을 주어 허왕후를 기다리게 한 곳이다. 이에 유천간이 망산도에서 기다릴 때 홀연히 바다 서남쪽 모퉁이에서 허왕후가 탄 배가 나타났으므로, 유천간은 망산도에서 횃불을 들어 신호를 보낸다.

　앞서 살펴본 것처럼 〈가락국기〉에 나오는 '망산도'의 현재 위치에 대해선 말무섬, 욕망산, 전산도 등으로 연구자들 사이에서 차이를 보인다. 하지만 필자가 수차례 현지 답사를 하고 〈가락국기〉와 조선시대의 지리지 등 자료에 천착한 결과, 망산도는 과거 '만산도'라 불렸던 주포 남쪽의 섬이라는 사실을 확인할 수 있었다. 진해구 용원과 가덕도 사이에 위치하고 조선시대 '만산도滿山島'로 불리던 이 섬은 현재 부산신항만 매립으로 옛 모습을 잃었지만 여전히 지도에 견마도로 표시되어 있다. '견마도牽馬島'라는 지명은 현재 국토지리정보원 지도에 나오는 명칭이고, '만산도滿山島'는 『신증동국여지승람』과 「웅천현읍지」, 〈웅천현지도〉(1872)에 표기된 이름이다. 즉 현대의 '견마도', 조선 후기의 '만산도'는

가덕도에서 바라본 망산도(현 견마도)와 진해 용원 일대

옛 망산도로 추정되는 현 견마도.
개발로 섬의 모습이 완전히 바뀌었다.

옛 망산도(만산도. 현 견마도츪馬島).
현재는 부산신항만 공사로 육지화되었다.

〈가락국기〉에 나오는 '망산도'의 또 다른 이름으로 볼 수 있다.

이 견마도(만산도)에서 관측하면 정확히 진해 용원 앞바다의 서
남쪽 방향이 가덕도 좌측 끝 모퉁이인데, 배가 남해안을 따라 올
라오면 모퉁이에 가려졌던 배가 갑자기 나타나는 것처럼 보인다.
이는 〈가락국기〉에서 "갑자기 바다 서남쪽 모퉁이에서 붉은 돛
을 단 배가 붉은 깃발을 휘날리면서 북쪽을 향했다[忽自海之西南隅 掛
緋帆 張茜旗 而指乎北]."라고 한 기사와 부합하며, 뱃머리가 북쪽에 있는

유주비각으로 향하면 관측된 배의 방향이 기사와 일치한다.

다만 조선 후기의 '만산도'라는 이름은 그 이전부터 망산도라 불리던 섬의 명칭이 시간이 지나면서 음운변화에 의해 만산도로 변했고, 후대에 기록할 때 한자를 차자하며 고착화되었을 것으로 보인다. 이 섬은 가덕도를 앞에 두고 동남쪽 바다와 서남쪽 바다가 모두 뚜렷하게 조망되며 육지에 있는 승재와 통신하기에도 더없이 좋은 장소이다.

이러한 근거들을 고려하면 지금까지 후보지로 거론된 현재의 말무섬, 욕망산, 전산도, 칠산 등은 망산도로 보기 어렵다. 오늘날 '견마도'로 불리는 곳이야말로 조선시대 고지도에 나오는 '만산도'이자 〈가락국기〉에 나오는 '망산도'인 것이다.

나. 〈가락국기〉로 본 주포主浦의 위치

주포에 관한 구체적인 서술은 〈가락국기〉에 처음으로 등장하는데 그 내용은 다음과 같다.

> "영제 중평 6년 기사년(189) 3월 1일에 왕후가 붕어하니 나이는 157세였다. 온 나라 사람들은 땅이 꺼진 듯이 탄식하며 구지봉 동북 언덕에 장사하였는데, 끝내 (왕후가 백성들을) 자식처럼 사랑하던 은혜를 잊지 않으려고 함에 인하여 처음으로 와서 닻을 내린 나루마을(도두촌)을 주포촌

主浦村이라 하고, 비단 바지를 벗은 높은 산등성이를 능현
綾峴이라 했으며, 천기茜旗(붉은 꼭두서니 깃발)가 들어온 바닷
가를 기출변旗出邊이라 했다."

이와 함께 조선시대 인문지리서인『신증동국여지승람』(1530)의
〈김해도호부 고적古蹟〉조에도 이러한 내용이 유사하게 수록됐
다. 그러므로 주포의 처음 이름은 '도두촌'이었으며, 수로왕비 허
왕후가 붕어하고 나서 공주가 내린 곳이라 하여 '주포主浦'로 개칭
한 것이다. 한편『신증동국여지승람』〈김해도호부 산천山川〉조
에는 "명월산은 김해부 남쪽 40리에 있다[明月山 在府南四十里]."고 하
였고, 또 같은 조의 신증新增 편에 "주포主浦는 부 남쪽 40리 지점에
있다. 물의 근원이 명월산明月山에서 나오며, 남쪽으로 흘러 바다
에 들어간다[主浦 在府南四十里 源出明月山 南流入海]."고 하였다. 이 기사는
이후에 간행된 모든「김해읍지」에서 그대로 전재하여 기술되고
있다. 아울러『신증동국여지승람』〈웅천현 산천山川〉조에는 "주
포는 현縣 동쪽 30리 김해부 경계에 있다[主浦 在縣東三十里 金海府界]."고
하였다. 웅천현은 현재 창원 진해지역을 말한다.

이처럼『신증동국여지승람』의 두 기사에서 '주포'가 김해부 남
쪽 40리, 웅천현 동쪽 30리에 위치한다고 설명하고 있는데, 이는
현재 주포마을의 입지와 일치되는 대목이다. 주포는 또 다르게
'옥포玉浦'라고 한다. 이는 공주의 이름인 허황옥許黃玉에서 연유한

것으로 보이며 이 마을 사람들도 그렇게 말하고 있다. 또한 주포의 주主에는 '임금'의 뜻이 있는데 수로왕이 이곳에 왔다는 이유로 붙은 이름이라는 주장도 있다. 그러나 주포를 '님개'라고 불렀던 것으로 보아 수로왕의 '님'인 허황옥 공주公主로부터 유래한 것으로 보인다.

결국 〈가락국기〉 및 『신증동국여지승람』 그리고 「김해읍지」와 「웅천현읍지」에서 말하는 주포의 위치와 부합하는 장소는 경상남도 창원시 진해구 가주동의 주포마을과 부산시 강서구 송정동의 옥포마을이 연접連接한 지역이다. 주포마을과 옥포마을은 과거 한 마을이었으나, 1914년 옥포마을이 김해군 녹산면 송정리로 행정구역이 바뀌었다. 그렇기 때문에 옥포마을도 주포마을과 함께 과거의 '주포'로 볼 수 있는 것이다.

주포마을
(경남 진해)

옥포마을
(부산 강서구)

과거 한 마을이었으나 행정구역이 바뀌면서 현재 부산시와 경상남도로 나뉜 주포마을과 옥포마을 한편 '별포진두'는 공주가 승재에 오르기 전에 내린 지점으로 산 밖 별포나루 입구라고 했으니 높은 고개인 승재의 아래쪽인 현 가주터널 부근의 어느 지점으로 추정된다. 공주가 배를 처음 댄 곳은 별포나루 입구 어디쯤이나, 이후 별포는 어떤 지점이 아닌 나루 전체를 지칭하게 되었고, 나루가 위치했던 곳이 오늘날의 주포마을이다.

다. 망산도와 주포 이외의 지명
① 승재乘岾(승점)

〈가락국기〉에서 수로왕은 유천간에게는 '망산도', 신귀간에게는 '승재'로 가라고 지시한다. 이후 유천간이 공주의 배를 확인하고 횃불을 올렸고 승재에서 이를 본 신귀간은 수로왕에게 공주의 도착을 보고하기 위해 말을 타고 달렸다. 이 대목을 통해 '승재'는 신귀간과 유천간이 통신한 장소였음을 알 수 있다.

또한 〈가락국기〉에는 승재의 위치를 가늠할 수 있는 단서도 등장한다. 본문에 (공주가 도착할 때) "유천간 등이 망산도 위에서 횃불을 올리니 나루에 닿자마자 곧바로 육지에 내리어 다투듯 뛰어오므로 신귀간이 이를 보고는 대궐로 달려와서 왕께 아뢰었다."라고 했으므로 승재는 망산도가 잘 조망될 뿐 아니라 말을 타고 달려 대궐로 가서 보고하기 좋은 지점이어야 한다. 허왕후 일행의 배가 처음 목격된 진해 용원 일대에서 이러한 조건을 만족할 만한 언덕은 오늘날 녹산동 관음사 뒤에 있는 고개가 유력해 보인다.

'승재乘岾'에서 '재岾'는 '점'으로도 발음되는데, '재'는 '고개'를 지칭하고 '점'이라 했을 때는 '땅 이름'이란 뜻을 지니며 이는 한정적인 지역을 가리킨다. 그러므로 '승재'는 '오르는 고개', '높다란 고개'를 지칭하게 되고, '승점'이라 할 때는 '오르는 지점'을 뜻하게 된다. 기존 〈가락국기〉 연구에서는 이 장소를 '승점'으로 보는 입장이 주류를 이뤘지만 필자는 〈가락국기〉의 본문 주석과 고개를 뜻하는 '능현'의 의미 등을 고려했을 때 '승재'로 보는 것이 타당하다고 결론 내렸다. 이러한 '승재'에 대해 구체적으로 파악할 수 있는 내용이 〈가락국기〉의 주석에 등장한다.

관련 대목의 주석을 보면 규장각본에는 '승재 연하국乘岾輦下國'으로 나오고, 조병순 소장본에는 '승재 연하강乘岾輦下岡'으로 나온다. 여기서 승재 뒤에 붙는 '연하국輦下國'이나 '연하강輦下岡'은 승재를 설명하는 말이다. 전자의 '연하국'을 직역하면 '황제가 다스리는 땅'이 되는데 기존 연구자들은 이를 '가락국에 속한 땅'으로 이해하였다. 하지만 '승재'가 특정한 고개를 뜻하는 말이기 때문에 가락국 영토 전체를 지칭하는 '연하국'과 연결해서 보기는 어렵다. 반면 하정룡, 이근직의 『삼국유사 교감연구』의 주석에는 '연하국'이 아닌 '연하강'으로 되어 있는데, 연하강을 승재로 본다면 이곳의 지명은 '가마가 내린 언덕'이라는 뜻이 된다.

이러한 근거들을 종합하면 공주가 가마에서 내린 '승재'와 비단 바지를 폐백한 '능현'은 동일 지점으로 볼 수 있다. 이어지는 '능현'의 설명에서 구체적으로 풀겠지만 '능현' 또한 공주가 가마에서 내린 장소이기 때문이다. 가마에서 내린 목적이 이 땅의 산신에게 폐백하기 위한 것이었으므로 승재가 이후 능현으로 이름이 바뀌는 것이다. 공주가 능현에서 산신에게 폐백하기 위해서 가마에서 내렸다고 볼 수밖에 없다.

② 유주지維舟地

공주가 탄 배가 처음 닻을 내린 곳은 말무섬 동쪽, 현재 유주비각이 있는 지점이다. 1908년에 지어진 유주비각 안에 있는 〈부인당유주비문〉에는 '지금 웅천현 부인당은 태후가 배를 맨 곳'이라고 기록되어 있다. 공주가 탄 배는 이곳에 닻을 내렸고, 그녀의 도착 보고를 받은 수로왕이 환영사절로 구간들을 보내나 "나는 평소 그대들을 모르는 터인데 어찌 감히 경솔하게 따라갈 수 있겠는가." 하고 거절했다. 이에 수로왕이 직접 마중 나가겠다는 전갈을 보낸다. 수로왕의 마음을 확인한 공주는 배를 처음 맨 곳에서 내리지 않고 배 위에서 하루를 지냈던 것으로 보인다.

과거 유주비각 인근에 '부인당'이란 이름으로 장시場市가 들어선 것으로 보아 수로왕비인 허왕후와 관련한 명칭이 이곳에서 전해져 왔음을 알 수 있다.

③ 종궐從闕

공주가 구간九千으로 구성된 환영사절을 거절하자 수로왕은 자신이 직접 갈 것을 암시하는 뜻으로 "그렇겠구나[然之]."라고 말하고는 자신이 직접 관리를 인솔하여 종궐從闕에 온다. 이때 '종從'에는 '궐을 따라'라는 동사의 의미도 있지만, '궐闕'과 합쳐지면 신답평에 있는 본궐本闕에 종속된 '지방의 관청'이란 의미로 봐야 한다. 후술하겠지만 여러 정황을 살펴보면 '종궐'은 별포에 있었던 별궁으로 사료된다.

수로왕은 행차하여 종궐 서남쪽 60보쯤 되는 곳에 '만전幔殿'을 설치하고 공주를 기다렸다. 그는 종궐 인근에 공주를 맞이하기

하늘에서 봤을 때 종궐과 만전의 위치

위한 천막 궁전을 짓는다. 다만 기존 연구자들은 대체로 태정 응달리(현 응달동 733)를 '만전'의 위치로 지목하면서 서남쪽 60보六十步를 6천 보六千步의 오자로 해석해 왔다. 하지만 가락국의 궁궐로 추정되는 봉황대에서 태정 응달리는 1만 보(약 7킬로미터)가량 떨어져 있으므로 60보의 오자인 6천 보로 보기에는 무리가 있다. 이 종궐의 규모를 생각해 보건대 공주와 함께 온 20여 명의 수행원과 15명의 사공이 유숙할 만한 숙사宿舍의 기능을 갖추었을 것이다. 여기서 종궐이 자리했던 곳은 현재 보배산(보개산) 아래 주포마을의 어느 지점으로 추정된다.

④ 만전幔殿

'만전'은 유궁帷宮이라 불리는 일종의 장막 궁전이며, 수로왕이 공주를 맞이하기 위해 종궐 서남쪽 60보 아래에 설치했다. 공주의 환영사절 거절에 당혹스럽기도 한 수로왕이 아랫사람들을 인솔하여 만전을 쳤다. 이곳은 종궐에서 조금 떨어져 있는 주포마을의 왼쪽 산기슭에 자리했던 것으로 추정된다.

일부 연구자들은 수로왕의 출자를 북쪽 출신의 유목민으로도 보는데, 그들은 목초지를 따라 이동하기 위해 몽골의 게르ger나 아랍 유목민족의 텐트처럼 임시가옥을 설치하는 문화가 있다. 수로왕이 만전을 설치했다는 이야기는 가락국의 전통문화라기보다는 유목민족의 문화로 이해되는 장면이다. 이보다 앞서 신라의

탈해왕을 추격하며 계림지역으로 쫓을 때 5백 척의 배를 동원할 정도로 막강한 능력을 갖추었던 수로왕이 설치한 야외 만전은 상당히 높은 수준의 격을 갖추었다고 볼 수 있다. 시간이 흘러 서기 452년, 이 만전 자리에 질지왕이 왕후사를 창건하게 된다.

⑤ 능현綾峴

〈가락국기〉에 '능현'은 공주가 이 땅의 산신에게 폐백하기 위해 비단 바지를 벗어 일종의 신고식을 치른 공간으로 나온다. 그곳은 자신의 배가 처음 정박했던 유주지가 잘 보이고 헌공의 대상일 뿐 아니라 주변에서 가장 높은 산인 보배산(명월산)도 충분히 조망되는 위치였을 것이다. 이러한 사정을 감안하면 현재 관음사 뒤편 고개를 '능현'으로 볼 수 있다.

능현은 앞서 간략히 정리한 바와 같이 공주가 가마에서 내린 '승재'와 동일한 지점이었던 것으로 추정된다. 공주가 '능현'에서 비단 바지를 벗어 폐백을 했다는 〈가락국기〉 내용을 보면 그녀는 타고 있던 가마에서 내렸음을 짐작할 수 있다. 여기다 앞서 설명한 것처럼『삼국유사 교감연구』(이근직, 하정용 저)의 주석에서 '승재'를 가마에서 내린 언덕이라는 뜻의 '연하강'으로 풀이한다는 점까지 감안하면 '능현'과 '승재'는 한 공간이라는 결론에 도달한다. 또한 능현의 현峴과 승재의 재岾가 '고개'라는 동일한 의미로 쓰이고 있음을 고려한다면 능현을 승재로 볼 수 있는 여지는 더 커진다.

이렇게 '승재', '능현'으로 이해되는 공간에서 일어났던 일들을 시간순으로 정리하면 다음과 같다.

- 허왕후의 도래를 예견한 수로왕이 공주를 맞이하기 위해 신귀간에게 '승재'로 가라고 하였다.
- 유천간으로부터 공주의 도착을 전달받은 신귀간은 이곳에서 말을 달려 수로왕께 이 사실을 알린다.
- 배를 떠난 공주가 이 공간에 다다르자 가마에서 내려 산신께 폐백을 하며 무사항해에 대한 감사를 드린다.

이와 같이 '승재', '능현'으로 비정된 지점은 '허황옥 신혼길' 서사에서 중요한 위치를 점한다. 〈가락국기〉에는 수로왕이 허왕후가 서거한 후 그녀가 폐백한 지점을 '능현'이라 이름 지었다고 설명하고 있는데, 이때 '승재'가 '능현'으로 바뀌었을 것이다. 결론적으로 〈가락국기〉에서 '비단 바지를 벗은 높은 언덕이 능현|解綾袴高岡曰綾峴|'이라고 언급한 대목과 다른 정황들을 고려했을 때 승재乘岾, 능현綾峴, 고강高岡은 동일한 지점으로 볼 수 있다.

⑥ 기출변旗出邊

'기출변'은 망산도에서 공주의 배가 처음 목격된 바닷가를 말

망산도에서 바라본 서남쪽 기출변(KNN 다큐멘터리 그래픽)

하늘에서 본 서남쪽 바다 기출변

한다. 〈가락국기〉에는 유천간이 망산도에서 공주의 배를 처음 목격했을 때 서남쪽 모퉁이에서 갑자기 배가 나타나 북쪽을 향했다고 묘사하고 있다. 여기서 말하는 서남쪽 모퉁이는 가덕도 북서쪽 끝 지점 해안으로 추정할 수 있다. 지금의 지도에서 보자면 가덕도 서북단의 동리산洞理山 서남쪽 아래에 있는 고직말古直末 부근이다. 확장해서 보면 가덕도 북서쪽 해안 전체를 가리킬 수도 있다. 고직말古直末을 풀이하면 '옛날 바로 가리키던 끝'인데 허왕후의 배가 발견된 해안 끝을 의미하는 것으로 보인다.

라. 민속놀이에서 '망산도'가 내해內海에 위치한 이유
: 허왕후 도래 민속놀이

『삼국유사』〈가락국기〉에는 유천간과 신귀간이 수로왕에게 허왕후의 도래를 알렸던 과정이 일연 스님 당대까지 민속놀이로 계승됐음을 보여 주는 기사가 나온다.

> "이러한 중에 다시금 수로왕을 사모해서 하는 놀이가 있으니, 매년 7월 29일에 이 지방 사람들과 서리와 군졸들이 승재에 올라가서 장막을 치고 술과 음식을 먹으면서 즐겁게 놀다가, 동서로 서로 눈길을 보내면 건장한 인부들이 좌우로 나누어 한편은 망산도에서 말을 급히 몰아 육지로 달리고, 또 한편은 배를 둥둥 띄워 물을 서로 밀

쳐 내면서 북쪽을 가리키던 옛 포구에 먼저 닿는 내기를
하니, 대개 이것은 옛날에 유천간과 신귀간 등이 왕후가
오는 것을 바라보고 급히 수로왕에게 아뢰던 옛 자취이
다.”

이 내용을 통해 허황옥 신혼길 이야기가 『삼국유사』가 편찬됐
던 고려시대까지 전승되어 지역의 대표적인 민속놀이로 행해졌
음을 알 수 있다. 또한 그 당시 지역민들이 허왕후의 실체를 믿었
을 뿐 아니라 소중하게 인식하고 있었다는 사실을 확인할 수 있다.
　민속놀이가 처음에는 옛 포구였던 주포를 중심으로 진해 용원
의 승재와 망산도에서 행해진 것으로 보인다. 그러나 시간이 지
나면서 민속놀이의 공간적 배경이 내항인 왕성 중심으로 옮겨 왔
음을 추정할 수 있다. 이는 세월이 지나면서 처음에는 포구 역할
을 하던 주포가 자연적인 매립이나 또는 해수면 하강으로 인해
그 역할이 축소되면서 나타난 결과였을 것이다. 이로 인해 놀이
할 때 ‘망산도’를 내항에 자리한 전산도로, ‘승재’는 또 다른 어떤
지점으로 비정하는 지명의 이동이 일어났던 것으로 추정된다. 여
기서 어떤 지점은 김해시청이 들어서 있는 남산으로 볼 수 있다.
　한편 기록에는 망산도에서 말을 타고 출발해 육지를 달리는
장면이 나온다. 말들이 달리려면 망산도는 육지라야 한다. 옛 김
해만이 시간이 지나면서 점점 육지화되어 간조 때는 비록 질척거

리는 상태이나마 망산도로 비정했던 전산으로부터 말이 달릴 수 있었을 것이다. 배를 탄 이들은 승재로 비정한 지점을 향해 물길을 따라 노를 저어 말을 탄 동료들과 경합했다.

놀이할 때 현재의 '전산'을 망산도로 삼은 이유는 전산이 간조 때가 되면 섬과 육지의 양면성을 지녀 배와 말이 경주할 수 있는 조건이 되기 때문이었다. 이러한 이유로 고산자 김정호가 〈대동여지도〉와 『대동지지大東地志』에서 전산을 망산도로 표기하였으며, 이는 놀이문화 때 임시로 정한 지명이 지역민들에 의해 고착화됐음을 의미한다. 그리하여 김정호는 지역민들이 전하는 대로 지도에 표기했던 것으로 보인다. 다만 이러한 전후의 사정을 다룬 문헌이나 구전이 없어 이후 연구자들이 도래 경로에 대해 혼란을 겪었던 것이다.

마. 유천간이 올린 망산도의 봉화

허왕후 일행이 가야 영토에 진입한 것을 알리는 결정적인 수단은 바로 봉화烽火였다. 인간이 문명화되는 데 필수적이었던 불이 허황옥 신혼길에서도 주요한 소품으로 역할을 했던 것이다. 진화를 거듭한 인류는 불로 추위를 막고 음식을 익혀 먹었으며 구리와 철강석을 녹여 다양한 도구와 무기를 만들 수 있었다. 전근대까지 불의 또 다른 용도 중 하나는 불빛과 연기를 이용한 봉화 같은 신호 체계로의 활용이다. 고대 국가에서는 적이 침입하거나 특별한 사건이 일어나면 낮에는 연기, 밤에는 불빛을 이용해 빠르게 소식을 전달하였다.

우리나라에서 봉화에 대한 이른 기록은 서기 48년으로 『삼국유사』〈가락국기〉에서 볼 수 있다. 여기에는 수로왕비가 될 허황옥 공주가 가락국에 도착했을 때 이를 알리기 위해 망산도에서 불을 올렸다는 기록이 등장한다.

> "드디어 유천간에게 날렵한 배와 빠른 말을 주어 망산도로 보내고 신귀간에게는 승재로 가게 했다. 이윽고 바다의 서남쪽에서 붉은색의 돛을 단 배가 붉은 기를 매달고 북쪽을 향해 오고 있었다. 유천간 등이 먼저 망산도 위에서 횃불을 올리니, 나루에 닿자마자 곧바로 육지에 내리어 다투듯 뛰어올랐다[留天等先擧火於島上 則競渡下陸爭奔而來]."

그런데 필자는 공주의 배가 처음 관측되었을 때 유천간이 올린 봉화를 신호로 하여 다투듯 뛰어간 주체가 누구인지 궁금하였다. 그래서 〈가락국기〉에서 의문이 생긴 부분과 생략된 행간에 대해 필자의 상상을 가미하여 풀어보고자 한다.

이전에 필자는 "나루에 닿자마자 곧바로 육지에 내리어 다투듯 뛰어온다."는 대목의 주체를 공주와 함께 온 일행으로 생각했다. 왜냐하면 공주 일행이 오랜 항해 끝에 육지에 도착하여 기뻐하는 모습을 표현한 것이라 여겼기 때문이다. 그러나 원문을 자세히 보면 뛰어온 주체는 공주 일행이 아니라 유천간과 함께 망산도에 가서 배를 타고 봉화 신호를 기다리던 이들로 보인다. 당시 망산도에 있던 유천간이 공주의 도착을 횃불로 신호하면 섬에 정박했던 그들이 급하게 노를 저어 육지에 도착한다. 결국 〈가락국기〉에 나오는 경쟁 대목은 배에서 내린 이들이 승재의 신귀간에게 도착 소식을 알리기 위해 다투듯 뛰어가는 모습인 것이다. 만약 망산도에 배 몇 대가 대기했다면 공주의 도착을 먼저 전하기 위해 배끼리 경쟁했을 수도 있다. 그러나 후대의 민속놀이로 미루어 보면 배들 간이 아닌 배와 말의 경합임을 알 수 있다.

앞서 언급한 것처럼 〈가락국기〉를 보면 고려시대까지 이 지역민들은 허왕후 도래를 알리는 이날의 상황을 민속놀이로 즐겼다는 내용이 나온다. "매년 7월 29일에 토착인과 서리 그리고 군졸들이 승재에 올라 말과 배가 서로 경쟁하며 주포에 먼저 닿는 내기를 하며 놀았다."는 대목이다. 이러한 민속놀이에 대입해 당시 상황을 유추해 보면 유천간은 공주가 오는 것을 관측하기 위해 무리를 배와 말 둘로 나누어 '날렵한 배[輕舟]'는 자신과 함께 망산도에 갔고 '빠른 말[駿馬]'은 또 다른 곳으로 보냈다. 망산도는 섬이라 말을 보낼 수 없었고 말을 탄 무리는 조망하기 좋은 육지 끝으로 갔는데 그곳이 바로 진해 용원의 욕망산慾望山이다.

욕망산의 다른 옛 이름은 육망산陸望山인데 육지에서 바다를 망보기 좋다 해서 붙은 이름이다. 욕망산은 공주의 배가 처음 나타난 가덕도 서북단의 기출변이 가까워 망산도보다 공주의 배가 먼저 관측되는 곳이다. 여기서는 공주의 배가 관측된 즉시 말을 달려 신귀간에게 보고하면 되었을 것이다. 그런데 〈가락국기〉에는 망산도에서 유천간이 공주의 배를 관측하고 봉화를 올렸다고 나온다. 이런 정황을 보면 욕망산에 있던 말 탄 이들이 공주의 배를 먼저 보았지만 출발하지 않고 대기하다 망산도의 봉화를 보고서야 열심히 말을 달려 신귀간에게 향했다고 볼 수 있다. 허왕후 도래 당일 망산도로 가서 배를 탔던 이들과 욕망산으로 갔던 말을 탄 일행이 망산도에서 올린 횃불을 신호로 한껏 경합했던 것이다. 그리고 후일 이러한 과정들이 민속놀이가 되었다.

사실 이러한 경합은 수로왕이 미리 계획한 결혼 프로젝트의 일환으로 보인다. 왜냐하면 대궐에서 구간들이 규수를 천거할 때 수로왕은 "오늘 하늘이 점지한 신부가 온다."고 말했는데, 이를 통해 공주의 도래를 알았다고 볼 수 있기 때문이다. 수로왕은 사전에 아유타국과 교감이 있었고 공주가 도래하는 날을 정확히 알아서 유천간과 신귀간을 보내어 공주를 맞이했던 것이다. 그러고는 충분한 포상을 내걸고 말과 배의 두 팀을 경합하게 해서 분위기를 한껏 고조시켰는데 이러한 일련의 계획은 왕비를 애타게 기다리던 신하와 국민들을 위한 수로왕의 지혜였다. 그는 구지봉에서 자신의 탄생을 신비스럽게 연출한 것처럼 결혼 프로젝트를 통해 또 한번 뛰어난 퍼포먼스를 선보인 기획의 달인이었던 것이다. 그러한 수로왕의 치밀한 결혼 기획에서 망산도의 '봉화'는 빠질 수 없는 장치로 활용됐다.

바. 공주가 탄 배의 깃발

허황옥 신혼길을 설명한 『삼국유사』를 찬찬히 살펴보면 건국 당시 가야의 시대 상황부터 소소한 일상까지 다양한 모습을 엿볼 수 있다. 〈가락국기〉 기록의 사실성은 현재 수로왕릉과 허왕후릉의 위치뿐 아니라 임시궁궐인 신답평과 나성의 축조 기사 등을 통해 확인되고 있다. 여기에는 수로왕에게 시집올 때 그녀가 타고 온 배에 대한 기록도 나오는데 "갑자기 바다 서남쪽 모퉁이에서 붉은 돛을 단 배가 꼭두서니 깃발을 휘날리며[忽自海之西南隅 掛緋帆 張茜旗]"라는 구절이다. 그런데 〈가락국기〉에 나온 '꼭두서니 깃발[茜旗]'을 두고 기존 연구자들은 해석을 달리한다. '꼭두서니로 물들인 붉은색 깃발'이라고 말하는 이가 있는 반면 '꼭두서니 문양文樣을 그린 깃발'이라는 주장도 있다. 필자도 〈가락국기〉의 이 대목을 볼 때마다 과연 꼭두서니 깃발이 무엇을 뜻하는지 궁금했다.

'꼭두서니'란 넝쿨식물로 잎이 네잎클로버처럼 사방으로 퍼져 있고 좁은 모양인데, 예전부터 붉은 물을 들일 때 그 뿌리를 염료로 사용해 왔다. 필자는 지금까지 허황옥 공주가 올 때 휘날렸다는 '천기'란 꼭두서니 잎 모양을 문양으로 한 깃발이며 이것을 배의 앞쪽에 세운 것으로 생각했다. 그런데 이렇게 해묵은 의문이 KNN 방송의 다큐멘터리 〈과학으로 본 허황옥 3일〉을 통해 비로소 풀렸다. 프로그램의 연출을 맡은 진재운 감독은 인도의 고대 선박에 대한 기록과 전문가 인터뷰를 바탕으로 허왕후가 타고 온 배의 형태를 고증했다. 당시 대양을 항해한 선박을 묘사한 그림을 보면 붉은색 쌍돛을 달고 있으며 돛대 위에는 붉은색 깃발이 펄럭이고 있었다. 꼭두서니 깃발이란 꼭두서니 문양의 깃발이 아니라 단순히 붉은색 깃발이었음을 알게 된 순간이었다. 다만 붉은색 돛을 뜻하는 '비범緋帆'처럼 붉은색 깃발을 의미하는 '비기緋旗'로 쓰지 않고 '천기茜旗'로 쓴 것은 동일한 붉은색을 표현함에 있어 중복을 피하는 한문의 특성 때문이다. 그래서 비緋와 천茜으로 한자를 달리 쓴 것으로 보인다.

혹자는 문양이 있는 깃발이든 그냥 붉은색 깃발이든 '뭐 그리 중요하냐.'라고 할 수도 있다. 그러나 많지 않은 가야의 기록들을 하나하나 확인해 가는 작업은 가야의 원형을 찾아가는 작은 디딤돌이 될 수 있다. 현존하는 인도의 기록에 의하면 허황옥 공주가 생존했을 당시 인도의 선박은 대양 항해가 가능한 견고하고 멋진 모습이었다. 인도는 고대부터 해양 강국이었다. 그도 그럴 만한 것이 삼면이 바다로 둘러싸여 있어 일찍부터 선박 건조술과 항해술이 발달할 조건을 갖추고 있었던 것이다. 그러나 이후 해양의 패권자임을 자부하는 영국의 식민통치로 인도의 찬란한 해양문화는 많은 왜곡과 축소가 이루어졌다. 하지만 다행스럽게도 수난을 모면한 귀중한 자료들이 남아 있어 인도의 옛 영광을 알 수 있다.

역사는 강자의 기록이고 대개는 승자가 독식하는 방식이다. 우리의 역사도 예외가 될 수는 없다. 최근 국립중앙박물관은 가야실을 개편하면서 전시물을 늘렸다. 이런 움직임은 그동안 소외되었던 가야의 흔적을 전시에 반영한 조치로 긍정적이다. 다만 가야사 연표에서 김수로왕을 빼는 납득하기 어려운 일이 일어났다. 가야에 대한 연표, 개설 등 전시물의 이해를 돕는 설명을 늘려야 할 상황에서 건국자가 빠진 건 아쉬운 대목이다. 과거 일본의 관제 사학자들이 가야 초기 역사와 김수로왕을 지우기 위해 42년 가락국 건국 기록을 부정하고 가야가 3~4세기에 비로소 건국됐다고 주장한 선례가 있는 만큼 건국 연대와 건국자 등은 정확하게 기록되어야 할 것이다.

『삼국유사』의 〈가락국기〉는 건국과 시대 상황 등 가야에 대한 큰 그림을 보여 줄 뿐 아니라 허황옥 공주가 타고 온 배의 깃발 등 세세한 부분까지 기록하고 있다. 공주가 타고 온 배의 깃발에 꼭두서니 문양이 새겨져 있었는지, 아니면 단지 붉은 깃발이었는지 확언하긴 힘들지만 그것이 허왕후 스토리를 풍부하게 하는 단서임은 틀림없는 사실이다.

도래 경로와 시간적 추이

허왕후가 인도 아유타국에서 공주의 신분으로 항해한 2만5천여 리 긴 노정의 끝은 또 다른 시작을 예고하고 있었다. 그녀가 온 길을 〈가락국기〉와 〈김해명월사사적비〉를 참고하여 탐색하면 주요 사건은 가락국의 남쪽인 현재 진해 용원 앞바다에 있는 망산도와 명월산 아래 주포(별포)를 무대로 하여 일어나고 있다. 사실 허황옥 신혼길은 원문의 변형을 가하지 않고 기록 그대로를 따라가다 보면 기존 연구자들이 주장했던 경로처럼 복잡하지 않고 오히려 단순하다. 그러므로 허황옥 신혼길의 주요 무대는 본궐이 있는 '내항內港'이 아니라 종궐이 있는 '외항外港'이었던 것이다. 상식적으로도 국빈이나 최고의 외국 사절을 맞이할 때 나라의 국경 초입은 육지나 바다일 수밖에 없고, 비행기가 없던 시절이므로 바다에서 맞이했으니 외항인 것이다.

서기 48년 7월 27일 가락국에 도착한 허왕후 일행은 수로왕이 있는 본궐로 바로 가지 않았다. 3박 4일의 여정 속에 폐백, 조우, 초야 등의 통과의례를 거친 후 비로소 8월 초하루 입궐하게 된다. 〈가락국기〉에는 그 과정이 비교적 상세하게 기록되어 있다. 이 땅 가야와 첫 인연을 맺은 16세의 인도 아유타국 공주 허황옥의 결혼 길을 따라가 보면 다음과 같다.

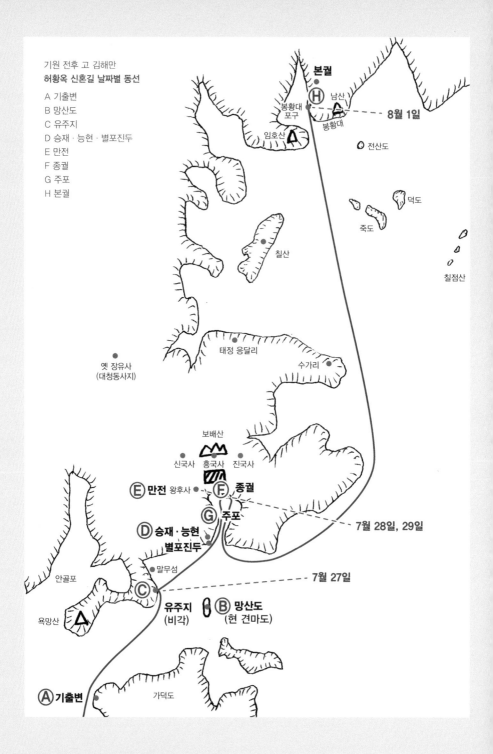

기원 전후 고 김해만
허황옥 신혼길 날짜별 동선

A 기출변
B 망산도
C 유주지
D 승재·능현·별포진두
E 만전
F 종궐
G 주포
H 본궐

본궐

ⓗ 남산

봉황대
포구
봉황대 **8월 1일**

임호산

○ 전산도

덕도

죽도

칠산

칠점산

태정 응달리

옛 장유사
(대청동사지)

수가리

보배산

신국사　흥국사　진국사

ⓔ **만전** 왕후사 ● ● ⓕ **종궐**

ⓖ **주포**

ⓓ **승재·능현**

별포진두

7월 28일, 29일

● 말무섬

안골포

ⓒ **7월 27일**

욕망산

유주지
(비각)
ⓑ **망산도**
(현 견마도)

ⓐ **기출변**

가덕도

기출변 → 망산도, 승재 → 유주지 → 주포(별포진 입구) →

능현 → 만전 → 본궐

* 별포는 나중에 '주포'가 되고 승재는 나중에 '능현'이 된다.

[7월 27일]

망산도에서 바라보면 서남쪽 바다 모퉁이에서 공주의 배가 관측되어 배는 망산도 서북쪽 유주지에 배를 댄다. 구간이 와서 공주를 모셔 가려 하나 거절한다. 유천간이 수로왕께 정황을 보고하니 수로왕은 직접 주포에 행차하여 만전을 치고 기다리겠다는 전갈을 공주에게 보낸다. 그녀는 왕의 의지를 확인하고 유주지에서 하루를 지낸다.

[7월 28, 29일]

공주는 항해에 대한 감사의 의미로 산신께 폐백하기 위해 별포진 입구에서 배에서 내린다. 그녀는 승재에 올라 가마에서 내려 폐백하고 산길을 따라 만전이 있는 별포촌으로 이동한다. 공주는 마중 나온 수로왕을 만나서 만전에 들어 그곳에서 이틀을 보낸다.

[8월 1일]

허왕후는 인도에서 타고 온 배를 아침 일찍 보낸다. 수로왕,

허왕후 부부와 그녀를 보필해 왔던 신보와 조광 내외는 배를 타고 봉황대 포구에 도착한다. 그리고 그들이 함께 수레를 나눠 타고 본궐에 돌아오니 정오쯤이었다. 그들의 수레에는 한나라 시장에서 파는 한사잡물漢肆雜物 등 진귀한 물건과 혼수가 실려 있었다.

허왕후 도래 전후의 주변 스케치

〈가락국기〉,『후한서』등 사료와 1980년대 이후 발굴된 유물들을 보면 가야는 강력한 군사력과 철 무역을 통한 경제력을 갖췄다. 그리고 다양한 문화를 수용한 문명국가였다. 문화는 먼 거리의 이질적인 요소가 결합하면 더욱 발전하는 경향이 있는데 김수로의 대륙문화와 허왕후의 해양문화가 만난 지점이 가락국이었다. 두 사람의 결합은 단순히 개인의 결혼을 넘어선 서로 다른 문화의 융합이라는 의미가 있다.

대개 세상에서 발생하는 사건과 현상들은 갑자기 일어나기보다 여러 요소들이 잠재해 있다가 어느 임계점에 이르면 가시적인 모습으로 표출되는데 허왕후의 도래도 그러한 결과로 보인다. 2만5천여 리나 되는 타국에서 공주 신분인 허황옥이 단순히 결혼이라는 목적으로 그 먼 길을 목숨 걸고 왔을까 하는 의문도 든다. 물론 대단한 효심을 가진 현숙한 여인이라면 부모의 지엄한 명을 거역할 수 없었을 것이다. 하지만 결혼 동맹 내지 정략결혼으로 딸을 시집보낸다 하더라도 가야가 가까운 주변국이 아니어서 직접적인 국가 이익이 발생하기 어렵기에 이 또한 온전한 대답이 되기에는 부족하다. 그러므로 이 항해에는 또 다른 목적이 있었을 가능성도 배제할 수 없다.

여러 정황으로 보아 두 사람은 처음 만났지만 그들의 출신국인 '가야'와 '아유타국'은 이전부터 교류가 있었을 것이다. 동서고금을 막론하고 상인들은 이익을 위해서는 국경과 거리, 삭막한 환경을 극복해 교역을 하고, 전쟁 중에도 목숨을 걸고 장사하며 이익을 좇는다.

경상남도 사천의 늑도勒島라는 조그만 섬도 1988년 발굴조사에서 중국, 일본계 유물이 나오면서 기원 전후 국제적인 교역항이었다는 사실이 증명되었다. 더욱이 가락국에는 동시대의 작은 섬인 늑도와는 비교할 수 없는 규모의 무역항인 주포가 있었고, 하이테크 기술인 제철 생산품을 바탕으로 해상 교역을 펼쳤던 국제적인 해양문명국이었다. 또한 가야는 선진적인 철제갑주를 갖춘 기마병 중심의 강력한 군대도 보유했다.

이러한 주변 상황으로 볼 때 '가락국'이라는 이름은 브랜드화되어 주변국에 널리 알려졌을 것이며, 그 나라의 젊은 통치자인 김수로왕은 이미 명망 있는 군주로서의 입지를 갖추었을 것이다. 그러므로 김수로왕은 교역하는 상인을 통하여 허황옥의 부모에게 알려졌으리라 짐작할 수 있다. 아울러 수로왕도 허왕후에 대해 이미 알고 있었을 것이며, 이에 밀사를 보내어 그녀의 부모와 교감을 했다고 볼 수 있다.

한편 『가락국 탐사』를 지은 향토사학자 이종기 씨는 "북방의 이민집단 출신인 김수로가 구지봉에서 일종의 상징 조작을 통해 왕이 됐지만 기득세력인 구간과의 미묘한 힘겨루기도 국제결혼의 배경이 됐을 것"으로 보았다. 그러한 힘겨루기의 사례는 〈가락국기〉에서 왕비 간택 장면으로 알 수 있다. 구간들이 조알朝謁 때 자신들의 딸 중에서 배필을 고르기를 청하나 수로왕은 "나는 하늘의 명으로 왕이 되었으니 왕후를 삼게 하는 것 또한 하늘의 명이 있을 것이니 경들은 염려치 말라."라고 단호히 구간의 청을 거절한다. 이는 수로왕이 왕권을 확립하기 위해 구간으로 대표되는 기득권 세력 대신 먼 이국에서 자신의 배필을 취하기로 한 것으로도 이해할 수 있다. 그 바탕에는 수로왕이 북방 유목민족 출신이기에 광활한 대륙의 거리 관념에서 보면 인도에서의 장거리 항해도 충분히 가능하다는 인식이 있었을 것이다.

한편 수로왕은 제정일치 사회에서 권위 확보의 수단으로 자신의 배필이 올 것이라 예언하고 구체적 장소를 지시하여 기다리게 하였다. 이와 같은 일련의 조치는 허왕후의 부모와 사전 교감이 있었기에 가능했을 것이다. 이러한 정황은 공주의 배에 붉은 깃발을 달게 하고 그 깃발을 단 배가 오면 봉화를 올려 서로 확인하게 하는 방법을 취했다는 대목에서 알 수 있다. 드디어 공주가 도착했다는 신귀간의 보고를 들은 수로왕은 매우 기뻐하였고, 이튿날 공주는 산신령에게 폐백하였다. 마침내 보배산 아래 만전에서 두 사람은 만나고 초야를 치른다.

허황옥 신혼길을 완성한
망산도의 재발견

"진해 용원과 가덕도 사이의
야산에 와 있는데 옛 망산도로 보입니다.
옛 지명을 문헌을 통해 찾아 주십시오."
"스님, 망산도 찾은 것 같습니다.
1872년 웅천현지도에 '만산도'라고 나오는데
그 섬 같습니다."

허황옥 신혼길은 오랫동안 가야사의 풀리지 않는 화두 중 하나였는데 우연한 기회에 이것을 해결할 수 있었다. 전 세계적으로 심각한 영향을 주고 있는 코로나 팬데믹 현상으로 일상생활에 많은 변화를 가져왔고 신앙생활도 마찬가지였다. 2019년 말에 시작되어 금방 끝날 것 같던 코로나가 2020년 봄에는 더욱 기승을 부려 일상의 모임은 물론 종교집회까지도 제한되는 상황이 발생했다.

기도나 법회, 불교 강의 등으로 바쁘게 살아왔던 나로서는 공식적인 종교 활동을 할 수 없으니 시간적 여유가 생겼다. 그래서 뭘 할까 생각하다가 과거 가야불교연구소에서 공부했던 가야 관련 문헌들의 원문을 다시 보기로 했다. 이미 한 번 보았고 평소 한문을 가까이해 온 절집의 특성상 고문헌 공부에는 다소 유리한 점이 있었으나 〈가락국기〉 등은 불교 경전과는 또 다른 성격이라 다시 보아도 만만치 않았다. 그러나 걸리는 부분이 있으면 옥편을 찾아 하나하나 탐독해 보니 이전에 보이지 않던 부분들이 드러났고 더 깊이 빠져들었다.

얼마 후 알고 지내던 거사님 한 분이 〈명월사사적비〉에 대해 물어 왔다. 그리하여 (평소 흥국사에 가려 했던) 통도사승가대학장 인해 스님과 옛 명월사인 부산시 강서구의 흥국사를 찾았다. 오랜만에 간 흥국사는 여전히 조용했다. 사적비와 다른 비들의 비문을 살펴보고 그날 저녁 절로 돌아와서 사적비의 비문 내용을 찬찬히 다시 검토하였다.

비문에는 수로왕과 허왕후가 만났다는 '주포'에 대한 내용이 있었는데, 구글 지도로 살펴보니 보배산 너머에 주포마을이 있는 것이었다. 순간 이상하다는 생각이 들었다. 왜냐하면 지도로 보아도 주포마을은 보배산 동남향의 아주 양명陽明한 곳에 자리하고 있었는데, 기존 연구자들 사이에 알려진 주포와는 전혀 다른 곳이었기 때문이다. 기존 연구자들이 허황옥 신혼길에서 비정한 주포는 진해 용원 방면이나 금병산 남쪽 시내, 녹산 장낙마을 등인데, 현재 주포마을과 다른 곳에 위치하고 있었다.

그래서 〈가락국기〉의 허왕후 도래 기사 원문과 해석문을 보고 다시 살펴보니 기존에 알고 있던 도래길과 다른 경로가 존재했을 가능성을 확인할 수 있었다. 공주가 온 날짜와 이동 동선을 맞춰 보니 거의 비슷하게 맞아 들어갔다. 〈가락국기〉에 나오는 지명들과 지도를 통해 허황옥 신혼길을 조합해 보니, 동선에 대한 정합적인 결과를 얻을 수 있었다. 신혼길의 시작점과 핵심 지점이 허왕후의 배를 처음 조망한 '망산도'와 수로왕이 초야를 치렀던 '주포'인데 나름 그곳의 위치를 규명했다고 판단했다.

　어느 정도 자신감을 가졌을 때 가야불교연구소 연구위원들에게 신혼길에 대해 설명하고, 그들과 함께 새로 발견한 '주포마을'과 기존의 왕후사지로 알려진 '태정 웅달리' 그리고 그때까지 망산도로 여겼던 진해의 '욕망산'으로 답사를 갔다. 답사 후 소감을 묻고 질문도 받았는데 일부 위원들은 새로운 신혼길에 대해 확신하지 못하는 눈치였다. 특히 망산도는 섬이라 했는데 내가 망산도라 주장한 욕망산은 2천 년 전에도 섬으로 보기에 어렵다는 반론이 나왔다. 그래서 고지도를 다시 본 결과 욕망산은 2천 년 전에도 섬이 아닌 육지였다는 사실이 확연하였다.

　나름대로 신중하게 모든 퍼즐을 맞췄다고 생각했으나, 그 첫 지점인 망산도부터 막히게 되었다. 그리하여 부은사 지원 스님으로부터 "망산도에 대한 설명이 나와 있는 〈가락국기〉 원문을 다시 살펴보라."는 조언을 들었다. 그리고 원문을 다시 찬찬히 살핀 결과 향토사학자 정영도 선생과 진해 용원에 답사 갔을 때 우연히 눈에 들어온 바다에 접한 야산이 문득 생각났다. 그곳은 원래 섬이었다가 반 정도 매립된 곳으로 용원과 가덕도 사이에 위치했다. 이곳에서 허황옥 공주의 배가 들어오는 서남쪽 바다가 잘 관측된다는 점으로 보면 이 야산이 『삼국유사』〈가락국기〉에서 말한 '망산도'일 가능성이 높아 보였다.

연구소 연구위원들과 답사한 다음날 혼자 그곳에 가 보았다. 야산은 중앙으로 관통된 도로로 인해 본래의 모습을 잃었으며 한쪽은 산을 깎아 부산시의 정수장으로 사용하고 있었다. 숲이 우거져 길이 없는 산을 헤매면서 드디어 야산의 가장 높은 곳에 올라 서남쪽을 보았다. 지금은 신항의 컨테이너 접안시설들로 서남쪽이 잘 보이지 않지만 항만의 구조물만 없다면 〈가락국기〉에서 말하는 바다 서남쪽이 훤히 보일 것 같았다. 만약 드론을 띄워 좀 더 높은 곳에서 조망하면 그 방향이 더욱 분명해질 것이라 생각되었다.

거기에서 정영도 선생께 전화를 하였다. 그리고 "제가 지금 진해 용원과 가덕도 사이에 위치한 매립된 야산에 와 있는데 옛 망산도로 보입니다. 이곳의 옛 지명을 문헌을 통해 찾아 주십시오." 하고 부탁했다. 약간의 긴장과 기대를 하며 30여 분 지났을 때 정영도 선생의 전화가 왔다. 그리고 그 첫 일성이 "스님, 망산도 찾은 것 같습니다. 1872년 〈웅천현지도〉에 '만산도'라고 나오는데 그 섬 같습니다."라고 하였다. 만산도는 경상도 발음으로는 망산도와 별 차이가 없어 〈가락국기〉에 언급되는 '망산도'라고 확신할 수 있었다. 망산도의 발견 이후 여러 번의 답사와 원문 연구로 신혼길은 더욱 분명해졌다.

앞으로 학계과 지자체가 신혼길을 구체적으로 검증하여 해당 지역의 새로운 역사·문화 콘텐츠를 개발하는 데 도움이 되었으면 하는 바람이다.

가야불교의 증거

가야불교의 흔적
연기사찰

가야불교의
흔적

이제 가야불교는
『삼국유사』에 나오는 기록들을 탐색하는 수준에서
후대의 문헌과 유적들로 그 실체가 있을 수 있다는
가능성을 확인하는 단계까지 이르렀다.

파사석탑

　역사를 탐구하는 과정은 마치 범인을 잡는 탐정과 같다는 느낌이 들 때가 있다. 탐정은 범인을 잡기 위해 남들이 무심코 넘겨버리는 조그만 단서도 놓치지 않고 범인의 알리바이와 동선을 따라간다. 그러다 보면 드디어 사건의 진실을 알게 되고 마침내 진범을 잡게 된다. 가야불교도 이와 유사한데 전설과 설화는 무성하나 명확한 물증 확보가 쉽지 않아서 사학계에서 인정하지 않으려는 경향이 있다.

　사실 파사석이라는 물증이 없는 것도 아닌데 인정을 유보하는 것은 우리 고대사 기록에 대한 소극적인 해석과 '그 옛날 가야가

설마 인도까지 교류했겠느냐.'라는 선입관을 벗어나지 못하기 때문이다. 〈가락국기〉에서 파사석탑은 기원후 48년 인도 아유타국의 공주 허황옥이 시집올 때 파도를 잠재우기 위해 싣고 왔다고 전하고 있다. 『삼국유사』를 쓸 당시에 파사석탑은 금관성金官城 안의 호계사虎溪寺에 있었던 것으로 전해진다. 이후 절은 폐사되고 호계천 동쪽에 있던 탑을 조선 말 김해부사 정현석이 허왕후릉 옆으로 옮기게 하였다. 정현석은 부사로 재직할 당시 가락고찰인 흥부암興府庵의 법당 불사도 적극 지원했다 하니 불심이 깊었던 불자로 보인다.

호계사는 〈금관성파사석탑〉조의 첫 구절에서 언급되는 사찰로 현재 김해시 동상동 시장 인근 연화사가 옛 호계사 자리라고 하며, 호계천은 호계사 연못에서 발원해 동상동을 지나 부원동으로 흘렀던 개울이었다. 지금도 연화사에는 〈가락고도궁허비駕洛古都宮墟碑〉가 자리하고 있는데, 이 비는 제8대 질지왕 때 이곳으로 옮겨진 가락국의 내궁內宮을 기념하는 유적이다. 조선 말의 고古지도에는 보호각 안에 있는 파사석탑을 발견할 수 있는데, 당시에도 김해지역 사람들은 이 탑을 특별하게 인식하고 있었다는 것을 알 수 있다.

가야불교의 많지 않은 물증 중에서 파사석탑은 그 진위가 지금까지도 논란이 되고 있으며 탑을 둘러싼 다양한 주장이 제기되었다. 우선 현존하는 파사석탑은 '단지 자연석을 포개어 놓은 것'이라거나 '배의 균형을 잡아 주는 평형석ballast'이라는 입장이 있는데 이는 파사석탑을 온전한 탑으로 보지 않는 견해이다. 설령 파사석탑을 원형이 심하게 마멸되어 손상된 탑으로 보더라도 '석탑의 부재가 우리나라에서 나는 돌이 아니거나, 가야의 탑이 아닌 고려시대의 탑'이라고 보는 시각이 우세하다. 이들 주장은 결국 가야시대 허황옥 공주가 인도 아유타국에서 파사석탑을 가져왔다는 『삼국유사』의 기록을 일부만 인정하는 것이다.

하지만 『삼국유사』 〈금관성파사석탑〉의 기록을 다시 한 번 찬찬히 음미하면서 살펴볼 필요가 있다. 일연 스님은 탑을 싣고 온 경위에 대해 '파신波神의 노여움을 가라앉히기 위한 탑'이라고 분명히 말했고, 금관성에서 파사석탑의 실물을 본 후 매우 기이한 양식이며 부재도 이 지방 것이 아니라고 강조했다. 고려의 고승이었던 일연 스님이 당대의 불탑을 제대로 판별하지 못했다는 주장은 설득력이 떨어진다.

그리고 일연 스님이 파사석탑을 찬한 시에서 "(파사석탑이) 어찌 황옥만 도와 이곳에 왔으리오. 천고千古의 성난 고래 같은 남쪽 왜倭를 막고자 함일세."라고 한 것을 보면 탑이 이 땅에 온 지 오랜 세월이 지났다는 점을 충분히 유추할 수 있다. 배의 균형을 잡기 위한 평형석을 싣고 와 이 땅에서 탑으로 가공했다는 주장도 있지만, 이는 후대의 추정에 불과하다. 이러한 이유들 때문에 허왕후의 도래와 가야불교를 믿는 이들이 '파사석탑'의 유래에 천착했던 것이다.

30여 년 전 이 탑의 기원이 풀리지 않는 화두가 되어 2백여 일 탑을 마주하며 고독하게 씨름한 이가 있었는데 그가 젊은 시절의 허명철 조은금강병원 이사장이다. 틈나는 대로 탑을 찾은 지 2백여 일이 지난 후 문득 스쳐 가는 영감이 있어 지인들을 불러 모아 탑을 해체하게 되었다. 해체한 탑 속에는 알 수 없는 구멍들이 여러 개 있었고 가장 큰 돌 옆으로는 특이한 문양들이 발견되었다. 이는 "탑은 모가 난 5층이요, 그 장식 조각은 매우 기이하며, 돌은 약간 붉은빛 무늬에 그 성질은 무르니, 이 지방 물건이 아니다."

해체된 파사석탑 내부.
탑신 가운데 사리공이 보인다.

라는 『삼국유사』의 기록과도 부합했다. "『본초강목』에서 말하는 닭 벼슬의 피를 떨어뜨려 시험한다는 것이 바로 이것이다."라는 구절을 믿은 허명철 이사장은 실제로 닭 벼슬 피를 파사석 가루에 떨어뜨려 시험했고, 일반 돌과 달리 파사석은 굳지 않는다는 것을 확인했다. 이후 허명철 이사장이 전문가들의 도움을 받아가면서 탑의 원형을 복원해 보니 탑은 현재 아래 탑신이 너른 삼각형 형태가 아닌 위가 넓은 역삼각형의 모양이었다. 이렇게 허명철 이사장은 파사석탑을 최초로 해체하여 연구하면서 그 실체를 증명하기 위해 각고의 노력을 기울였다.

　허명철 이사장의 연구 이후 한동안 수면 아래에 있던 파사석탑을 규명하기 위한 노력은 김해시와 국립중앙박물관에 의해 재개되었고, 가시적인 성과를 거두었다. 2017년 여름 김해시 문화재과에서 지질학 전문가인 부경대학교 박맹언 명예교수를 초청하여 파사석을 시험 분석한 결과, 우리나라 남부지방에는 없는 돌이고 강원도 정선 예미에 극소량 있으나 색이 어두워서 다르며, 유사한 것으로 영월 양양의 칠보석이 있으나 층리의 특징이 없어 다른 돌이라 하였다. 박맹언 교수는 탑 위, 아래의 커팅 기술이 기원전으로 보인다고도 하였는데, 그 이유는 기원후에는 도구가 발달하여 매끈하게 절삭하고 다듬기 때문에 파사석탑처럼 거친 표면은 그 이전 시기에 가공됐을 가능성이 크다는 것이다. 또 탑 내 사리공 정도의 구멍을 뚫는 기술은 고대에는 흔했다고도 하였다.

2019년 말 국립중앙박물관과 김해시의 의뢰로 고려대학교 산학협력단이 비파괴 분석으로 파사석탑의 성분 분석을 한 결과, 엽랍석을 함유한 '사암'이며 한반도에는 없는 돌로 판명됐다. 이에 국립중앙박물관 측이 파사석탑의 부재에 대한 보다 정밀한 연구가 요구된다는 입장을 밝히기도 했다. 이렇듯 파사석탑에 대해 밝혀지는 최근의 사실들은 일연 스님의 『삼국유사』 기록과도 부합한다.

그런데 남도 아닌 우리 선조들이 쓴 기록을 우리가 믿고 자긍심을 가지면 되는데 왜 아직도 일부에서는 파사석탑의 실체를 받아들이지 못하는지 안타깝다. 기원후 42년에 가야가 건국되었고 얼마 후 인도 아유타의 공주가 시집올 때 탑을 싣고 왔으며, 그 탑이 2천 년 세월의 풍상 속에 비록 부서지고 찢겼지만 그래도 버티고 서 있다.

역사학계 일부에선 파사석탑에 희미하게 남은 몇몇 자국을 출목(出目, 공포栱包에서 첨차가 주심柱心으로부터 돌출되어 도리道里를 받친 것)으로 보고 고려시대 탑일 가능성을 제기한다. 하지만 이런 주장 또한 탑의 내·외부를 세밀히 조사하지 않은 추정에 불과하다. 파사석탑을 가까이서 관찰한 이라면 누구나 탑이 심하게 마멸되고 손상된 상태여서 기존의 불탑 양식에 대입해 실체를 규명하려는 시도가 무리라는 것을 알 것이다. 이와 같이 역사학계는 가야시대 허왕후 도래의 결정적인 물증인 '파사석탑'에 대해 부정적인 입장을 보이고 있지만 이에 대한 구체적인 근거를 제시하지 못한다.

이광수 부산외국어대학교 교수는 그의 저서 『인도에서 온 허왕후, 그 만들어진 신화』에서 "더 양보해서 그 돌(파사석)이 이 지역(김해)의 돌이 아니고 동남아시아 혹은 인도에서 온 것이라 하더라도 그것이 허왕후가 가지고 온 돌이라고 단정할 수는 없다."고 했는데 이것은 〈금관성파사석탑〉조 기록을 신뢰할 수 없다는 주장이다. 만약 파사석탑의 부재가 인도산으로 입증된다면 관련 기록을 신뢰할 만한 근거가 되기에 충분한데 이를 받아들이지 않는 입장은 열린 학자의 태도로 보이지 않는다. 학문의 결과물은 절대불변이 아니며, 바른 소양을 갖춘 학자라면 과거 자신의 학설을 수정하거나 폐기할 수 있는 새로운 증거가 나오면 이를 흔쾌히 수용할 수 있어야 할 것이다. 지금 허왕후릉 옆을 지키고 있는 이 뭉뚝한 돌탑을 만만하게 보지 마시기 바란다. 알고 보면 파사석탑은 우리나라뿐 아니라 동아시아 최초의 불탑인 것이다.

쌍어문

수로왕릉을 다른 말로 '납릉納陵'이라고 한다. 이 납릉 정문에는 독특한 문양이 있는데 문양 위쪽은 코끼리를 표현한 것이라 하고, 아래쪽은 물고기 두 마리가 돌로 쌓은 탑과 같은 형상을 한 곳

납릉 정문의 쌍어

을 향하고 있는 모습으로 흔히 '쌍어문雙魚紋'이라고 한다. 인도에서 물고기를 드라비다 고어古語로는 '가락', 드라비다 현대어로는 '가야'라고 부른다. 인도에서 쌍어 문양은 소중한 것을 지키고 보호하는 의미라고 한다. 신기하게도 가락이든 가야든 두 단어 모두 물고기와 관련한 공통점이 있다.

이 쌍어문은 가야불교 또는 가야와 인도 아요디아의 교류를 알게 해 주는 중요한 문화 코드 중 하나로 허왕후의 고향인 인도 아요디아는 지금도 지역을 대표하는 상징이 쌍어문이며 관공서나 행정서류, 오래된 건물 등 시내 곳곳에서 쌍어 문양을 발견할

왼쪽부터 아요디아 쌍어와 고대 수메르제국을 이은 아시리아권역에서 보이는 쌍어들

김해시내 곳곳에 자리한 쌍어 문양과 조형물

수 있다. 그녀가 온 김해시내를 다니다 보면 가로등이나 다리 등의 공공시설물에서 쌍어 문양의 조형물을 쉽게 만날 수 있는데 지역의 전통을 계승하고 아요디아와의 교류를 기념하기 위한 김해시의 문화정책인 듯하다.

쌍어가 아요디아와 가야의 연결 코드임을 최초로 주장한 이는 아동문학가이자 향토사학자였던 고故 이종기 선생이었으나 쌍어의 비밀을 학술적으로 규명한 이는 한양대학교 문화인류학과 김병모 명예교수이다. 김병모 교수는 젊은 시절부터 수십 년간 허왕후 도래의 비밀을 풀기 위해서 인도를 수차례 답사하고 옛 수메르권역이었던 아랍 여러 나라를 탐방하였다. 그 결과 김병모 교수는 허왕후 일족이 당시의 정치적인 변란으로 인하여 인도 아요디아에서 중국의 안악현安岳縣 보주普州로 이동하여 정착하였다고 보았으며, 쌍어는 국가의 문장紋章으로 함께 이동했다고 주장했다. 그리고 보주지방 허씨 사당이나 허황옥의 전설이 있는 신정神井이란 우물에서도 쌍어문을 찾아내어 '허황옥 보주 도래설'의 주요한 근거로 삼기도 하였다. 김병모 교수는 더 나아가 고대 수메르제국에서 기원한 쌍어문이 아요디아로 전해졌고 중국 보주를 거쳐서 허왕후가 올 때 가야에까지 전해진 것으로 보았다.

고대 인도에서는 쌍어가 소중한 것을 보호하는 의미라고 했는데 김해 은하사 대웅전의 불단에도 쌍어가 조각되어 있다. 이에 대해 은하사 회주 대성 큰스님은 부처님이라는 신앙의 대상을 보호하기 위함이라고 설명한다. 납릉 정문에 그려진 두 마리 물고기도 허왕후가 험한 바다를 안전하게 항해하기 위해 싣고 온 불교 상징물인 불사리佛舍利 탑을 보호하는 형상으로 추측된다. 김해 김씨 종친들은 납릉 정문의 쌍어를 '신어神魚'라고도 부르며 오래 전부터 전해 내려오는 가야의 상징으로 받아들이고 있다.

한편 납릉 정문 상단의 문양을 보면 중앙에 활 두 개가 그려져 있는데, 인도 고대의 서사시 〈라마야나〉에는 아요디아가 고향인 영웅 라마가 활의 명수로 등장한다. 이런 점에서 아요디아와 가야 사이에는 쌍어뿐 아니라 활을 매개로 한 연결고리를 발견할 수 있다.

왕후사지

가야 최초의 사찰 창건 기록은 비록 후대이기는 하나 〈김해 명월사사적비〉(1708)에서 수로왕이 창건했다고 말하는 신국사, 진국사, 흥국사 관련 내용이다. 또 다른 기록은 김해 은하사의 〈취운루중수기〉(1797)에 나오는 부암, 모암, 자암에 관한 것이다. 이들 사료에 전하는 내용은 『삼국유사』보다 한참 후대의 기록으로 더 많은 연구와 발굴로 그 역사성이 증명되어야 하는 과제가 있다.

일반적으로 가야불교를 말할 때 늘 언급되는 사찰은 왕후사이다. 그 이유는 『삼국유사』 〈가락국기〉조에 최초로 등장하는 가야의 사찰이기 때문이다. 가야불교에 대한 기록이 처음 확인되는 문헌이 〈가락국기〉이고 왕후사는 거기에 기록된 최초의 사찰이기에 불교 연구자뿐 아니라 기존 역사학자들도 주목하고 있다. 이와 함께 가락종친회도 많은 관심을 보이는데, 이는 그들의 시조인 수로왕과 허왕후가 합혼한 '만전' 자리에 지어진 왕후사가 자신들의 뿌리를 형성한 배경이 되기 때문이다. 〈가락국기〉에서는 왕후사의 창건 내력에 대해 다음과 같이 설명하고 있다.

> "수로왕의 팔대 손 김질왕은 정사에 부지런하고 검소하며 또 절실하게 부처를 숭상하여 시조 할머니 허황후를 위해서 재물을 받들어 명복을 빌고자 했다. 이에 원가 29년 임진년(452)에 수로왕과 허황후가 합혼하였던 곳에 절을 세워 절 이름을 왕후사라 하고 사신을 보내어 근처의 평전 10결을 측량해서 삼보를 공양하는 비용으로 쓰게 했다."
>
> 元君八代孫金銍王 克勤爲政又切崇眞 爲世祖母許皇后奉資冥福 以元嘉二十九年壬辰 於元君與皇后 合婚之地創寺 額曰王后寺 遣使審量近側 平田十結 以爲供億三寶之費

위의 내용에는 질지왕이 왕후사를 수로왕과 허왕후가 합혼하고 초례를 치른 장소에 세웠다고 나온다. 〈가락국기〉의 또 다

른 대목에는 초례를 치른 곳에 '만전幰殿'을 세웠다는 내용이 등장
한다. 그러므로 만전의 위치를 알면 왕후사의 위치는 자연스럽게
규명되는 것이다. 〈가락국기〉에는 만전 자리에 대한 보다 구체
적인 설명이 제시된다. "수로왕이 길잡이를 데리고 와서 종궐 아
래 서남쪽으로 육십 보쯤 되는 산의 변두리에 장막 궁전을 치고
기다렸다[率有司動蹕 從闕下西南六十步許地 山邊設幰殿祗候]."는 대목의 '장막 궁
전'이 바로 만전인 것이다. 결과적으로 왕후사의 위치는 만전과
동일한 곳이며, 만전은 현재의 주포마을에 자리했던 것으로 볼
수 있다. 왜냐하면 수로왕이 아유타국 허황옥 공주를 마중하러
간 곳이 별포別浦인데 이곳은 나중에 공주가 온 것을 기념해 공주
의 포구인 '주포主浦'로 불렀고, 또 수로왕의 '님'이 오신 포구라 해
서 '님개'로도 불렀기 때문이다.

기존의 대다수 연구자들이 왕후사지로 추정한 태정 응달리 일대.
이에 반해 필자는 사료 분석과 답사를 통해 주포마을을 왕후사지로 추정하고 있다.

〈가락국기〉의 또 다른 부분에도 왕후사의 위치를 유추할 수 있는 내용이 등장한다. 〈가락국기〉에는 왕후사의 창건뿐 아니라 폐사와 관련된 설명도 나오는데, 이 대목에서 위치에 대한 추가적인 단서를 얻을 수 있다.

　　“이로부터 이 절(왕후사)이 생긴 지 5백 년 후에 장유사를 세웠는데 이 절에 바친 전시(농토와 산)는 3백 결이나 되었다. 이에 장유사의 삼강은 왕후사가 장유사의 시지(관할권) 동남쪽 구역 안에 있다 하여 절을 폐하고 농장을 만들어 추수한 곡식을 저장하는 장소와 말과 소를 치는 마구간으로 만들었으니 슬픈 일이다.”

　　自有是寺五百後 置長遊寺 所納田柴幷三百結 於是右寺三剛 以王后寺 在寺柴地東南標內 罷寺爲莊作秋收冬藏之場 秣馬養牛之廐 悲夫

　이 기사에는 왕후사가 장유사의 시지 동남쪽에 있다고 설명하고 있으므로 장유사의 위치를 비정하면 왕후사의 위치를 찾는 데 한 발 더 가까이 갈 수 있는데 최근 발굴한 대청동사지가 가야시대 장유사 후보지로 유력해 보인다. 왜냐하면 2020년 김해시 의뢰로 진행된 대청동사지 발굴의 결과가 옛 기록과 부합하기 때문이다. 장유사의 창건연대에 대해 〈가락국기〉는 고려 광종대(952),

〈장유사중창기〉는 신라 애장왕대(800~809)라고 설명하는데 대청 동사지에서 이들 시기와 부합하는 건물지와 유물이 발견되었다.

현 장유사이든 옛 장유사로 추정되는 대청동사지이든 거기에 서 보면 주포마을은 정확하게 동남쪽에 위치하고 있다. 물론 거리가 꽤 떨어져 있지만 3백 결(약 140만 평)의 광대한 땅을 소유한 본 사本寺인 장유사에서 말사末寺인 왕후사는 충분히 관리 가능한 거리인 것이다. 지금도 부산 범어사의 땅이 김해에도 있고 양산 통도사의 땅이 밀양에도 있는 것처럼 옛 장유사가 주포의 왕후사를 관할한 것은 별 문제가 되지 않는다고 보여진다.

〈가락국기〉에 직접 거론되지는 않지만 왕후사 폐사의 또 다른 이유로 고려의 시대적 상황과 요구가 있었음을 짐작할 수 있다. 승려인 장유화상을 선양하기 위해 그를 기리는 장유사를 국가 지원으로 본사로 격상시키는 과정에서 허왕후를 선양하는 말사인 왕후사는 양립하기 힘든 대상이었다. 가야불교 최초 전래의 권위는 허왕후에서 장유화상으로 그 중심이 이동되어야만 하는 당위성이 있었을 것이다. 그래서 다소 설득력이 떨어지는 명분인 '시지 동남쪽'이라는 이유를 들어 본사에서 왕후사를 폐사시킨 것으로 보인다. 왕후사 폐사의 또 하나의 이유는 명월산 아래 주포 마을에는 수로왕이 자신을 위해 지었다는 흥국사興國寺가 이미 있었으므로, 본사 입장에서 볼 때 한 공간에 두 개의 사찰을 경영하는 것은 비효율적이기에 폐사의 명분이 됐다는 추측을 해 본다.

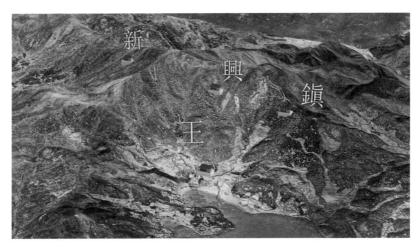

新興鎭王

여러 사료를 바탕으로 추정한 신국사, 진국사, 흥국사의 위치 (KNN 다큐멘터리 그래픽)

사실 대다수 가야불교 연구자들이 김해 태정 응달리(현 응달동 733) 부근을 왕후사지로 보고 있다. 그러나 필자는 지속적인 문헌 검증과 수차례 현지 답사를 통해 『삼국유사』〈가락국기〉의 기록에서 말하는 왕후사지는 태정 응달리가 아닌 다른 공간이라는 결론에 도달했다. 응달리가 왕후사지가 아닌 이유는 우선 이곳의 위치가 〈가락국기〉에서 장유사의 위치를 설명하는 대목인 '장유사 시지 동남쪽'과 맞지 않는다는 점이다.

응달리는 현재의 장유사나 그 인근의 대청동사지에서 보면 동쪽에 자리한다. 무엇보다 응달리는 〈가락국기〉에서 '종궐 서남쪽 아래 육십 보'라고 가리킨 지점에 있지 않다. 종궐의 개념을 모르다 보니 거의 모든 연구자가 봉황대 자리의 본궐을 기점으로 서남쪽 어느 지점을 만전이 자리했던 왕후사의 위치로 본다. 그러나 본궐로 추정되는 봉황동의 왕궁지에서 서남쪽은 봉황대 언덕인데 수로왕이 본궐을 놔두고 가까운 곳에 만전을 칠 리가 만무하다. 이와 함께 응달리는 해수면 기준으로 봤을 때 봉황대 언덕보다 높은 위치에 자리잡고 있어 종궐 서남하從闕西南下라는 〈가락국기〉의 기록과도 맞지 않는다.

한편 대부분의 연구자들이 태정 응달리를 왕후사지로 비정하면서 본궐과 사찰 사이의 거리를 6천 보로 수정해 해석하는 오류를 범하고 있다. 〈가락국기〉 원문에 기록된 본궐과의 거리 60보를 너무 짧다고 보기 때문이다. 하지만 본궐에서 응달리의 실제 거리가 정확히 6천 보인지도 의문이거니와 그 정도 거리이고 초혼을 치른 특별한 장소라면 기념할 만한 이름을 붙이는 것이 타당하다고 여겨진다. 그리고 현존하는 〈가락국기〉 모든 판본이 60보라고 기록하고 있다는 점도 고려해야 한다.

연구자가 원문을 수정하려면 그것에 합당한 사료나 물증을 제시해야 한다. 그러한 과정이 부족한 상태에서 원 저자의 기록 자체를 수정해 다르게 해석하는 접근에는 신중을 기해야 한다. 간혹 원문을 자의적으로 해석해서 원 저자가 말한 거리, 방향이 잘못됐다고 하는 것을 보는데 연구자들이 지양해야 할 자세라고 생각한다.

『삼국유사』〈가락국기〉조에서 수로왕이 신답평에 새 궁궐을 지을 때 "이 땅은 16나한이 머물 만한 자리"라고 했고 또『삼국유사』〈어산불영〉조에서는 수로왕이 부처님을 청하여 설법을 하고 부처님께서 나찰녀에게 오계를 수계했다는 기록이 나온다. 이 기록으로 보면 수로왕은 불교를 알고 있었다는 말이 된다.

또 〈김해명월사사적비〉에는 수로왕이 허왕후를 만전에서 만나 신혼을 보낸 후 이를 기념하여 이 산을 명월산明月山이라 이름 짓고 훗날 이곳에 세 사찰을 세웠다고 전한다. 사적비에는 "길이 나라를 위해 축원하는 도량이라 하였는데 '신국사'는 세자를 위해 세운 것으로 산 서쪽 벼랑에 있고, '진국사'는 허왕후를 위해 세운 것으로 산 동쪽 골짜기에 있으며, '흥국사'는 왕 자신을 위한 것으로 산 가운데 있으니 곧 이 절로서 지금은 삼원당三願堂이라 부르는데 두 절은 다만 터만 남았다."라고 기록하고 있다.

수로왕은 허왕후가 처음 이 땅에 와서 비단 바지를 벗어 폐백하고 자신과 신혼을 보낸 만전(장막 궁전)의 뒷산을 명월산이라 했다. 훗날 세자 거등이 태어난 후 나라의 부흥을 기원하는 세 사찰을 명월산에 창건했는데 산 서쪽 벼랑에 지은 절이 세자를 위해 지었다는 '신국사'이다. 사적비에는 이 비가 세워진 1708년에 흥국사를 제외한 두 절은 이미 폐사되어 흔적만 남았다고 하는데 두 절이 정확히 언제 폐사되었는지는 기록이 없어 알 수 없다. 이렇게 3백 년 전에도 겨우 폐사지의 흔적만 남아 있었는데 세월이 흐른 지금 옛 자취를 찾기는 쉽지 않은 상황이었다. 하지만 필자는 우연한 기회에 신국사지를 발견할 수 있는 단서를 얻게 된다.

2020년 봄, 주포마을에 가서 왕후사지를 탐색하던 중 이 마을 토박이 햇님농원 이성우 대표를 만나 명월산 서쪽에 있었다는 신국사에 대해 흥미로운 이야기를 듣게 된 것이다. 얘기인즉, 이성우 대표가 30년도 더 전인 청년 시절에 친구들 몇 명과 옛 절터가 있다는 곳에 갔는데, 이상한 냄새가 풍기고 큰 구렁이가 노리는 듯한 불길한 예감이 엄습하여 누구라 할 것도 없이 혼비백산하여 도망쳐 왔다는 것이다. 그는 그때를 생각하면 아직도 머리가 쭈뼛거린다고 하였는데 듣고 있으니 나도 묘한 기분이 들었다. 그에게 다음에 동행해 줄 것을 부탁하니 흔쾌히 응해 주었고, 낙엽이 떨어져 시야가 좋은 겨울에 함께 가기로 하여 2021년 2월 어느 쾌창한 날 산에 오르게 되었다.

이성우 대표의 옛 기억을 더듬어 절터를 찾아 헤매기를 세 시간이 넘었을 때, 가파른 산 정상 부근의 바위 아래에서 그가 말한 터를 찾을 수 있었다. 그리 넓지 않은 터는 무성한 산죽으로 덮여 있었고, 터 아래의 축대는 높이가 4미터 가까이 되었는데 큼직한 자연석으로 튼튼하게 쌓여 있었다. 산 정상에서 그리 멀리 않은 건물터에는 다양한 모양의 기와 조각과 도자기 파편이 흩어져 있었다. 이러한 흔적은 과거 이곳에 소규모 사찰이나 암자가 있었

1. 신국사지 아래의 축대
2. 하늘에서 본 신국사지 주변
3. 신국사지의 건물 부속시설

음을 시사하는 강력한 증거가 된다고 판단했다. 산의 8부 능선에
서 발견된 기와 건물의 흔적을 민가로 보기는 힘든 까닭이다.

이러한 흔적은 〈김해명월사사적비〉에 나오는 신국사의 존재를 가늠하게 해 주었을 뿐 아니라 가슴 깊은 곳에서 세월의 무상함을 느끼게 했다. 절터 뒤편의 바위에 올라가면 동남으로 진해와 웅천의 앞바다가 그림처럼 펼쳐지는데 신기한 점은 남쪽으로 보이는 산과 산 사이에서 허왕후가 올 때 처음 관측되었던 가덕도 서북단의 기출변旗出邊이 보인다는 사실이다. 어머니 허왕후가 온 뱃길이 잘 보이는 곳에 그 아들인 세자와 인연한 절을 지었다는 것은 무슨 의미일까? 어머니가 타고 온 배의 깃발이 처음 보였던, 해안이 잘 보이는 곳에 지은 이 절터는 또 하나의 화두를 나에게 던져 주었다.

한편 마을 사람들의 증언에 의하면 신국사지 앞의 고개를 '수리등' 또는 '수리고개'라 하였는데, 수로왕의 이름이 연상되는 고개 이름이다. 가야 초기 수로왕이 세운 세 사찰 중 폐사된 신국사와 진국사로 추정되는 옛터가 발견된 정황으로 미루어 1708년 명월사 중수 당시 담 아래에서 수로왕 재위 기간인 건강 원년(서기 144년)이 새겨진 기와가 발견됐다는 〈김해명월사사적비〉의 기록이 사실일 가능성은 더욱 높아졌다고 할 수 있다.

이렇듯 수년간 가야불교를 탐색하면서 느끼는 것이 지역에서 전해 오는 옛 기록이나 민담, 설화들이 상당한 근거를 가진다는 사실이다. 이제 가야불교는 『삼국유사』에 나오는 기록들을 탐색하는 수준에서 후대의 문헌과 유적들로 연구 범위를 확장하면서 '그 실체가 있을 수 있다.'는 가능성을 확인하는 단계에까지 이른 것이다. 그리고 가야불교 연구는 '실재했지만 잊혀진 가야불교를 어떻게 찾을까.'로 시각의 전환이 필요한 때다.

진국사지鎭國寺趾

진해 용원에는 인근 바다를 잘 조망할 수 있는 산이 하나 있는데 보배산(보개산) 또는 명월산이라고 한다. 보배산은 그 주위에서 가장 높은 산이고 일자주봉이 동남쪽으로 향해 있으며 산 아래에는 주포와 옥포마을이 있다. 산자락에는

주포마을 비상급수대.
허왕후 도래 이야기가 벽화로 그려져 있다.

수로왕과 허왕후가 처음 만난 만전(장막 궁전)이 있었는데 이 마을 사람들은 지금도 두 사람이 처음 만난 곳이 이곳 주포마을이라고 말하고 있다. 마을 입구 급수대에는 두 사람의 만남을 묘사한 벽화가 그려져 있어 그 사실을 잘 설명해 주고 있다.

〈김해명월사사적비〉는 수로왕이 허왕후를 만나 만전에서 첫날밤을 보낸 후 이를 기념해 이곳을 명월산明月山이라 하고 훗날 이 산에 세 사찰을 세웠다고 설명한다. 세 절 가운데 세자를 위한

'신국사'는 명월산 서쪽 벼랑, 허왕후를 위한 '진국사'는 산 동쪽 골짜기, 왕 자신을 위한 '홍국사'는 산 가운데 있었다고 한다. 사적비가 세워진 1708년 당시에는 이 삼원당三願堂 중 '진국' '신국' 두 절은 그 터만 남았다고 전한다.

2020년 봄, 향토사학자 정영도 선생과 탐사차 주포마을에 갔다가 별 소득 없이 마을을 나오던 중, 밭에서 일하시는 70대 초반의 어르신 한 분을 만나게 되었다. 송일성이란 분으로 주포마을에서 태어나 평생 그곳을 벗어난 적이 없는 토박이셨다. 그분으로부터 주포마을의 내력과 사라진 옛 절터에 대한 말을 들을 수 있었다. 어르신에게 수로왕과 허왕후에 대해 물으니 눈을 반짝이며 신나게 말씀하셨다.

그는 자신이 젊었을 때 마을 노인들로부터, 주포마을은 옛날에는 배가 들어오는 포구였고 마을 아래의 논밭들도 바다였다는 이야기를 들었다고 말했다. 지금도 마을 아래의 논밭을 '뜨물뜰'로 부르는데, 과거 마을 뒤편 절에서 법회를 하면 밥 짓는 쌀뜨물이 아래 논까지 내려와서 붙은 이름이라 하였다. 그리고 송일성 어른은 자신이 젊었을 때 나무하러 산에 가면 옛 절터를 보기도 했는데, 지금은 산림이 울창해져서 어디가 어디인지 도무지 알 수가 없다고 하였다.

얼마 후 지인의 소개로 주포 출신의 도예가인 웅천도예 대표 최웅택 선생을 만나 진국사지에 대한 이야기를 들을 수 있었고,

위. 진국사 추정지의 건물 주춧돌 | 아래. 진국사 추정지의 축대

5월 초 그와 향토사학자 정영도 선생을 대동하고 답사를 하였다. 이때 만난 산나물 캐는 할아버지의 안내로 산 정산 8부 능선에서 오래된 축대를 발견했지만, 산 동쪽 골짜기에 있었다는 진국사 기록과는 부합하지 않는 위치여서 이날은 답사를 중단하고 하산하였다. 일주일 후 최웅택 대표와 그의 후배 이승주 학예사, 정영

도 선생과 나, 네 명이 다시 진국사의 흔적을 찾아 나섰다.

　〈김해명월사사적비〉의 기록을 따라 보배산 동쪽 골을 탐색하던 중 드디어 허왕후를 위해 지었다는 진국사지로 추정되는 터를 발견하게 되었다. 산 동쪽의 자그마한 골짜기에 자리 잡은 절터와 그 주변에는 나무들이 무성하게 우거져 진국사의 옛 자취를 찾기가 쉽지 않았다. 발견한 터는 그리 넓지 않았지만 좌청룡과 우백호의 지세를 갖춘 명당 자리였고, 경사가 완만해 능히 암자가 들어설 만한 조건을 구비하고 있었다. 주변으로 석축의 흔적이 몇 군데 있었고 그 방향은 정동향이었다. 사지에는 3~4미터 간격으로 자연석 주춧돌이 여러 개 있어 건물지임을 짐작할 수 있었다. 이와 함께 주변으로 시기가 달라 보이는 다양한 종류의 기와 파편과 도기 조각이 흩어져 있어 오랜 기간에 걸쳐 여러 번 가람을 증축했다고 추정할 수 있었다.

　이후 몇 번의 답사 끝에 대한불교조계종 불교문화재연구소에 연락하여 조사를 요청했다. 한 달 정도 지난 2020년 6월 연구소의 학예실장과 세 명의 관계자가 이곳에 와서 대략적인 조사를 진행했다. 관계자의 말로는 더 정확한 것은 시굴조사나 발굴조사를 해 봐야 하나 기와 파편과 사지의 위치로 보면 절터임은 분명해 폐사지 조사사업에 등록하겠다고 하였다.

　3백 년 전의 〈김해명월사사적비〉 기록에는 진국사가 이미 폐사되었다 하였고, 그 이후 보배산 동쪽에 또 다른 사찰을 지었다는 기록이 없으므로 이 터는 진국사지임이 유력해 보인다. 비록 절은 세월의 흐름 속에 사라지고 땅과 인연했던 모든 사람들도 떠났지만 빈터에 흩어져 있는 기와 조각들과 주춧돌, 허물어진 돌 축대가 '말 없는 말'을 하며 그 자리를 지키고 있었다.

연기사찰

가야불교 연기사찰은
당시의 6가야뿐 아니라 그 이후에 창건됐더라도
수로왕과 허왕후, 장유화상 등 가야 인물과 관련된
모든 사찰을 포함한다.

우리가 사는 세상에는 수많은 형상과 이름 그리고 다양한 가치가 공존한다. 모든 존재는 절대가 아닌 상대적인 가치를 가지는데 대개 가치를 결정하는 요인은 현실에서의 필요성과 그것이 지니고 있는 역사와 스토리에 있다. 누군가의 가치는 그 사람이 살아온 인생 역정을 통해 형성된 가치관과 철학이 어떤 메시지를 주느냐로 평가된다.

마찬가지로 사찰도 창건의 배경이나 전해 온 이야기에 의해 그 진가를 알 수 있게 된다. 사찰에 전해 오는 이야기인 연기緣起 설화는 그 사찰이 어떻게 창건되었는지를 알게 해 주는 무형의 역사이며 사찰의 가치와 품격까지도 결정하는 중요한 요소이다.

옛 가야권역인 김해와 인근 지역의 사찰에는 장유화상과 수로왕 그리고 허왕후와 관련한 연기담이 여럿 있으며, 그것은 사찰과 지역민이 전승하여 지켜 온 소중한 옛이야기들이다. 가야불교와 관련된 연기사찰은 가야권에서 30여 곳에 이른다. 몇 년 전만해도 가야불교와 인연이 있다고 알려진 사찰은 15곳 정도였다. 하지만 가야불교연구소에서 자료 수집과 함께 탐색해 보니 하나둘씩 늘어나게 되었다. 대표적 사례로 왕후사 폐사 후 이 사찰을 이은 '임강사臨江寺'와 수로왕이 허왕후를 위해 지었다는 명월산 동쪽 골짜기의 '진국사', 서쪽 벼랑에 있었다는 '신국사'가 추가된 것이다.

가야불교 연기사찰은 가야시대 당시의 6가야뿐 아니라 그 이후에 창건됐더라도 수로왕과 허왕후, 장유화상 등 가야 인물과 관련된 모든 사찰을 포함한다. 대부분 연기사찰에는 가야불교의 세 인물과 관련한 창건설화가 전해 내려온다. 책에서는 30여 곳의 연기사찰 중 우선 10곳을 선정하여 탐문하였다.

은하사銀河寺
: 신어神魚가 노니는 나한 도량

가야 초기의 연기사찰들을 보면 한결같이 명당에 터를 잡고 있는데 경상남도 김해시 은하사에 가 보면 옛 선인들의 풍수에 대한 높은 안목을 느낄 수 있다. 은하사는 김해의 주산인 신어산

1938년 은하사 대웅전과 삼성각. 은하사 대웅전의 배경으로 신어산이 자리한다.

은하사 대웅전

神魚山을 병풍으로 삼아 산 중턱에 남향으로 위치하고 있다. 사찰 정면으로는 김해시내와 김해평야가 한눈에 들어오는 천하의 명당이다.

은하사는 대한불교조계종 제14교구 범어사의 말사로 현재 김해에서는 사격이 가장 큰 사찰이며 많은 불자들이 귀의하는 영험 있는 도량이기도 하다. 은하사에 남아 있는 유물과 설화들은 지금도 가야불교 연구에서 중요한 위치를 차지하고 있다. 은하사의 역사는 가야시대 초기까지 올라가는데 그것이 사실이라면 2천 년 가까운 역사를 가지며 한국불교 최초 사찰 중 하나라 해도 과히 틀리지 않을 것이다.

은하사에 전해 오는 이야기로 처음 이 터에 자리를 잡고 수행하였던 이는 허왕후의 오빠 장유화상이라고 한다. 은하사 회주 대성 큰스님은 1970년대 은하사 주지로 부임해 현재의 사격寺格을 완성한 이 사찰의 산중인이다. 스님은 허황옥 공주 일행의 2만 5천 리 목숨을 건 항해를 진두지휘하며 이 땅까지 안전하게 인솔한 이가 바로 장유화상이라고 말한다. 1797년 은하사의 한 전각인 취운루를 정비하면서 조성된 〈취운루중수기〉는 "가락국의 공주 허황옥이 천축국(인도)에서 올 때 오빠 장유화상과 함께 왔다. 천축국은 본래 부처의 나라이기에 수로왕이 은하사와 명월사 그리고 작은 암자들을 창건하라고 명하였다."고 전한다.

또 한편으로는 장유화상이 신어산 중턱에 와서 고향인 인도의 번영과 안녕을 위해 지은 사찰이 산 서쪽의 서림사西林寺이며, 이 땅 가락국의 번영과 안녕을 위해 지은 사찰은 산 동쪽의 동림사東林寺라고 전한다. 장유화상이 지은 서림사는 중간에 이름이 몇 번 바뀌어 지금의 은하사가 되었다. 처음 서림사에서 소금강사로 바뀌었다가 다시 서림사로, 서림사에서 다시 지금의 은하사로 고쳐 불리게 되었다.

은하사는 물고기라는 상징을 통해 가야와 이어진 사찰이다. 사찰이 자리한 신어산神魚山은 '신령스러운 물고기'란 뜻이 있다. 대웅전 대들보에는 머리가 용이고 몸은 물고기인 '신어' 한 마리가 그려져 있는데 반인반수半人半獸가 아닌 반룡반어半龍半魚로 전국의 어느 사찰에서도 볼 수 없는 형상이다. 또 대웅전의 신중단에는 쌍어 문양이 조각되어 있는데 이 문양은 수로왕릉의 정문에도 그려져 있다. 가야의 쌍어는 허왕후의 고향 아유타국으로 알려진 인도 유피주의 공문서에 쓰이는 쌍어와 비슷한 형상이어서 과거 두 나라의 교류를 보여 주는 흔적이 된다.

좌. 대웅전 대들보에 그려진 신어 | 우. 대웅전 신중단의 쌍어 문양

가야의 첫 이름인 '가락'은 인도 드라비다의 고대어로 물고기를 뜻하고 '가야'는 드라비다 현대어로 물고기가 된다. 이처럼 국명인 가락, 가야 외에도 신어산, 신어, 쌍어 모두가 묘하게 물고기와 관련되어 있다는 사실은 앞으로 풀어야 할 문화 코드이다. 대웅전 외벽에는 장유화상과 칠 왕자 이야기가 그려져 있다. 그 옆의 삼성각에는 장유화상 진영이 봉안되어 있다.

그리고 법당으로 올라가는 계단 옆 바위에는 '신어통천神魚洞天' 이란 네 글자가 새겨져 있다. 이는 김해 무척산 정상의 가야시대 통천사通天寺 폐사지와 밀양 부은사 바위에 새겨진 '통천도량通天道場'과 함께 가야불교 연기사찰에만 있는 특이

신어통천이 음각된 바위

한 문자 코드이다. 수로왕은 영웅이 하늘에서 내려왔다는 천손강림天孫降臨신화로 탄생했기에 '하늘과 통한다'는 '통천通天'을 옛 가야와 연결되는 공통분모로 보기도 한다.

통일신라와 고려 시대에는 산내에 영구암, 지장암을 비롯하여 팔방구암자八方九庵子를 둘 만큼 은하사의 사격이 컸는데 임진왜란 때 전소되었다가 1644년 인조대에 중건하여 지금에 이르고 있다. 수로왕이 신답평에 임시 도읍을 정할 때 '16나한이 노닐 만한 곳'이라 했는데 은하사야말로 16나한이 머무르기에 적합한 도량이다. 2천 년의 향훈을 간직한 가야불교 연기사찰인 신어산 은하

사는 오늘도 세파에 지친 사람들에게 위안을 주는 포근한 안식처
가 되고 있다.

부은사父恩寺
: 아버지를 그리워하는 사부곡思父曲

경상남도 밀양시 삼랑진읍의 천태산 중턱에 자리하고 있는 부
은사는 2천 년 역사의 가락 고찰로 가야불교의 향운이 그윽하게
서려 있는 도량이다. 도량에 들어서서 앞을 보면 저 멀리 흘러 들
어오는 낙동강이 한눈에 굽어 보이는데 명당의 조건인 배산임수
背山臨水, 전저후고前低後高, 전착후관前窄後寬을 모두 갖추고 있다. 문
득 이런 명당에 처음 터를 잡은 이가 누군가라는 생각을 무심코
하게 한다.

부은사 창건에 대해선 수로왕의 뒤를 이은 2대 거등왕이 아버
지 수로왕을 위해 지었다고 하는 이야기와, 수로왕이 자신의 아
버지를 위해 지었다는 두 가지의 설화가 이어져 온다. 개인적으
로 후자의 설화가 더 신빙성이 있다고 본다. 〈가락국기〉에는 수
로왕이 알에서 태어났다고 하지만 실제로 사람이 알에서 난다는
것은 불가능한 일이다. 수로왕이 어떤 사정이 있어 자신의 신분
을 감추고 스스로를 신격화하였지만 어찌 아버지가 없는 사람이
었겠는가? 그렇기 때문에 수로왕이 아버지를 위해 지었다는 부

은사 창건설화가 충분한 설득력을 가진다. 『숭선전지崇善殿誌』에는 수로왕이 자신의 아버지를 추모하기 위한 원당願堂으로 지은 사찰이 '부은사'라고 되어 있다. 형편상 아버지를 아버지라 부르지 못하는 수로왕의 애끊는 사부곡思父曲의 결과로 지어진 도량이라는 것이다.

위치와 이름에 대입해 부암(부은사), 모암(모은암), 자암의 연원을 살펴보면 중앙의 부암은 수로왕의 아버지와 인연하여 지어졌고, 좌측 방향의 모암은 수로왕의 어머니와 인연하여 지어졌고, 우측 방향의 자암은 수로왕 자신 또는 그의 아들인 거등왕을 위해 지어졌다고 한다.

부은사는 처음 부암에서 부암사로 사명이 바뀌었다. 이후 부은암으로 고쳤다가 최근 부은사가 되었다. 임진왜란 때 전소된 것을 몇 번의 중창을 거치다 근래에 태우 큰스님이 원력으로 사격을 일신하였고 멀리서도 많은 불자와 일반인이 찾는 이름난 도량이 되었다. 현재 극락전에 모셔져 있는 석조아미타불은 경상남도 유형문화재 제476호로 등록되어 있다. 주지 지원 스님에 의하면 부은사는 가야불교 연기사찰 가운데 가장 많은 흔적이 남아 있는 도량이라 하는데 실제 가서 보면 명실상부_{名實相符}하다는 생각이 든다.

부은사의 법당에 들어가면 영단에 김수로왕과 허왕후의 영정이 봉안되어 있어 가야불교와 인연 있는 사찰이란 것을 알 수 있다. 몇 년 전 시굴조사를 통하여 가야시대의 그릇이 발굴되어 그때부터 사찰이 실존했을 가능성을 높여 주기도 하였다. 영산전 뒤 바위에 새겨진 '통천도량_{通天道場}'의 '통천'은 은하사의 '신어통천_{神魚洞天}'과 무척산 정상에 있었던 '통천사_{通天寺}'에도 사용되고 있어 가야불교를 연결하는 코드 중 하나가 된다. 이때 '통천(_{通天과 洞天})'은 하늘과 통한다는 의미로 쓰인다.

그리고 용왕당 옆에 있는

부은사 사명_{寺名}이 새겨진 조선시대 명문 기와

큼직한 돌은 영판 맷돌처럼 생겼으나 그것은 맷돌이 아닌 '요니YONI'라는 종교성을 지닌 석물로 인도의 힌두이즘과 관계가 있다. 요니와 맷돌은 외형상 비슷해 보이지만 뚜렷한 차이가 있다. 맷돌은 중앙에 구멍이

부은사 용왕당 옆에 자리한 링가와 요니

없으나 요니는 중앙에 '링가LINGA' 또는 '링감'이란 남성성을 상징하는 길쭉한 돌을 꽂는 커다란 구멍이 있고, 맷돌의 윗돌 같은 건 애당초 없다. 요니와 링가는 가야불교의 여러 연기사찰에서 발견된다. 장유사 마당에도 변형된 듯한 요니와 링가가 존재하고, 모은암 동굴 나한전에도 두 개의 링가가 있으며, 부산 흥국사 미륵전에서도 두 개의 잘생긴 링가 석물을 볼 수 있다. 대웅전 옆 계곡에는 옛 법당의 주춧돌 세 개가 남아 있는데 지름이 1.5미터를 넘어 부은사의 옛 사격을 간접적으로 말해 준다.

마애불 옆의 작은 이정표를 따라 산길을 얼마간 올라가면 '마고석굴'이 나온다. '마고' 또는 '마가'는 고대 한민족의 뿌리인 선도仙道와 깊은 연관이 있는 단어라 부은사의 오랜 역사를 대변해 주고 있다. 전설에는 원효대사가 이 석굴에서 수행하였는데 사람들이 번다하게 찾아와서 다른 곳으로 거처를 옮겼다 하며, 밀양 무안 출신의 사명대사도 마고석굴에서 수행했다고 전해 온다. 절

입구에는 '태봉'이라 불리는 커다란 돌무더기가 있는데 가락국왕의 태무덤으로 알려져 있다. 그러한 연유로 부은사의 아랫마을이 '안태安胎마을'로 불린다.

가락국왕 중 누구의 태무덤인지 알 수 없으나 만약 수로왕의 것이라면 그의 본향은 밀양일 가능성도 있어 보인다. 왜냐하면 밀양의 옛 이름이 용을 뜻하는 '미르'와 넓은 땅을 뜻하는 '벌'이 합쳐진 '미리벌[龍井]'이기 때문이다. 잠룡潛龍으로 어린 시절을 보낸 수로왕이 용을 뜻하는 밀양에서 유년기를 보냈다고 추정해 볼 수 있는 대목이다.

모은암母恩庵
: 자애로운 어머니 품속을 그리워하며

고대 신화와 종교의 세계에서는 아버지가 없이 탄생하는 인물들이 존재했다. 동양에서는 팔괘를 만들었다는 동이족의 태호 복희씨가 그러하고 서양에서는 예수님이 대표적인데 불교 역사에도 그러한 인물이 여럿 있다. 그리하여 고대인들은 어떤 형태로든 아비 없는 탄생이 가능하지만 어미 없는 탄생은 불가능하다 여겼다. 생명의 탄생에서는 아버지보다 어머니가 더 중요하다고 인식하였던 것이다. 그 영향인지 어버이날 노래도 '어머님 은혜'라고 하여 가사가 어머니의 은혜만 말하고 있다.

　어미와 자식의 애틋한 관계를 표현한 '모성본능'은 짐승도 인간 못지않은데, 때로는 어미가 새끼를 위해 목숨을 희생하는 것을 보기도 한다. 이와 반대로 자식이 길러 준 어미를 위해 보은報恩하는 사례도 짐승에게서 확인할 수 있다. 효조孝鳥라 불리는 까마귀는 자신을 낳고 키운 늙은 어미를 위해 먹이를 구해 준다고 한다. 그렇다면 어머니를 숨기고 살아야 했던 가락국의 김수로왕은 어머니의 은혜를 어떻게 갚았을까?

　경상남도 김해시 생림면의 모은암은 2천 년 가야불교 설화가 전해 오는 유서 깊은 도량이다. 이 절은 지역에서 가장 높은 무척산 중턱의 바위 사이에 터를 잡고 있는데 도량 마당에서는 자그마한 평야와 저 멀리 낙동강이 은은하게 보인다. 무척산의 '무척無隻'은 '짝할 것이 없다. 뛰어나 비교할 상대가 없다.'는 뜻인데, 한편으로는 불교에서 '집착이 없다.'를 의미하는 '무착無着'에서 산 이름이 유래했다는 설도 있다.

모은암의 원래 이름은 모암母庵이었다가 근세에 모은암으로 바뀌었다. 사찰의 창건을 두고 가락국의 거등왕이 어머니인 허왕후를 그리워하며 절을 지었다는 주장과 『숭선전지』에 나오는 대로 수로왕이 어머니를 추모하기 위한 원당願堂으로 지었다는 두 가지 입장이 있는데, 개인적으로 후자에 무게를 둔다.

모은암은 기암괴석들로 둘러싸여 있는데 이 중에는 커다란 링가 같은 '남근바위'도 있고 허왕후의 얼굴을 닮았다는 '왕후바위'도 있다. 법당은 큰 바위 아래 열서너 평의 자그마한 규모인데 석조아미타여래좌상이 주불로 모셔져 있고 법당 뒤 바위굴에는 16나한이 있다. 이 바위굴의 나한상 사이에 가야불교 연기사찰에서 볼 수 있는 두 개의 링가가 자리한다. 링가는 인도 토착신앙의 전래 흔적으로 힌두이즘의 산물로 해석되기도 한다.

한편 모은암 뒤편으로 30~40분쯤 산길을 오르다 보면 정상 인근에 '천지天池'라 불리는 호수가 나타난다. 그 주변에 경작할 만큼 너른 분지가 있는데 이곳이 옛 통천사通天寺 자리다. 사지寺址가 위치한 밭 주변에는 통천사의 석조물들이 몇 점 드러나 있는데 아직 제대로 된 발굴을 한 적은 없다고 한다. 천지 주변에는 현재

1. 통천사지에서 나온 기단석들. 지금은 기도원 앞뜰에 놓여 있다.
2. 동굴 나한전에 있는 두 개의 링가 3. 무척산 천지

개신교의 무척산기도원이 들어서 있다. 기도원은 일제강점기에 독립을 염원하는 개신교 목사님과 성도들이 구국기도회를 하면서 터전을 잡아 지금까지 이어져 온 것이다. 통천사 인근에 기도원이 들어선 것을 보면 예로부터 이 자리가 영적인 기운이 있는 장소임을 짐작할 수 있다.

무척산 '천지'는 기록에 나타난 우리나라 최초의 인공 연못의 하나인데, 가락국 시조 김수로왕의 죽음에 얽힌 신비로운 이야기

를 간직하고 있다. 허왕후가 돌아가신 지 10년 후 수로왕도 서거하여 능묘를 궁궐의 동북쪽 평지에 쓰게 된다. 그러나 어찌 된 일인지 땅을 파니 물이 솟아 나와서 장례를 치르기 어려운 지경이 되었고, 난감해진 신료들이 수소문하여 풍수와 지리에 밝은 도인을 찾아 해결 방법을 물었다. 도인이 말하길 "무척산과 능묘 자리가 서로 연결되어 있으니 정상에 못을 파면 물이 그쪽으로 빠져나가 묘를 써도 문제가 없을 것"이라 하여 많은 사람들이 힘을 다해 연못을 만드니 못자리의 땅이 말라 장례를 치를 수 있었다는 것이다. 일반적인 상식으로 납득이 가지 않는 이야기이나 깊고 오묘한 풍수의 세계를 어찌 다 알겠는가.

보통 물은 아래로 흐른다 하나 꼭 그렇지만은 않은 것이 물은 삼투압에 의해 '있는 곳에서 없는 곳'으로 흐르기도 하기에 산 정상 부근에서 옹달샘을 만나곤 하는 것이다. 아무튼 그때 이후 지금까지 아무리 비가 와도 수로왕릉에는 침수 피해가 나지 않는다 하니 옛 도인의 묘방과 영험이 대단하다고 하겠다.

천지에서 동쪽으로 산을 넘어가면 백운암白雲庵이 나오는데 수로왕이 가락국의 중흥을 위해 창건했다는 설화가 전해 온다. 무척산을 배경으로 한 모은암, 백운암, 통천사 세 사찰은 모두가 2천 년 가야불교와 인연하고 있으며 그 옛날의 신비로운 이야기를 오늘까지 전하고 있다.

만어사萬魚寺
: 부처님 그림자가 바위에 어리었네

경상남도 밀양시 삼랑진읍의 만어산 8부 능선에는 만어사가
아담하게 자리하고 있다. 가야불교 연기사찰인 은하사가 신어산
神魚山에 터를 잡은 것처럼 만어사는 만어산萬魚山에 자리해 '물고기'
와 '용'에 대한 스토리를 공유하고 있다. 빼어난 풍광과 함께 종소
리가 나는 바위가 있는 만어사는 밀양 8경으로 알려져 전국에서
많은 이들이 찾고 있다.

만어사는 고려 명종 10년(1180)에 창건되었는데 당시 주지 보림
이 임금께 주변에서 일어난 상서로운 세 가지 현상을 글로 알릴
정도로 영험한 도량이었다. 이후 일연 스님이 직접 만어사를 찾

어산불영의 전설이 서려 있는 삼랑진의 만어사

아 이들 현상을 확인하고『삼국유사』에 채록해 그 이야기가 오늘날까지 전한다.

도량에 들어서면 자그마한 법당과 세월의 무게가 그윽하게 스며 있는 소박한 삼층석탑을 마주하는데 뭔가 모르게 마음을 편안하게 해 준다. 수로왕이 최초 터를 잡은 것으로 알려진 만어사는 절 아래쪽으로 길게 늘어서 있는 '종석鐘石'들이 물고기 모양을 닮았다 해서 이름이 붙었다고 한다. 현재 만어사 아래 종석들은 동해의 어룡들이 골짜기의 돌들로 변한 것이라고 전한다.

『삼국유사』〈어산불영魚山佛影〉조에는 "가락국에 있는 연못에 독룡이 사는데 만어사에 있는 나찰녀들과 놀면서 말썽을 일으켰다. 수로왕이 도술을 썼으나 굴복되지 않아서 부처님을 청하여 그들을 교화하였고 이후 동해의 어룡들이 골짜기의 돌들로 변했다."는 내용이 나온다.

또한 〈어산불영〉에는 만어사의 바위에 '부처님의 영상佛影'이 비친다고 기록하고 있다. 오랜 세월이 흘러 지금은 확인할 수 없으나 일연 스님이 "두 가지 신뢰할 만한 일이 있으니 골짜기 돌의 3분의 2에서 쇳소리가 나는 것이 하나이고, 바위에 비치는 부처님 그림자가 또 하나이다."라고 자신이 경험한 바를 말하고 있으니 당시에는 불영佛影을 목격할 수 있었을 것이다. 이 바위에 대해선 견해가 엇갈리는데 현재 아미타불이 새겨진 법당 뒤 큰 바위로 보는 사람도 있고 미륵전의 미륵바위라고 말하는 이도 있다.

일연 스님은 〈어산불영〉조를 통해 만어사에 대한 이야기를 입체적으로 보여 주었다. 그는 먼저 『고기古記』를 인용해 만어사의 신이한 현상과 내려오는 전설을 설명했다. 스님은 이어 사찰의 창건 내력과 자신이 현장을 답사한 경험을 서술한다. 마찬가지로 『삼국유사』 〈금관성파사석탑〉조도 스님이 만어사에 오면서 김해에 들러 파사석탑을 직접 보고 들은 사실을 기록에 남긴 것이다.

『삼국유사』의 권위자인 정진원 교수가 "『삼국유사』는 일연 스님이 발로 쓴 기록"이라 하였듯 『삼국유사』의 많은 부분은 스님이 현장에서 직접 보고 들은 사실들을 채록하여 작성한 것이다. 옛 기록처럼 지금도 만어사 아래 계곡에 있는 크고 작은 바위들은 마치 물고기와 같은 모양을 하고 있으며 돌을 두드리면 신기하게도 맑은 쇳소리가 난다. 삼랑진에 사는 어르신들은, 옛날 피서철이면 만어사 계곡에 많은 사람들이 몰렸는데 멀리 읍내에서 절을 보면 하얀 무명옷 입은 인파들이 마치 백로가 모여 있는 모습 같았다고 한다.

계곡 정상부 인근에 미륵전이 있고 안으로 들어가면 미륵부처님을 대신해 미륵바위가 있는데 고래 모양의 이 바위는 보는 이를 압도한다. 남근같이 서 있는 이 바위는 동해 용왕의 아들이 변한 바위라고 하는데, 인도에서 말하는 링가의 변형으로 보기도

미륵전의 돌미륵

한다. 부산 강서구의 흥국사 미륵전에 미륵부처님은 없고 미끈한 두 개의 링가 석물이 있는 것처럼 만어사 미륵전에도 부처님을 대신한 커다란 링가 바위가 있는 것이다. 이 역시 가야불교 연기사찰에 힌두이즘과 교류했던 흔적이 남은 결과로 여겨진다. 이 바위가 자리한 미륵전 아래로 수많은 크고 작은 돌들이 수백 미터 도열하며 장관을 이루고 있다. 언제나 느끼는 것이지만 최고의 예술품은 자연 그 자체라고 할 수 있다.

장유사長遊寺
: 해동불교의 시작 장유화상

우리가 사는 세상에는 여러 가치가 존재하며 그 가치를 판단하는 중요한 기준은 대개 얼마나 오래되었느냐, 희소하냐, 또는 최초이냐 즉 '원조'이냐 등일 것이다. 그래서 먹는 곰탕부터 첨단 기술까지 원조 논쟁은 끊이지 않는다. 역사와 문화, 예술 분야에서도 마찬가지인데 그것은 원조가 가진 상징성과 가치가 얼마나 중요한지 일찍부터 인식됐기 때문이다. 한국불교에서도 최초의 불교 전래자가 누구인지에 대한 다양한 주장이 있는데 그 중 하나가 가야불교 전래자인 장유화상에 관한 것이다.

경상남도 김해시 장유동의 맑은 물이 흐르는 대청계곡을 따라 한참을 올라가다 보면 산뜻한 느낌을 주는 도량이 나타나는데 불모산 용지봉 아래에 있는 장유사이다. 장유사는 천년고찰이자 가야불교 연기사찰인데 법당 앞마당에 서서 아래를 내려다보면 김해평야와 율하신도시가 한눈에 들어와 가슴이 툭 트이는 기분이 든다. 장유사라는 사명寺名은 장유화상長遊和尙의 이름에서 왔다고 하는데 장유화상은 수로왕에게 시집온 인도 아유타국 공주 허황옥의 오빠라고 전하니 스님은 아유타국 출신의 왕자이며 수로왕

장유사 대웅전과 장유화상 진영이 모셔진 삼성각 전경

장유화상사리탑

의 손위처남이 되기도 한다.

　1백여 년 전의 기록인 〈가락국사장유화상기적비〉에 "화상이
놀았다 하여 절도 장유, 산도 장유, 마을도 역시 장유라."라고 한
것을 보면 절과 산, 마을 이름이 모두 장유화상으로부터 유래했
다고 짐작할 수 있다. 〈가락국기〉를 보면 가야 8대 질지왕이 수
로왕과 허왕후가 초야를 치른 곳에 기원후 452년 왕후사를 지었
고, 그 후 5백여 년이 지나서 장유사를 지었다 하니 절의 역사는
1천 년이 조금 넘는다 하겠다. 장유사 창건에 관한 또 다른 기록
은 1544년 주세붕이 지은 〈장유사중창기〉로 신라 애장왕대
(800~809)에 지었다는 기록이 있다.

〈가락국기〉에서 주목할 만한 내용은 가락국 질지왕이 시조 할머니 허왕후를 위해 '왕후사'를 지을 때 논 10결을 주는 데 반해 수백 년 후 나라에서 장유화상을 위한 '장유사'를 창건할 때는 왕후사가 하사받은 10결의 30배인 3백 결의 논과 산을 내렸다는 점이다. 이로 미루어 가야시대에는 파사석탑을 싣고 온 허왕후를 해동불교의 최초 전래자로 본 반면, 통일신라나 고려 시대에는 허왕후 대신 스님인 장유화상을 해동불교의 전래자로 인정하고 국가적인 불사와 지원을 하였던 것으로 보인다. 장유사에서 왕후사를 폐사했다는 기록뿐 아니라 사찰 규모나 하사받은 땅에 비춰 보면 나중에 지어진 장유사가 본사가 되었고, 전통이 있는 왕후사는 말사가 되었다고 볼 수 있다. 이를 통해 해동불교 최초 전래자에 대한 상징 이동이 자연스럽게 일어났음을 짐작할 수 있다.

한편 장유화상의 출신국을 두고 〈장유사중창기〉에는 '월지국', 〈김해명월사사적비〉에는 서역의 '아유타국', 〈은하사취운루중수기〉에는 '천축국'이라 기록하고 있다. 〈가락국태조릉숭선전비〉에선 지역을 특정하지 않고 주변 나라가 아닌 먼 나라로 적고 있다. 이들 기록의 공통점은 스님의 출신지를 당시 인식에서의 '고대 인도'로 본다는 사실이다.

법당 뒤로 조금 올라가면 돌로 울타리가 둘러져 있는 장유화상사리탑이 나온다. 사리탑은 상부가 팔각형이며 조성 연대는 신라 또는 고려 시대로 보고 있다. 사리탑 조성 연대가 그러한 것은 스님이 열반한 가야시대 당시에 사리탑을 모셨으나 세월의 풍상에 의해 탑이 모손되어 후대에 다시 모신 것으로 추정된다. 〈장유사중창기〉를 보면 장유화상이 장유사 자리에 터를 잡아 수행하였다고 나오는 만큼 이후 이곳에서 열반한 장유화상의 사리탑이 조성됐을 가능성이 있는 것이다.

장유사 마당의 요니와 링가

법당 앞마당에는 절구처럼 보이는 돌이 몇 개 있는데 살짝 변형된 요니와 링가이다. 주지스님 말에 의하면 없어진 것도 있지만 과거에는 남성을 상징하는 둥근 알 모양의 링가와 여성을 상징하는 절구 모양의 암돌이 서로 갖춘 모양이었다고 한다.

장유사 요사채에서 샛길로 100여 미터 내려가면 장유화상의 수행 토굴터가 나오는데 지금은 큼직한 돌축대 위에 자그마한 흙집을 지어 놓았다. 이곳에서 고故 노무현 대통령이 고시 공부를 했다고 한다. 장유화상이 수행한 맑은 터의 기운을 받아서인지 장유화상의 보살핌인지 모르지만 노무현 전 대통령도 역경 속에서 고시 합격의 행운을 얻었다.

장유사는 성주사와 함께 불모산에 자리잡아 가야불교의 흔적을 오늘날까지 전해 주고 있다. 생각해 보면 장유화상은 허왕후보다 이 땅에 일찍 와서 은하사, 영구암, 장유사 등지에서 수도하였고 칠 왕자를 출가시켜 그들을 득도하게 했으니, 화상은 조카들을 부처로 만든 스승 즉 불모佛母였고 이후 산 이름도 자연스럽게 불모산이 된 것으로 보인다.

장유화상의 설화와 전설은 김해 곳곳에 퍼져 있으며 그가 가야시대에 이 땅에 왔다는 사실이 확연히 증명된다면 한국불교의 역사는 새로 쓰여야 한다. 아유타국 왕자인 장유화상과 공주인 허황옥은 그들보다 3백여 년 앞서 스리랑카에 최초로 불교를 전파한 인도 아소카대왕의 아들 마힌다와 딸 상가미타처럼 한국불교 최초 전래자의 지위를 되찾아야 할 것이다.

흥국사興國寺
: 남방 전래의 흔적 사왕석

부산시 강서구의 보배산 자락 동북쪽 계곡에 자리한 흥국사는 대한불교법화종 소속의 사찰로 가야불교의 중요한 유물들을 간직하고 있다. 절의 뒷산은 보배산 또는 보개寶蓋산으로 불리는데 이때 보배란 허왕후를 상징하는 것으로 여겨지며 보개는 보주 등으로 장식된 커다란 비단 양산인 일산日傘을 말한다. 또 베개의 방언이 보개인데 산을 보면 평평한 일자주봉으로 베개처럼 생기기

부산 강서구의 흥국사 전경

도 했고, 수로왕과 허왕후가 산 아래서 함께 베개를 베고 잤기에
보개산이라 이름 지었나 싶기도 하다. 과거에는 보배산을 명월산
明月山이라 했는데 수로왕이 아리따운 신부 허왕후를 '밝은 달'로
지칭하여 지은 이름이다.

〈김해명월사사적비〉는 수로왕과 허왕후가 이 산 아래에서
처음 만나 초야를 치르고 훗날 수로왕이 그것을 기념하기 위해
산 동쪽 골짜기에 허왕후를 위한 진국사鎭國寺, 산 서쪽 벼랑에 세
자를 위한 신국사新國寺, 그리고 산 중앙에 자신을 위한 흥국사興國
寺를 지었다고 말하고 있다. 이처럼 가야 초기 사찰들의 이름을
보면 부암, 모암, 자암 등과 같이 가족을 위해 절을 지었다는 공

통점이 있다. 이밖에 사찰명에 '국國'이 공통적으로 들어가는 진국사, 신국사, 홍국사뿐 아니라 인도의 발전을 기원한 서림사, 가야의 부흥을 염원한 동림사와 홍부암 모두 호국불교의 성격을 지닌 사찰이다. 이렇게 가야불교 연기사찰들의 유래를 알게 되면 수로왕이 얼마나 마음 깊이 가족과 나라를 위하였는지 알 수 있다.

강서구에 있는 허왕후길을 따라가면 계곡 끝에 홍국사가 있고, 도량에 들어서면 잘 지어진 대웅전이 눈에 들어온다. 대웅전 좌측의 극락전에는 국내에서 볼 수 없는 사왕석蛇王石으로 불리는 돌 부조물이 있다. 가로 74센티미터, 세로 52센티미터, 두께 15센티미터의 사왕석은 뱀 한 마리가 불상을 휘감고 보호하는 듯한 형상을 하고 있으며, 이러한 모습은 국내에서 볼 수 없는 유일한 형태의 석물石物이다.

'사왕蛇王'은 인도 신화에 등장하는 뱀의 왕 '무칠린다'이다. 붓다가 깨달음을 얻고 선정禪定에 든 후 비바람이 불고 날씨가 궂을 때 이 무칠린다가 붓다의 몸을 감고 보호했다고 한다. 명월사의 사왕석은 그러한 일화를 표현한 석물이다. 향토사학자였던 고故 이종기 선생이 인도에 갔을 때 만났던 인도와 동남아시아 불교문화의 권위자인 로케시 찬드라 박사는 사왕석의 사진을 보고 즉석에서 고대 인도와 한반도의 직접적인 교류 증거라고 말하였다고 한다.

극락전(허왕후전)에 있는 사왕석

흥국사(옛 명월사) 비석 전경. 이곳에 이 절의 연원이 새겨진 〈김해명월사사적비〉가 자리하고 있다.

　흥국사 도량 우측에는 조선 숙종대인 1708년 이 절을 중창할 때 세운 〈김해명월사사적비〉가 있다. 이 비는 김수로왕이 처음 절을 지을 때는 사명寺名이 흥국사였으나 나중에 명월사로 바뀌었다는 내용 등 창건과 이후 내력을 기록하고 있다. 사적비에서 주목할 부분은 중창 당시 담 밑에서 갑신년(서기 144년)이 새겨진 기왓장이 나왔다는 기록이다. 비는 기왓장이 당대에 장유화상이 서역에서 불법을 전해 온 것을 증명하는 물건이라고 말하고 있다. 또한 기와의 기년_{紀年}을 근거로 수로왕이 삼사_{三寺}를 세우는 등 불도를 숭상했다고 설명한다. 물론 지금은 이 기왓장이 소실되어 없으나 3백여 년 전 당시에는 분명히 존재했다고 보는 편이 타당할 것이다. "증거의 부재가 부재의 증거는 아니다."라는 말처럼 세월이 지나 분실했거나 소멸되었다 해서 처음부터 아예 없었다고 단정해선 안 될 것이다.

마당에서 대웅전을 돌아가면 아담한 규모의 미륵전이 나온다. 미륵전 안에는 주불인 미륵부처님은 없고 길쭉하고 미끈한 돌 두 개가 불단 위에 있는데, 언뜻 보면 형제 같기도 하고 부부 같기도

미륵전에 자리하는 두 개의 링가

한 정겨운 모습이다. 이 석물들은 그냥 돌이 아니고 남성성을 상징하는 링가의 일종인데 우리나라 토속의 남근신앙과 비슷한 인도의 토속신앙이 가야에 전파된 흔적으로 보고 있다.

현재의 홍국사는 조선 후기에 폐사되었다가 1942년 우담 스님이 중창하였다고 한다. 지금도 김해 김씨와 허씨 종친회에서는 명월산 자락에서 수로왕과 허왕후가 합혼하였던 것을 기념하여 매년 종친 수십 명이 와서 참례하고 간다. 사실 알고 보면 네 조상, 내 조상 따로 있지 않다. 친가 외가 합쳐서 윗대로 쭉 올라가면 성이 다른 조상들도 외가를 통해 섞이기 때문에 대부분의 한국인에게는 김수로왕과 허왕후가 나의 조상님 중 한 분이 되는 것이다. 외가 쪽으로 몇 대만 올라가면 김해 김씨, 허씨, 이천 이씨를 만나게 된다. 또 외가를 무시할 수 없는 것이 유전학 연구 결과에 따르면 인간은 유전적으로 부계보다 모계의 영향을 더 많이 받는다고 한다.

이렇게 보면 세상의 본질은 보이지 않아도 모든 존재가 서로 연결되어 있어서 타인이 나와 아무런 관계가 없다는 말이 백퍼센트 사실은 아닌 것이다. 그럼에도 지금까지 허왕후를 신화화해 가공의 인물로 부정하는 이들이 있는데 그것은 스스로 근본 없는 사람이 되어 자기를 부정하는 것과 같다. 우리 민족은 예로부터 조상과 어른을 소중히 모셨고, 이를 실천한 가문과 민족과 국가들은 그 음덕에 의해 더욱 번성했다.

해은사 海恩寺
: 무사히 건네준 바다의 신이여

지구의 역사를 보면 생명의 기원은 바다에서 시작되었다고 한다. 옛날부터 모든 생명의 어머니와 같은 바다는 인간의 생존과 깊은 관계가 있는 고마운 존재였지만, 한편으로는 생명을 앗아가는 두려움의 대상이 되기도 했다. 과거 무지의 시대에는 바다 끝으로 가면 낭떠러지가 있어서 떨어져 죽는다고 믿기도 했다. 하지만 인간은 철기시대 들어 제작 기술이 발달하면서 큰 범선을 만들어 먼 바다에 도전하게 된다. 세계적인 명성을 가진 역사학자 아널드 토인비는 "인간의 도전정신과 항해술의 발달로 기원후

해은사 법당 뒤에서 바라본 김해평야

1세기에는 연근해를 통해 전 세계로 교류했다."고 강조했다.

　서기 48년 인도 아유타국의 공주 허황옥은 고향을 떠나 이역만리 머나먼 가야로 시집올 때 한 척 배에 운명을 걸고 항해하였고, 파사석탑을 호법선신護法善神 삼아 바다의 신께 무사 안녕을 간절히 기원했을 것이다. 이 때문인지 허왕후는 가락국에 처음 도착하고서는 안전한 항해에 대한 감사와 새로운 토지신에 대한 예의로 보배산 산신에게 폐백하였다. 그녀는 수로왕을 만나 이틀 밤의 신혼을 보배산 자락의 야외 장막 궁전인 만전幔殿에서 보내고 본궐에 도착한다. 그리고 얼마 후에 허왕후는 자신이 온 바닷길이 한눈에 보이는 분성산 타고봉 아래에 바다의 신께 감사한다는 이름의 해은사海恩寺를 짓는다.

　해은사는 분성산 산성 안 우뚝한 곳에 자리하여 김해평야를 굽어보고 있다. 지금은 육지화되어 김해평야이지만 2천 년 전에는 평야 대부분이 바다였다. 허왕후는 이 내해內海를 통해 본궐本闕로 왔는데 이후 어느 시기에 해은사를 지은 것으로 보인다. 사실 해은사를 허왕후가 직접 지었는지, 아니면 수로왕이 어여쁜 신부를 무사히 건너게 해 준 바다의 신께 감사한 마음으로 창건했는지 정확히 알 수는 없다.

　허왕후 도래와 깊은 인연이 있는 해은사 도량 곳곳에는 가야불교의 흔적과 설화들이 남아 있다. 그중 하나가 다른 사찰에서 볼 수 없는 '대왕전大王殿'이란 전각이다. 내부에는 수로왕과 허왕

좌. 대왕전 | 우. 수로왕과 허왕후의 영정

후의 영정이 모셔져 있다. 왕과 왕비의 영정은 조선시대 민화풍
으로 근엄한 어른과 그의 안주인 같은 모습인데, 권위 대신 민중
들에게는 정감 있고 친숙해 보였을 것이다. 지금은 대왕전 앞이
나무와 전각에 가려 있으나 예전에 여기에서 보면 현재 평야가
된 내해부터 저 멀리 부산과 진해의 외해까지 시원하게 보였다고
한다.

　법당 뒤로 올라가면 부처님의 진신사리를 모신 독특한 모양의
부처님 사리탑이 있다. 이 사리탑은 김해불교신도회 회장을 지낸
고故 배석현 선생의 주도로 고故 김한수 한일그룹 회장이 후원하
여 세웠다고 한다. 이 사리탑의 사리는 전라남도 해남의 백화사
에 봉안된 것 중 일부를 김해로 가져와서 해은사와 연화사에 모
신 것이다.

　연화사의 7층석탑 조성 비문에 따르면 탑 안의 사리는 부처님

진신사리로 청나라 때 서예가이자 문인인 옹방강이 조선 불교의 부흥을 염원하며 친분이 있던 추사 김정희에게 주었다. 이후 추사는 해남 백화사의 주지스님에게 이 진신사리를 모셔 드렸다. 추사 김정희는 일가를 이룬 서예가이면서 정치가였고 이름난 금석문 학자였다. 또한 뛰어난 불교 수행자로 진리의 본질을 깨달은 재야의 도인이기도 하였다. 부처님의 진신사리가 백화사에 전해 오고 있음을 알게 된 배석현 회장은 주지 응송 스님을 만나 사리탑 건립의 사정을 말씀드렸고, 스님은 흔쾌히 사리를 봉안할 것을 약속하였다고 한다. 이에 배석현 회장과 김해불교신도회에서는 백화사에 석가탑 모양의 사리탑을 불사한 이후 진신사리를 모셔 왔고, 이 사리를 반으로 나누어서 해은사와 연화사에 봉안하게 되었다고 한다.

배석현 회장과 김한수 회장은 해은사에 사리를 모시면서 김해의 안녕과 번영을 기원하며 특별한 사리탑을 세웠다. 두 분은 원래의 파사석탑을 재현하기 위해 부처님과 동족인 네팔의 석가족 석공들을 데리고 와서 작업을 하도록 했다. 탑은 허왕후릉 옆에 있는 파사석탑이 훼손되기 전의 원형을 재현하려 하였으나 당시에는 고증이 어려워 지금의 모습으로 만들 수밖에 없었다고 한다. 두 분은 해은사의 파사석탑뿐 아니라 연화사 중수, 가락고도 궁허비 건립 등 많은 불사와 가야 복원에 공력을 보탰다. 수로왕과 장유화상이 그랬듯 어려운 시절, 불심 하나로 이 땅의 번영과 가야불교의 재건을 염원하신 두 분에게 존경의 마음을 드린다.

금선사金仙寺
: 초선대招仙臺와 마애불

경상남도 김해시 안동에는 금선사金仙寺라는 자그마한 암자가 있고, 그 옆으로는 바위와 나무들이 보기 좋게 자리한 나지막한 동산이 있다. 작고 정겨운 그 동산의 이름은 '초선대招仙臺'인데 신선을 초대한 곳이란 뜻이다. 가락국 2대 거등왕은 칠점산七點山의 담시 선인을 초선대로 초대하여 국가 운영의 고견을 듣기도 하였고, 때로는 이곳에서 거문고를 타고 바둑을 두며 풍류를 즐겼다고 한다. 신선이 살았다는 칠점산 일대는 오늘날과 달리 오래전에는 주변이 얕은 바다였다. 칠점산은 당시 작은 섬 일곱 개가 마치 점처럼 이어져 있어 붙은 이름이다.

금선사 경내로 들어가면 우측에 높이 7~8미터의 커다란 바위에 음각으로 새긴 '초선대 마애불'이 있는데 경상남도 유형문화재

1. 금선사와 마애불
2. 현재와 비교해 부처님의 형상이 뚜렷했던 과거 마애불의 모습
3. 초선대 불족
4. 거등왕의 설화가 전해 내려오는 마애불 정면과 측면

제78호로 지정되어 있다. 불상은 커다란 눈에 두툼한 입술을 하고 있는데 일설에는 거등왕의 모습이라고 한다. 양어깨 아래에는 두 송이씩 국화꽃이 수놓아진 비단옷을 입고 있으며, 양손은 옷 속으로 가려져 있어 불상에서 흔히 보이는 수인手印이 없는 특이한 모습이다. 마애불 아래 바위에는 60센티미터 정도의 커다란 발 모양이 움푹 파여 있는데 부처님의 발인 '불족佛足'이라 하며 이는 연화대좌 등과 함께 불교의 대표적 상징물이기도 하다. 조은 금강병원 허명철 이사장은 "초선대의 마애불과 족적은 인도 부다가야에 있는, 부처님이 성도하신 금강좌대 곁의 불상 및 족적과 동일한 성격을 띤다. 서역 불교가 가락국에 최초로 들어와 제2의 불교를 탄생시켰다는 의미에서 조성된 유적으로 볼 수 있다."고 설명한다.

금선사 뒤쪽 초선대 언덕에는 거등왕이 신선과 앉았다는 연화석과 바둑을 두었다는 평평한 바위가 있다. 초선대는 조선 중기까지는 초현대招賢臺로도 불렸는데 '신선'과 '현인'이 유사한 의미로 통용되었기 때문이다. 가야불교의 이야기가 전해 오는 초선대 마애불은 현재 인근 공장에서 내뿜는 매연과 산

거등왕 바둑바위

성비로 인해 예전보다 그 윤곽이 많이 희미해져 보는 이의 마음을 안타깝게 하고 있다.

성주사聖住寺
: 칠 왕자 출가하다

경상남도 창원시의 불모산 아래에 있는 성주사는 통일신라시대인 835년 무염국사가 창건하였다 한다. 임진왜란 때 전소된 후 진경 스님이 중건할 때 곰이 불사를 도왔다 해서 '곰절'로 불리기도 한다. 성주사는 통일신라 때 창건됐다고 알려졌지만 이 사찰이 자리한 불모산이 가야불교에서 연원했다는 주장이 제기되면서 산 반대편에 위치한 장유사와 마찬가지로 가야시대에 창건됐다고 보는 입장도 있다. 허왕후와 그 오빠 장유화상이 가야에 불교를 이식하였는데 처음 불교를 잉태시킨 산이란 뜻으로 불모산佛母山이라 부르게 되었고, 그 자리에 성주사를 지었다는 것이다.

이를 뒷받침하는 창건설화가 있는데 통일신라대에 사찰이 창건되기 훨씬 이전에 가락국의 장유화상이 이곳에 토굴을 지어 수행하면서 조카인 칠 왕자를 출가시켰다는 내용이다. 사찰 입구에 자리한 어수각御水閣도 이러한 설화를 뒷받침한다. 출가한 칠 왕자가 성주사에서 수도할 때 자식이 보고 싶었던 수로왕 내외가 가끔 찾아왔다. 이때 자식에 대한 부모의 애처로움을 달래 주었

불모산에 자리한 성주사의 대웅전

던 장소가 어수각이다. 대개 왕의 명령을 어명御命이라 하듯이 어
수각은 수로왕 부부가 물을 마셨다 하여 붙은 이름이라 한다.

성주사에서 출가한 칠 왕자는 합천 가야산에서 3년간 수도한
후 의령 수도산, 사천 와룡산을 거
쳐 지리산 운상원으로 가서 2년간
의 수행 끝에 도를 이루었다 한다.
칠 왕자의 득도得道는 한 번에 쉽게
이룬 것이 아니라 정든 고향과 사
랑하는 부모를 떠나 4전 5기의 뼈
를 깎는 수행을 거친 후에야 비로

수로왕 부부가 물을 마셨다는 어수각

소 결실을 맺을 수 있었다. 칠 왕자가 수로왕과 허왕후를 부모로 만나 금수저 중의 금수저로 성장했고, 외삼촌인 대선사 장유화상 아래서 고생하지 않고 도를 이룬 것으로 생각하기 쉬운데 꼭 그렇지만은 않았던 모양이다. 예나 지금이나 세상의 근원적 이치와 자신의 본래면목을 깨닫는 데는 결코 요행이나 지름길은 없고, 묵묵히 자기 수행에 따른 인과를 믿고서 매일매일 실천하는 길만 있을 뿐이라고 느낀다.

성주사처럼 가야불교에서 '성인 성聖' 자가 들어가는 절 이름이 몇 있는데 수로왕을 추모하기 위해 지었다는 성조암聖祖庵과 장유화상과 칠 왕자가 수도했다는 팔성암八聖庵이 있다. 〈가락국기〉에도 수로왕이 신답평에 궁궐터를 정하는 장면에 "칠성七聖이 거처하기에 적합하니"라는 대목이 나오므로 가락국에서 쓰인 '성聖'의 의미에 대한 면밀한 연구가 필요하다.

지난해 성주사에 일이 있어 갔다가 돌아오는 길에 어수각 샘물을 마셨는데 2천 년 세월에도 마르지 않고 청량한 물맛을 내고 있었다. 가야불교는 구전으로 전해진 말의 역사인 민담과 설화 속에서도 면면히 자신을 드러내고 있었다.

칠불사七佛寺
: 지리산에 나신 일곱 부처

우리나라 국립공원 제1호로 지정된 지리산은 화려하진 않지만 후덕하게 만물을 품어 주며 전라남북도와 경상남도에 걸쳐 있는 민족의 영산이다. 이 후덕함과 신령스러운 기운 덕분에 사찰을 비롯한 다양한 수행단체가 지리산에 터를 잡고 있다. 또한 도를 닦는 수행자 3천여 명이 지리산 골짝 골짝에 머물며 수행하고 있다고 한다. 이처럼 인구 비율로만 보면 유사 이래 세계에서 가장 많은 수행자와 도인을 배출한 나라가 우리나라이다. 중국이나 인도는 워낙 인구가 많기에 도인도 많이 나오지만 우리나라와 같

칠 왕자가 처음 수도했다는 곳에 자리한 칠불사 운상선원

이 좁은 땅과 적은 인구에서 이토록 많은 수행자와 도인이 나는 것은 우리 민족의 시조인 단군이 수도修道하였던 분이어서 그 유전자의 영향을 받았기 때문이다. 또한 이 땅의 신령스러운 영적 기운도 한몫한 것으로 여겨진다.

한강 이남의 수행터 중 최고 명당이라 일컫는 경상남도 하동군 칠불사 운상선원雲上禪院은 지리산에서 두 번째 높은 봉인 반야봉 남쪽, 새의 둥지처럼 능선이 휘감은 곳에 포근하게 자리하고 있다. 칠불사 입구에는 '동국제일선원東國第一禪院'이라는 현판이 있는데 일종의 사찰 브랜드로 우리나라 제일의 선원이라는 뜻이다. 이 절은 지혜가 제일이라는 문수보살을 주불主佛로 모시는 문수도량으로 대학입시나 각종 시험을 준비하는 전국의 불자들이 찾는 기도영험도량으로 이름나 있는데 가락국 칠 왕자가 수행하여 도통한 영민한 기운이 서려 있어서인지도 모르겠다.

칠불사는 1948년 여수·순천 사건으로 전소되어 폐허가 된 것을 지금은 열반하신 제월 통광 큰스님께서 1978년부터 15년에 걸쳐 불사하여 현재의 기틀을 닦았다. 화개면 의신마을이 고향이신 통광 큰스님을 생전에 몇 번 뵙기도 하였는데 언제나 자애롭고 언행이 일치하였던 스님은 절 집안과 세간에서 존경받는 어른이셨다.

칠불사는 수로왕의 칠 왕자와 깊은 관련을 맺고 있는데 과거 칠불암이라는 절 이름은 수로왕의 일곱 왕자가 이곳에서 수도하

칠 왕자를 형상화한 대웅전의 목조탱화

여 부처가 되었다 하여 붙은 것이다. 칠 왕자는 창원 성주사에서 출가하여 합천 가야산과 의령 수도산, 사천 와룡산을 거쳐 지리산 운상원에 온 지 2년 만인 서기 103년 팔월 보름에 드디어 득도하였다. 칠 왕자가 도를 이루고 받은 이름은 금왕광불, 금왕당불, 금왕상불, 금왕행불, 금왕향불, 금왕성불, 금왕공불이다. 그들이 김수로왕의 아들이어서 이름 앞에 성姓처럼 금왕金王이 붙는 것이 보인다. 처음에는 일곱 왕자가 수행한 터를 구름 위에 있는 도량이라 하여 '운상원雲上院'이라 했는데 왕자들이 득도한 후 칠불암이 되었다가 근래에 칠불사로 바뀌었다고 한다.

사찰 일주문을 지나 올라가면 오른쪽에 원형의 영지影池가 있

칠 왕자의 모습이 비쳤다는 영지

는데 수로왕 내외와 칠 왕자의 전설이 내려오는 인공 연못이다. 수로왕 부부는 칠 왕자를 보려고 때때로 궁궐을 떠나 운상원을 찾았다. 그때마다 칠 왕자의 스승이었던 장유화상은 "지금은 만날 때가 아닙니다. 수행이 무르익어 곧 도를 이룰 것인데 지금 만나면 자칫 득도에 장애가 될 수 있습니다. 칠 왕자가 보고 싶으면 저 아래에 연못을 파서 보면 비칠 것이니 조금만 기다리십시오."라고 수로왕 내외를 설득하여 아랫마을로 돌려보냈다. 이제나저제나 아들들의 득도를 기다리던 수로왕과 허왕후가 내려가서 머문 마을이 현재의 범왕리凡王里와 대비촌大妃村이다.

한편 칠불사에서 북쪽으로 10리쯤 떨어진 산봉우리에 허씨 성을 받은 두 왕자가 수도한 허북대許北臺가 있다. 그곳에는 허왕후의 간청으로 수로왕에게 어머니의 성을 하사받은 수로왕의 둘째, 셋째 아들이 나이가 들었을 때 "우리도 출가한 동생들처럼 도를 닦자." 하고 입산하여 수도했다는 이야기가 전해 온다. 사찰 아래로 가면 수로왕과 허왕후가 칠 왕자를 만나러 가던 중 수로왕의 옷고름이 떨어져 잠시 쉬면서 옷고름을 다시 맸다는 전설이 내려오는 침점針店마을이 있다. 또한 거문고의 명인인 옥보고 선인이 운상원에서 거문고를 퉁기면 아랫동네 우물에서 그 소리가 울려 나왔다는 이야기가 전하는 정금井琴마을도 절 아래편에 자리한다. 이렇게 칠불사는 가야불교에 얽힌 다양하고 풍성한 이야기가 전해 오는 사찰이다. 칠불사 주지인 도웅 스님이 2천 년이 지난 오늘날까지 사찰과 인근에 남아 있는 수로왕 부부와 칠 왕자에 대한 이야기를 찬찬히 전해 주셨는데 현장에서 들으니 가야불교의 역사가 더 생생하게 다가왔다.

칠불암은 『동다송東茶頌』을 편찬하는 등 근세 우리나라 차의 시조로 추앙받는 초의 스님이 머무시며 수행한 것으로도 유명하다. 그는 이곳에서 제다법과 끽다법을 체계적으로 정리한 서적인 『다신전茶神傳』을 초록하기도 했다. 마음을 맑히고 한 잔 차를 마시는 것과 고요히 참선을 하는 것이 한 맛이라는 초의 스님의 '다선일미茶禪一味'의 가풍을 이어받은 선객들은 지금도 도를 깨치기 위해 운상선원에서 치열한 정진을 하고 있다. 신령스러운 지리산과 명당 칠불사는 예부터 지금까지 가야불교의 도맥道脈이 활발하게 살아 있는 생기터이다.

가야불교의 가치와 연구

통불교로서의 가야불교

선명해진 가야사 - 가야불교의 가치와 전망

가야불교 연구

통불교로서의
가야불교

가야불교를 면밀히 검토하면서
대승불교, 소승불교, 밀교뿐 아니라
도교, 민족신앙, 힌두이즘, 호국불교 등
다양한 요소를 발견할 수 있었고 이는 곧
원통불교圓通佛敎라는 결론에 도달할 수 있었다.

오늘날 인류가 역사상 유례없는 발전을 이루게 된 배경에는 문화 또는 문명의 형성이 있으며, 그 근간은 제정일치祭政一致 체제의 한 부분인 철학과 종교라고 할 수 있다. 인간은 정신적 요소인 영靈을 배제하고는 정체성 자체를 말할 수 없다. 마찬가지로 철학과 종교 사상이라는 핵심이 빠진 문명은 존재하기 힘들다. 인간의 역사도 이집트, 인더스, 메소포타미아, 황하의 4대 문명과 함께 1980년대 당시 중국 발해만과 요하 주변에서 새롭게 발견된 요하문명遼河文明을 중심으로 발전하여 왔다.

모든 문명은 예외 없이 고유한 사상과 철학 그리고 종교적 전통을 남기고 있다. 그러한 정신적인 요소는 해당 문명의 발전과 특질을 규정한다. 그래서 문명과 문화는 지금도 지구촌을 나누는 주요한 기준이 되며 세계 각국은 기독교 문화권, 불교 문화권, 이슬람 문화권 등으로 구분되기도 한다. 이와 함께 지역과 민족 그리고 환경에 의해 다양한 종교적 특질이 형성되며 종파에 따라 조금씩 또는 커다란 차이를 나타내기도 한다. 그렇다면 옛 가야 지역에 도래한 한국 최초의 불교인 가야불교는 어떤 성격을 가졌을까?

가야불교를 두고 '대승불교다' 또는 '소승불교다', '대·소승이 혼재한 불교다' 등의 다양한 주장이 있으나 그 근거가 부족해서인지 삼국의 불교에 비해서는 상대적으로 연구가 미흡하다. 하지만 자료가 부족한 현실에도 불구하고 가야에 전래된 불교의 성격을 규명하는 일은 매우 중요하며 앞으로 그 실체를 탐색해 밝혀야 하는 분야이기도 하다.

가야불교는 가야문화의 기반 위에 형성됐으므로 가야불교의 성격을 탐색하기 위해서는 먼저 모체母體 격인 가야문화의 성격을 살펴보아야 한다. 일반적으로 가야문화는 김수로왕의 대륙문화와 허왕후의 해양문화가 합쳐진 융·복합 문화로 인식되며 가야불교도 이러한 융·복합의 성격을 가졌다고 보는 게 타당할 것이다. 한반도 끝자락, 대륙의 끝이자 해양의 시작점에 위치한 가야의 지형적 특수성도 융·복합적 문화를 형성하기 쉬운 조건 중

하나가 될 수 있다. 최근 주목받고 있는 융·복합은 특히 철학이나 문화 분야에선 종합, 혼재, 잡雜의 개념으로 이해되는데 모든 것을 포괄하는 '통通'과도 같은 의미이다.

흔히 한국불교의 정체성을 '통불교通佛教'라고 하며 그것은 선禪, 교教, 정토淨土, 밀교密教, 토착신앙과의 습합習合 등으로 합쳐진 종합불교, 혼합불교라는 의미이다. 일반적으로 한국 통불교의 시작을 원효 스님으로 보는 경향이 많으나 가야불교를 탐색하다 보면 통불교가 이로부터 기원했다는 사실을 확인할 수 있다.

대승불교의 최고 경전은 『화엄경』인데 추구하는 궁극적 세계를 '화엄세계'라고 한다. 화엄이란 원융과 다양함이며 가야불교는 시작부터 그러한 요소를 가지고 있었다. 가야불교를 면밀히 검토하면서 대승불교, 소승불교, 밀교뿐 아니라 도교, 민족신앙, 힌두이즘, 호국불교 등의 다양한 요소를 발견할 수 있었고 이는 곧 원통불교圓通佛教라는 결론에 도달할 수 있었다. 그럼 가야불교가 왜 화엄인 통불교의 성격을 띠는지 옛 기록을 따라 살펴보자.

대승불교의 요소

대승大乘이란 큰 수레를 말하며 개인의 해탈만을 우선시하는 소승小乘의 상대적 개념으로 자기와 타인을 똑같이 보고 함께 해탈을 지향하는 불교의 부류를 일컫는다. 대승불교는 개인을 넘어서 공동체의 영靈적 진보를 위한 헌신에 가치를 두고 있다. 이처럼 허왕후와 장유화상이 가락국에 온 것은 문명 전파와 함께 중생 구제의 자비심에 바탕을 두었기 때문이라고 할 수 있다. 1929년 허엽이 지은 〈가락국사장유화상기적비〉에는 다음과 같은 대목이 나온다.

"화상은 공자로 있을 때부터 수도에 뜻이 있었고, 중생을 제도하고자 멀리서 돌배를 타고 옴에 파미르고원의 말보다 빨랐도다."

和尚公子而修道念 度衆生彌遠及 石舟疾於葱嶺馬

그 뜻은 장유화상은 왕자로 있을 때부터 출가 수행하였으며, 그와 허왕후가 이 땅 가야에 돌탑을 싣고 온 이유도 중생을 제도하기 위한 의도라는 것이다. 또한 허왕후도 결혼만을 위하여 그 먼 나라에서 목숨 걸고 이 땅에 오진 않았을 것이다. 설령 중요한 이해가 달려 있는 정략결혼이라고 해도 생면부지의 수로왕을 위해 죽음을 무릅쓴 항해를 감행하는 건 쉽지 않은 선택이기 때문이다. 아마도 그들이 이 땅에 온 진정한 목적은 중생제도라는 붓다의 가르침을 전하기 위한 것이었다.

소승불교의 요소

보통 수행의 성격과 궁극적 목표에 따라 불교를 대승과 소승으로 구분하기도 하는데 대승大乘불교는 많은 이들을 해탈로 이끄는 큰 수레이고, 소승小乘불교는 개인적 해탈을 중시하는 작은 수레로 비유한다.

지역을 기준으로 보면 티베트와 한국, 중국, 일본이 대승불교권에 속하고 태국, 캄보디아, 라오스 등 동남아시아는 소승불교권으로 분류된다. 그러나 소승불교권이라는 동남아시아의 불교 국가에 가 보면 소승불교라는 용어 자체가 존재하지 않는다. 이를 통해 대승불교가 우월하다고 자부하는 이들이 이론과 출가 승려 중심의 경향인 소승불교를 상대적으로 열등한 개념으로 인식하고 용어를 규정했음을 알 수 있다.

가야불교에는 대승뿐 아니라 소승불교의 요소도 보이는데, 이 땅에 불교를 처음 전한 시조 해동 초조海東初祖 장유화상의 행적이 적힌 〈가락국사장유화상기적비〉에는 다음과 같은 대목이 등장한다.

> "화상은 신부의 친정 사람으로서 부귀 보기를 뜬구름같이 여기더니 드디어 진세를 초월하여 불모산에 들어가 길이 노닐며 돌아오지 않으니 세칭 '장유화상'이라 함은 이 때문이다."

和尚以椒房之親 視富貴如浮雲 遂超塵相入佛母山 長遊不返 世
稱長遊和尚以是也

이 글에서 장유화상은 세속을 초월하여 산림 속에 들어가 은
둔 수행을 한 것으로 묘사된다. 칠불사 연기설화에도 장유화상이
일곱 명의 조카를 데리고 지리산 깊은 골짜기에 가서 함께 수행
하며 지도한 스승으로 묘사되고 있다. 이와 함께 화상과 인연이
있는 것으로 전하는 은하사, 장유사, 흥부암 등이 산 속의 넓지
않은 터에 자리 잡은 점을 감안하면 최초에는 자그마한 아란야(토
굴)였을 것으로 여겨진다. 이러한 장유화상과 칠 왕자의 은둔 수
행은 소승불교의 보편적이고 전통적인 수행 방식이다.

한편 신라시대 당나라에 유학하여 국제적인 지식인으로 인정
받았던 고운 최치원이 지은 〈봉암사 지증대사탑비〉(국보 제315호)
에는 『삼국사기』에 나오는 우리나라의 불교 전래 기록과는 다른
주목할 만한 내용이 보이는데 대승과 소승이 전래된 시기에 대해
다음과 같이 말하고 있다.

"그 교(불교)가 일어나는데 비파사가 먼저 이르렀으니 곧
사군으로 사제의 바퀴가 달렸고 마하연이 뒤에 이르니
한 나라에 일승의 거울이 빛났다."

其敎之興也 毘婆娑先至則四郡 驅四諦之輪 摩訶衍後來 則一國
耀一乘之鏡

보통 비파사 또는 비바사는 소승小乘으로, 마하연은 대승大乘으
로 번역하는데 위의 기록은 비파사인 소승이 먼저 들어온 후 마
하연인 대승이 나중에 왔다고 말하고 있다. 일연 스님의 인식과
마찬가지로 최치원도 대승보다 소승이 먼저 전해졌다고 인식하
고 있는 것이다. 현재 한국불교는 종교적 법통을 매우 중요시하
고 소승이란 말만 나와도 화들짝 놀라며 거부감을 가지고 있으나
종교적 법통과 역사적 사실을 따로 분리해서 봐야지 함께 연결하
여 종교적 도그마에 빠지는 우를 범해선 안 될 것이다. 불교에서
진리를 깨달은 스승이 제자에게 진리를 전하는 과정을 법통이라
하는데, 법의 전승에 있어서 매우 중요한 의미를 가진다. 그러나
진리를 전하는 법통과 불교의 역사는 별개로 보아야 한다. 법통
은 법통이고 역사는 역사인 것이다.

밀교적 요소

우리나라 불교의 요소 가운데 하나로 부처의 깨친 진리를 은
밀하게 표출하는 밀교密教가 있다. 밀교는 현생의 성불成佛뿐 아니
라 개인과 국가의 재난을 물리치고 안녕을 기원하는 은밀한 수행

의식을 가지고 있었다. 그러한 방식에는 암송, 주문 등도 포함된다.

신라와 고려대에 민중과 국가의 위기 상황에서 불교의 힘을 빌리고자 했다는 기록이 등장하는데 『삼국유사』의 수로왕 관련 내용에서도 이러한 모습을 찾을 수 있다. 『삼국유사』〈어산불영〉 조에는 수로왕이 독룡과 나찰로 인해 농사가 되지 않을 때 그들을 굴복시키려고 주술呪術을 사용하였다는 구절이 나온다.

> "오곡이 되지 않았다. 왕이 주술로 이것을 금하려 하였으나 능히 금하지 못하여 머리를 조아리고 부처를 청하여 설법한 후에 나찰녀가 오계를 받았는데"
>
> 五穀不成 王呪禁不能 稽首請佛說法 然後羅剎女受五戒

이 기사는 독룡과 나찰녀의 영향으로 농사에 피해를 입자 수로왕이 주술을 행하여 그들을 굴복시키려 했지만 자신의 능력으로 안 되어 부처께 청하여 해결했다고 말한다. 이러한 내용을 통해 수로왕은 나라를 다스리는 왕이기도 했지만 제정일치祭政一致의 고대 사회에서 뛰어난 영적 능력을 지닌 제사장이었음을 알 수 있다.

여기에는 나찰녀들이 오계를 받았다고도 나오는데 이는 우리나라 불교 최초의 수계에 대한 기록이다. 이를 통해 가야불교에는 바른 삶의 규범을 제시하는 '계율불교적 요소'도 녹아 있음을 알 수 있다. 이와 함께 『삼국유사』〈가락국기〉에서 수로왕과 석탈해가 환술幻術을 펼치는 신통 대결도 다분히 밀교密教적 요소로 볼 수 있을 것이다.

도가적 요소

가야불교는 도가와 습합襲合된 흔적도 보이고 있는데 만어사에서 수로왕이 행한 주술은 밀교적이면서 도교적이라고 할 수 있다. 수로왕이 신답평에 도읍을 정할 때나 나라를 뺏으려고 온 석탈해와 신통神通 대결을 벌일 때의 각종 환술은 다분히 도가적 요소로 보인다. 〈가락국기〉에는 다음과 같은 대목이 나온다.

> "이 땅은 협소하기가 여뀌 잎과 같다. 그러나 수려하고 기이하여 가히 16나한을 머물게 할 만한 곳이다. 더구나 1에서 3을 이루고 3에서 7을 이루어 칠성이 거처하기에 적합하니"
>
> 此地狹小如蓼葉 然而秀異 可爲十六羅漢住地 何况 自一成三 自三成七 七聖住地 固合于是

여기서 풍수지리에 인용되는 구궁九宮의 방위에 1은 북쪽, 3은 동쪽, 7은 서쪽이다. 즉 현무인 북쪽과 좌청룡인 동쪽, 우백호인 서쪽의 지세를 풀이한 말이다. 수로왕의 풍수에 대한 안목은 여러 곳에서 보이는데 허왕후와 처음 만났던 명월산 좋은 터에 신국사, 진국사, 홍국사를 짓게 한 사실을 보면 알 수 있다. 또한 수로왕이 아버지를 위해 지은 부암과 어머니를 위해 지은 모암 등의 연기사찰에 가 보아도 모두 명당 자리이다.

한편 수로왕이 노년에 허왕후와 함께 입산하여 수도한 내용을 〈가락국태조릉숭선전비〉에서는 다음과 같이 설명한다.

> "왕이 되신 지 121년에 스스로 (정무에) 권태로움을 느끼시고 황제가 신선이 되었음을 흔연히 사모하여 왕위를 태자 거등에게 전하고 지품천의 방장산 속에 별궁을 지어서 태후와 함께 옮겨 가서 수련을 하였다."
>
> 王年百二十一 自以倦勤 欣然慕黃帝之升仙 傳位于太子居登 築別宮于 知品川之方丈山中 與太后移居而修鍊

이 대목에서 수로왕 부부는 윗대 조상이라 여기는 '황제'가 신선이 된 것을 흠모하여 노년에 함께 지리산에 들어가 도를 닦았다고 하니 자연 속에서 수행하였던 도가적인 풍모를 느낄 수 있다.

민족신앙적 요소

〈가락국기〉에 수로왕이 석탈해와 대결할 때 자신이 이 땅의 왕이 된 것은 '하늘의 명'이기에 함부로 이를 거역할 수 없다며 주목할 만한 말을 하고 있다.

> "하늘이 나로 하여금 왕위에 오르게 명한 것은 장차 나라를 안정시키고 백성을 편안케 하려 함이니 감히 하늘의 명을 어겨 왕위를 남에게 줄 수 없고 또 내 나라와 내 국민을 너에게 맡길 수도 없다."
>
> 天命我俾即于位 將令安中國 而綏下民 不敢違天之命以與之位
> 又不敢以吾國吾民付屬於

이 장면에서 수로왕은 단호한 어조의 카리스마 넘치는 말투로 석탈해에게 말하고 있다. 수로왕의 단호함 뒤에는 그의 확고한 철학을 드러내는 '영안중국 이수하민令安中國 而綏下民'이라는 문구가 있는데, 이 말은 나라를 안정시키고 백성을 편안히 한다는 단군의 건국이념인 '홍익인간 재세이화弘益人間 在世理化'와 순서만 다를 뿐 대동소이한 의미를 지닌다. 수로왕의 출신이 북방의 유목민 계통이나 부여계 고조선의 유민일 가능성을 생각하면 선대의 건국이념을 후대의 수로왕이 계승한다는 것은 당연할 것이다.

이와 함께 가야불교에는 숫자 '3'을 매개로 하는 민족신앙의 요소도 나타난다. 우리 민족의 뿌리가 되는 천신 환인桓因이 아들 환웅桓雄에게 인간 세상을 다스리게 하는 천부인天符印 세 개를 주었다고 한다. 그리고 천부인을 가진 환웅은 풍백, 우사, 운사라는 신하 셋과 무리 삼천 명을 데리고 신시神市에 도읍을 정해 나라를 열었다. 이렇게 숫자 3은 우리 민족의 기원에 대한 서사敍事에서 일관되게 나온다.

이때 등장하는 환웅이 웅족의 규수를 맞아 낳은 아들이 고조선을 건국한 단군檀君이다. 고래古來로 환인과 환웅 그리고 단군을 세 분의 성인, 즉 삼성三聖으로 숭상해 사당을 지어 모셨는데 공교롭게 사찰에도 독성獨聖, 칠성七星, 산신山神이라는 삼성을 모신 삼성각三聖閣이 있다. 이 삼성각은 기존에 전승되어 오던 토착신앙의 삼성이 인도에서 들어온 불교가 확장될 때 자연스럽게 불교식으로 해석한 삼성으로 습합된 결과로 볼 수 있다.

그밖에 가야불교의 연기사찰 가운데 부암父庵, 모암母庵, 자암子庵과 신어산에 있는 서림사西林寺, 동림사東林寺, 영구암靈龜庵 그리고 수로왕이 명월산에 지었다는 신국사新國寺, 진국사鎭國寺, 흥국사興國寺는 '3'이라는 숫자를 즐겨 썼던 우리 민족의 전통적인 숫자 관념이 투영된 흔적으로 보인다.

한편 〈가락국사장유화상기적비〉에는 질지왕 때 장유암을 창건하고 화상의 진영을 칠성각에 모신 내용이 나오기도 한다.

> "해동의 한 모퉁이 연화도량에 법당과 당간을 세우고 경
> 을 설하며 게를 외우는 자는 다 화상의 후예이리라. 질지
> 왕대에 이르러 장유암을 창건하고 화상의 진영을 칠성
> 각에 모셨는데"

> 海東一隅蓮花道場建法幢 說經誦偈者 皆和尚之衣鉢也 至銍知
> 王創長遊庵 藏和尚眞影于星君閣

이 내용은 해동의 끝 가야 지역에서 불교를 믿고 수행하는 자
는 모두 장유화상의 후예라고 하고 있으니 해동불교의 초조初祖는
장유화상임을 말했다. 또한 장유암 창건 후 장유화상의 진영을
모셨다는 기록은 장유암이 장유화상으로 인해 지어진 사찰임이
분명하다는 뜻이며, 그 진영을 법당이 아닌 칠성각에 모셨다는
것으로 보아 당시에도 칠성각은 매우 중요한 장소였음을 짐작할
수 있다.

칠성각에 화상의 진영을 모셨다는 기록은 불교와 칠성신앙이
습합된 결과로 보인다. 불교가 들어오기 전 우리 조상들은 북두
칠성과 별들을 신성시하였으며, 그 영향으로 지금도 생일을 의미
하는 생신生辰이란 단어가 우리의 삶 속에 들어와 있다. 가야의 천
문신앙은 몇 해 전 발견된 가야의 무덤 뚜껑돌에 새겨진 별자리
들로 알 수 있으며 우리나라에는 지금도 망자의 관 바닥에 칠성
을 그려 넣는 전통이 남아 있다.

또 가야불교의 유산인 은하사 법당 앞 계단 옆에 새겨진 '신어통천神魚洞天', 무척산 정상 부근에 있었던 '통천사通天寺', 부은사 삼성각 뒤 바위에 새겨진 '통천도량通天道場' 등은 하늘과 통한다는 의미를 가지며 우리 민족이 하늘에서 내려왔다는 천손天孫 사상과도 관련이 있어 보인다.

힌두이즘

인도는 불교뿐 아니라 힌두교의 발상지이기도 하다. 힌두교는 불교 이전부터 바라문교라는 이름으로 나라 전체에 전파되어 인도의 보편적 종교가 되어 있었다. 불교가 성립된 후에는 선의의 경쟁과 함께 때로는 맞서기도 하면서 서로 교류하였다. 그리하여 불교의 공론空論, 무아론無我論 등의 고급 교리가 힌두교에 영향을 주기도 하였고, 힌두교의 여러 신과 다라니(주문) 등은 불교로 건너와 영향을 받기도 하였다.

이 땅에 면면히 이어진 남근, 여근 신앙처럼 인도의 토속신앙에도 '링가'와 '요니'가 있는데 링가는 남성성을, 요니는 여성성을 상징하는 석물石物이다. 가야불교 연기사찰인 부은사, 장유사에도 요니와 링가가 남아 있다. 부은사는 용왕당 옆에 요니와 링가가 있는데, 요니는 완벽한 모습으로 보존되어 있지만 링가는 본래의 것을 분실하여 다른 돌로 대체하였다 한다. 부은사의 요니는 얼핏 보면 맷돌 같다. 하지만 맷돌과 다른 것으로서 석물 한가운데에 커다란 구멍이 있다는 사실이다. 바로 이 구멍이 링가가 들어가는 홈이다. 장유사는 법당 앞마당에 작은 돌절구처럼 보이는 석물이 여러 개 있고 그 위에는 둥그런 돌이 들어 있다. 동국대학교 세계불교연구소의 정진원 박사는 이것을 요니와 링가의 원시 형태로 보았다.

이들 두 사찰과 달리 링가만 전해져 오는 연기사찰도 있다. 모은암 동굴 나한전에는 나한 석상들 사이에 두 개의 돌이 있는데 링가임이 분명하다. 홍국사 미륵전에는 미륵부처님은 없고 돌 두 개가 덩그러니 있는데 이 역시 링가이다. 돌 아래에서 3분의 1 지점까지는 색깔이 다른데 이는 링가가 요니에 박혀 있던 흔적으로 보인다. 만어사 미륵전에도 불상 대신 하늘로 솟은 바위가 안치돼 있는데 링가로 보는 이들이 있다. 이렇게 가야불교 관련 사찰에서 보이는 요니와 링가는 인도의 힌두이즘 속에 녹아든 토속신앙이 가야에까지 영향을 미친 결과물로 보인다.

그리고 허왕후가 이 땅에 처음 도착해 명월산 산신에게 비단 바지를 벗어 폐백하였다고 하는데 이는 우리나라에는 없는 독특한 풍속이다. 서울대학교 규장각 박사후 연구자였던 산토시 꾸말 굽타 교수는 인도 북부 부다가야 주변의 소도시 '가야' 출신이다. 그는 고향인 북인도 지방에는 처녀가 시집가기 전에 자기가 입을 옷을 신에게 먼저 바치고 나서 착용하는 풍속이 남아 있다고 증언하였다. 다만 기록을 남기지 않는 인도인의 전통에 의해 문헌 기록을 찾기는 쉽지 않다고 하였다. 앞으로 추가적인 연구가 필요한 대목이다.

호국불교적 요소

가야 초기 수로왕이 명월산에 지었다는 신국사新國寺, 진국사鎭國寺, 흥국사興國寺의 사명에는 모두 '나라 국國' 자가 들어간다. 이들 사찰의 이름은 '새로운 나라', '안정된 나라', '흥하는 나라'를 뜻하며 일종의 진호국가鎭護國家 사상이 반영된 호국불교護國佛教의 요소로 해석된다. 사명寺名에 '나라[國]'가 들어가지 않지만 국가의 안녕과 부흥을 기원한 연기사찰도 있다. 장유화상이 신어산에 창건한 서림사(은하사)는 머나먼 서쪽 고향 인도의 부흥을 위해, 동림사는 이 땅 가락국의 부흥을 위해 지었다고 한다. 흥부암興府庵도 장유화상이 나라의 부흥을 위해 창건했다고 전한다. 이러한 사찰들의 건립은 수로왕과 장유화상의 '나라 사랑'하는 마음을 엿볼 수 있는 부분이다.

한편 일연 스님은 파사석탑에서 종교적 상징 이상의 의미를 읽어 냈는데 그중에는 왜의 준동을 억제하려는 기원이 있다. 파사석탑을 직접 본 일연 스님은 『삼국유사』 〈금관성파사석탑〉조에서 "탑 실은 비단 돛에 깃발도 가벼워라, 놀란 파도 막고자 해신海神께 빌었도다. 어찌 황옥만 도와 이곳에 왔으리오, 천고의 남쪽 왜 성난 고래 막고자 함일세."라고 찬했다.

여기서 탑은 파도를 잠재워 허황옥 공주 일행의 무사 항해를 이끌었을 뿐 아니라 성난 고래로 표현되는 왜구를 막고자 하는 의지를 담은 상징물로 묘사된다. 파사석탑에서 나라와 백성의 안녕을 기원했던 호국불교의 요소를 발견할 수 있는 것이다.

기타

그밖에 가야불교의 성격을 보면 연기사찰 가운데 부암父庵, 모암母庵, 자암子庵의 세 절은 가족과 관련한 이름을 지니고 있으며 이는 다른 지역 사찰에는 없는 특징이다. 또한 장유화상과 수로왕이 창건한 것으로 전해 오는 가야 초기의 사찰 대부분은 앞이 훤히 트인 호방한 지세의 명당에 터를 잡았다는 공통점이 있다. 또한 허왕후를 추모하는 왕후사와 수로왕을 기리는 성조암이라는 원찰願刹이 존재할 뿐 아니라 장유화상을 모시는 장유사가 있다는 사실도 주목할 필요가 있다. 가야불교의 주요 인물을 모시는 도량이 따로 창건될 정도로 후대인들이 이들의 존재를 소중하게 여겼다는 방증이 되기 때문이다. 이처럼 연기사찰의 중심인물들을 크게 선양했다는 사실은 한국불교사에서 찾아보기 힘든 가야불교의 독특한 모습이다.

현존하는 이들 연기사찰은 서기 48년 가야불교가 전래됐다는 믿음을 지탱하고 있다. 알려지지 않은 가야불교의 본모습이 보다 분명히 드러난다면 그 역할과 성격도 더욱 선명하게 조명될 것이다.

선명해진 가야사
- 가야불교의 가치와 전망

가야사는 가야에만 국한되지 않고
가야불교는 종교사에만 국한되지 않는다.
가야와 가야불교가 중요한 가치가 있는 것은
가야불교를 통해 가야 초기를 재구再構할 수 있으며
이는 가야사의 정립으로 이어지기 때문이다.
가야사가 바로 서는 순간 일본의 역사 왜곡은 사라지고
중국의 역사 침탈을 막는 든든한 수문장이 될 것이다.

종교가 생겨난 것은 하늘에 대한 제천행사와 죽음 그리고 미래에 대한 불안 때문이라고 한다. 그래서 영생을 말하는 종교에 사람이 몰리고 미래를 안다는 예언자들이 때때로 주목받기도 한다.

1983년 입적한 대강백 탄허 스님은 『주역』의 대가인데 역의 이치로 미래를 잘 예측하였다. 그중 하나는 21세기에는 한국이 전 세계를 이끄는 문명대국이 된다는 것이었다. 문명대국이란 국민들이 높은 수준의 정신문화를 향유하고 체화하는 환경에서 가능한데 세계 경제 10위권의 물질대국에 든 한국은 바야흐로 문명대국으로 갈 기반을 갖추었다고 할 수 있다. 이러한 국운의 전환기에 가야가 다시 소환되어야 하는 이유는 우리의 찬란한 고대문화에서 삼국과 함께 당당히 한 축을 담당하였을 뿐 아니라 가야가 가진 다양한 가치들이 오늘날까지 선한 영향을 미칠 수 있기 때문이다.

세상에 존재하는 가치 중에는 한때 반짝 주목을 받았다가 금세 소멸해 버리는 것이 있는가 하면 세월 속에 오랫동안 묻혀 있다가 골동품처럼 나중에 그 진가가 드러나는 것도 있다. 한반도 남쪽 끝 김해를 중심으로 경상도 일대를 아우르는 가야권역에는 우리 역사의 숨겨진 블루칩이 있는데, 그것은 가야문화 속에 자리한 가야불교이다. 2천 년 전 실재했으나 파란 많은 역사의 흐름에 묻혀 그 존재마저 희미하였던 가야불교는 일연 스님이 쓴 『삼국유사』의 기록이나 옛 가야지역에서 전해 오는 민담과 설화 등 구전으로 끈질긴 생명력을 유지하고 있다. 다시 드러나고 있는 가야불교의 진정한 가치는 무엇일까.

융·복합적 성격이 우리에게 주는 의미

예나 지금이나 한반도는 대륙의 끝이자 대양의 시작이라는 지정학적 특성에 의해 동북아시아의 정치, 경제, 문화, 역사에 있어서 중요하지 않은 때가 없었다. 특히 가야는 해양 교류를 바탕으로 이러한 지정학적 특성을 가장 잘 구현한 고대국가였다. 또한 이런 특성은 역사와 문화에 있어 각기 다른 혈통, 언어, 풍속 등을 아우르는 다양성뿐 아니라 독특한 성격을 지닌 가야의 국가체계와 사회, 문화를 형성시켰다.

가야에 기반한 가야불교도 대승, 소승, 밀교, 도교, 토속신앙, 힌두이즘 등의 다양한 요소를 수용하고 있으며, 한국불교의 정체성인 통불교通佛敎의 뿌리가 되고 있다. 이러한 가야와 가야불교의 융·복합적인 성격은 역사를 통해 그 가치가 확인된다. 결국 융·복합의 배경은 이질적인 것에 대한 허용이고 이는 관대함과 평등이라는 열린 마음이 그 기반이 된다. 융·복합적 성격의 가야와 가야불교는 2천 년이란 시간이 지났지만 지금 이 시점, 한국 사회에 적용하면 현대인들이 마주하는 문제들의 근원을 파악하고 해결하는 길잡이 역할을 할 수 있을 것이다.

돌아보면 우리는 짧은 시간의 비약적인 경제 발전으로 물질적인 풍요를 누리고 있지만, 한편으로 이를 따르지 못하는 정신적 빈곤과 사회적 갈등을 경험하고 있다. 이로 인하여 우리 사회는 이념 갈등이라는 정치 문제, 빈부격차의 경제 문제, 지역의 차별, 다문화가정과 이주노동자에 대한 차별 등 복합적인 문제를 안고 있다. 이런 갈등과 혼란의 바탕에는 물질 중심의 가치관, 무한경쟁과 승자독식, 종교순혈주의, 민족우월주의 등 바른 철학의 부재와 편향된 고정관념이 원인으로 작용한다.

이러한 문제를 해결하려면 옛 성현의 가르침을 참고할 필요가 있다. 붓다께서 깨달은 존재의 근본원리는 '연기緣起'인데 이는 '세상 모든 존재가 서로 이어져 있어 단일한 요소로 존재할 수 없다.'는 법칙이다. 이러한 연기의 법칙을 근간으로 보면 융·복합적으로 형성된 우리의 정치, 경제, 사회, 문화는 획일적으로 재단할 수 있는 단순한 성격이 아니다. 그런 만큼 융·복합적 성격과 이질적인 요소에 대한 높은 수용력을 가진 가야와 가야불교의 정신은 중요한 의미를 가진다.

결국 현재 한국 사회에서 나타나는 문제들을 풀어낼 실마리를 고대국가 가야와 가야문화 그리고 가야불교에서 얻을 수 있다는 것이다. 『삼국유사』〈가락국기〉에 가야인에 대해 '길 가는 자 길을 양보하고 농사짓는 자 밭 가는 것을 양보하였다[行者讓路 農者讓耕].'고 한 것을 보면 가야인에게는 마음의 여유와 이익을 함께 나눌 수 있는 성숙함이 있었다. 그런 성숙함을 가진 이들이 어울려 살았던 가야는 뭇 존재가 꿈꾸는 행복한 세상인 '불국토'였을 것이다.

가야와 가야문화의 포용성과 융·복합적인 성격 그리고 다양성을 수용하는 가야불교의 화엄사상은 지금 현재에도 약효를 발휘하는 치료제가 된다. 그리고 가야불교의 인정과 발굴은 가야사의 바른 복원으로 이어지고 그 물결은 장차 우리의 고대사 정립과 함께 역사 바로 세우기로 귀결될 것이다.

역사 왜곡을 막는 수문장

동북아시아는 지금 역사 전쟁 중이다. 그뿐 아니라 우리나라도 치열한 역사 내전內戰을 치르고 있다. 밖으로 한국, 중국, 일본 역사 전쟁의 대표적인 것이 중국의 동북공정과 일본의 역사 왜곡이다. 안으로는 고조선의 강역과 단군의 실재 그리고 『일본서기』에 등장하는 임나의 위치에 대한 해석을 두고 주류의 강단 사학계와 민족사학계가 첨예한 대립을 하고 있다.

중국의 우리 역사에 대한 침탈은 중국 정부가 주도한 5대 역사 공정 중 중화문명의 원류를 찾는다는 명분으로 태호 복희, 염제 신농, 치우천황 등 동이족의 조상들을 자기 조상으로 둔갑시킨 '중화문명 탐원공정探源工程'이 있다. 그리고 삼척동자도 다 아는 우리 역사인 고구려와 발해를 중국의 지방사로 편입시킨 동북공정東北工程이 있다. 일본의 역사 침탈에는 독도 영유권과 위안부 문제 그리고 일제 침략의 이론적 토대가 되었던 정한론과 그 대표적 사례인 '임나일본부'가 있다.

역사 왜곡을 침략의 도구로 활용하는 예는 한반도뿐 아니라 지구촌 곳곳에서 확인할 수 있다. 2022년 발발한 우크라이나 전쟁도 알고 보면 역사를 명분으로 전쟁을 일으킨 한 예다. 우크라이나를 침공한 러시아의 블라디미르 푸틴 대통령은 "현재 우크라이나는 러시아가 만든 것이다. 1917년 볼셰비키 혁명 후 소비에트에서 국가와 국명을 주었다."고 하였다. 그러나 우크라이나는

11세기부터 독자 세력의 공동체를 형성해 민족 정체성을 오랫동안 형성한 역사적 실체를 가진 국가이다. 그는 역사를 왜곡해 우크라이나는 원래 러시아의 속국이었다는 명분으로 침략을 감행하였다. 이와 비슷한 예로 2017년 당시 시진핑 중국 국가주석이 도널드 트럼프 미국 대통령에게 "한국은 역사적으로 중국의 일부였다."고 하였는데 이는 역사 왜곡을 통해 미래 한국에 대한 지분이 중국에 있음을 암시한 것이다.

또한 현재 일본 초·중·고교 교과서의 지도와 내용에 직·간접적으로 다시 임나일본부가 등장했다. 여전히 일본은 고대 한반도 남부가 자신들의 영향권 아래 있었다는 그릇된 논리에 집착하는 모습이다. '임나일본부'는 역사서의 기본인 기년도 제대로 맞지 않는 『일본서기』를 근거로 서기 4세기 중엽부터 2백여 년간 한반도 남부를 점령하고 임나 7국 등을 세웠다는 주장이다.

그러나 이는 이미 역사적 정당성을 잃었고 일본에 최초로 문명을 전파한 이들이 가야인들임은 일본에 남아 있는 유적과 유물이 말해 주고 있다. 일본에 문명을 전파한 선진 제국인 가야를 인정한다면 '정한론'이라는 침략의 명분이 뿌리부터 흔들릴 수 있다. 그래서 그들은 일본열도에 있는 임나를 가야에 억지로 확정하고 임나를 세우기 위해 가야를 약화시키는 전략을 사용했다. 이를 위해 일제는 가야 초기와 관련된 모든 분야의 기록을 지우려 했다. 이후 완성된 '임나일본부설'은 한반도 침략의 명분으로 적극 활용된다. 이처럼 가야 초기와 관련한 그 어떤 내용이든 역사성이 입증되면 가야는 우뚝하게 세워지고 그들이 꿈꾸는 임나일본부설은 설 자리가 없어지기 마련이다.

이마니시 류와 쓰다 소키치, 스에마스 야스카즈를 비롯한 식민 사학자를 내세워 가야사를 유린했고 그들에게 영향 받은 이병도 박사는 1962년『수로왕고』, 1963년『수로왕릉고』를 통해『삼국사기』와『삼국유사』의 가야 초기 기록을 불신하는 논리를 만들었다. 그는 서기 42년이라는 가야 건국 연도와 가야 건국자 김수로왕을 제대로 인정하지 않았다. 그는 수로왕을 원시 부족국가의 우두머리인 군장으로 폄하했고 시조가 아닌 중시조로 격하하였다. 또한 수로왕의 무덤을 뚜렷한 근거 없이 현재의 서상동의 왕릉이 아닌 동상동 연화사 사내의 석축 봉분으로 추정했다.

문제는 여전히 기존 역사학계가 가야불교 관련 내용을 포함해 가야의 초기 기록들을 온전히 인정하지 않고 있다는 사실이다. 여전히 수로왕의 가야 건국 연대에 대한 논란이 지속되고 있을 뿐 아니라『삼국유사』에 등장하는 수로왕비인 허왕후에 대해서도 실존을 의심하고 있다. 특히 장유화상의 경우 실재하지 않는 인물로 치부했다. '장유'라는 지명과 장유화상사리탑이 있는 장유사와 주세붕이 찬한 〈장유사중창기〉도 있지만『삼국유사』〈가락국기〉에 장유화상이 왔다는 기록이 없다는 등의 이유로 부정한다.

또 <가락국기>에 대해선 신화라는 프레임을 씌워 역사성을 희석하고 현존하는 파사석탑은 한낱 돌무더기로 취급하였다. 일제의 사학자들과 그들의 해석을 무비판적으로 수용하는 국내 학자 일부는 문헌 원문의 특정 대목을 고치면서까지 가야불교의 역사성을 부정하였다. 그러나 진실의 역사가 도래하면 왜곡과 거짓은 달아나고 역사의 본류는 다시 도도히 흘러갈 것이다.

지금 역사를 둘러싼 여러 문제의 대척점에 가야가 있다. 가야사는 가야에만 국한되지 않고 가야불교는 종교사에만 국한되지 않는다. 가야와 가야불교가 중요한 가치가 있는 것은 가야불교를 통해 가야 초기를 재구再構할 수 있으며 이는 가야사의 정립으로 이어지기 때문이다. 가야사가 바로 서는 순간 임나일본부를 비롯한 일본의 역사 왜곡은 사라지고 그 기세가 북쪽으로 올라가 반도사관을 몰아내고 중국의 동북공정과 역사 침탈을 막는 든든한 수문장이 될 것이다.

한국불교의 새로운 시작 '가야불교'

한국인의 정신적인 바탕을 이루는 요소 중 하나는 삼국시대에 본격적으로 수입된 유교儒敎이다. 유교는 정신수행을 위주로 하는 심법心法과 제례와 생활의 규범을 다루는 예법禮法을 근간으로 하고 있다. 유교는 우리나라에 전래된 이래 한국인의 정신문화를 높이는 데 많은 기여를 하였다. 그러나 조선시대에 와서는 성리학을 창시한 주자朱子의 견해 이외의 다른 해석을 일체 배격하는 사문난적斯文亂賊이라는 사조가 일세를 풍미했다. 이른바 유교 순혈주의純血主義인 '주자 유일주의'로 인해 많은 사람이 죽고 다치는 불상사가 일어나기도 하였다.

이처럼 순혈주의는 역사적으로 많은 문제를 일으켜 왔다. 결국 순혈주의의 문제는 우월감에 기반해 상대를 일절 포용하지 않는 독선이 그 근원이다. 그러나 정신과 물질을 포함한 이 세상의 모든 것은 둘 이상 섞여서 존재하는 것이며 단일한 존재는 이론에서나 가능하지 실재하지는 못한다. 모든 형질의 근원이 되는 음양조차도 순음純陰과 순양純陽은 존재 자체가 불가능하지 않은가.

마찬가지로 한국불교도 순혈주의에서 자유롭지 못하다. 한국불교의 정체 원인 중 하나는 중국 선불교의 법통法統이 절대적인 지위를 점유하고 있기 때문이다. 그리고 이러한 도그마에 묶여서 융·복합적 정체성을 가지고 역사 속에 실재했던 눈앞의 가야불교를 놓치고 있다. 과거 역사적으로 불교의 많은 부분이 중국을 통해 전해져 왔기에 중국 중심으로 불교사를 정립했던 것도 사실이다. 하지만 이제는 법통 사대주의를 벗어나 인도에서 직접 전해진 가야불교의 가치에 더욱 주목해야 할 시점이다. 법통도 물론 중요하지만 그것만을 신성시하여 실재한 사실을 왜곡한다면 법통은 그 의미가 없어지게 된다. 왜냐하면 법통의 본래 가치는

'사실의 규명'이라는 기반 위에 세워지기 때문이다. 종교적 진실이든 역사적 사실이든 사실성을 바탕에 두지 않으면 그것은 아무 의미가 없다.

가야불교의 특징인 융·복합의 화엄사상은 종파를 초월하여 모든 불교 사상에서 지향하는 목적지이다. 선불교禪佛教 또한 불교 수행의 방편일 뿐이며 불교 전체를 포용하는 틀은 화엄불교이다. 붓다로부터 출발한 불교의 시작이 화엄불교였고, 그 핵심은 진리의 구현과 통섭統攝이지 순혈주의의 푯대를 세우는 것은 아니었다.

진리는 개인화되거나 권력화되어 독점되는 순간부터 때가 끼고 그 생명력을 잃게 된다. 물론 중국 중심의 선불교적 법통은 종교적 권위로 인정해야 하지만 그 때문에 인도로부터 직접 전해진 가야불교의 역사마저 부정하는 우를 범해선 안 될 것이다. 중국의 불교가 모든 방면에서 시기적으로 앞서 있었던 것은 아니다. 백제의 겸익이 성립한 율종이 중국의 남산 율종보다 1백여 년 앞서 창시된 사례도 있다. 『삼국유사』는 가야불교가 서기 48년에 전래됐다고 말하고 있으며, 이는 중국에 불교가 전래된 후한시대인 서기 67년 기록보다 19년 이른 것이다. 이는 초원과 사막을 거쳐 전래된 중국 불교보다 바닷길을 통한 가야불교가 그 전래 시기에서 앞섰다는 의미이기도 하다.

가야불교의 기록을 남긴 일연 스님은 불교가 국교인 고려의 국사였고 지금 대한불교조계종의 종정宗正과 같은 구산선문의 수장이었다. 고려 역사 전체를 통틀어 손에 꼽히는 선지식인이었던 그가 남긴『삼국유사』속 가야불교의 가치를 주류 사학계와 불교계는 이제 다시 주목해야 한다. 그는 1백여 권의 책을 쓴 당대의 지식인이었고 오늘날에도 우리 고대문화를 지켜 낸 선각자로 평가받는다. 그럼에도 법통을 내세워 그가 남긴 가야불교의 기록을 부정적으로 보아선 안 될 것이다.

가야불교는 한국불교의 숨겨진 보고寶庫이다. 가야불교에 내장되어 있는 대승, 소승, 밀교, 도교, 토속신앙과의 습합, 힌두이즘의 요소 등 화엄불교의 수많은 가치들은 한국불교의 역사와 문화뿐 아니라 한국학 연구에도 커다란 활력을 줄 수 있다. 가야불교는 한국불교의 변방이나 곁가지로 치부돼선 안 될 소중한 자산이다. 삼국불교와 마찬가지로 가야불교는 한국불교의 본류로서 실재했고 기록과 유물이 엄연히 이러한 사실을 뒷받침하고 있다.

세상에는 오래돼 약효가 휘발되어 못 쓰는 약들이 많은데 가야문화와 가야불교는 오래 묵었음에도 불구하고 마치 때를 기다려 준비한 약처럼 보인다. 오랫동안 잘 숙성되어 오히려 약효가 더 좋아진 만큼 지금이 이 약을 쓸 가장 좋은 시기이다. 모든 가치는 고정되어 있지 않고 누가 어디에 어떻게 활용하는가에 좌우된다. 2천 년간 땅속 깊은 곳에 있다가 고구마 줄기처럼 나오는 가야의 보물들을 함께 캐내어 가야사가 더욱 선명해지고 우리의 고대사가 보다 풍성해지기를 기원한다.

가야불교 연구

가야불교 연구는 문헌, 민담, 설화를
더 적극적으로 해석하는 방식으로
성과를 만들어 가고 있다.
'주류다' '비주류다' '강단사학이다'
'향토사학이다'라는 프레임을 넘어
장점은 공유하고 부족한 부분은 협업을 통해
보완해 가야 할 시점이다.

일제강점기, 가야불교 복원을
유훈으로 남긴 용성 대선사

가야불교 연구사

역사는 당대의 기억이나 기록에 그치는 것이 아니라 후대에 그것을 이어 가는 이들에 의해 좌우된다. 이처럼 가야불교도 역사의 주인공들인 장유화상, 수로왕, 허왕후 이후 그 실체와 정신을 이어 가기 위해 노력한 많은 선학들이 있어 오늘날 그 흔적을 되살릴 수 있었다.

『삼국유사』를 쓴 고려의 일연 스님과 〈장유사중창기〉를 남긴 조선의 신재 주세붕 그리고 〈김해명월사사적비〉를 찬한 증원 스님 등이 근대 이전에 가야불교를 기록했다. 구한말부터 일제강점기까지 암울했던 시기, 용성 스님은 원 간섭기에 일연 스님이 민족정신을 고취하기 위해 가야불교를 언급했던 것처럼 가야불교를 불교사의 한 흐름으로 받아들였다. 용성 스님은 일제강점기에 불교계의 지도자로서 만해 한용운 스님과 함께 3·1운동 민족대표로 참석한 승려이자 독립운동가였다. 스님은 세납 76세이던 1940년에 입적하면서 10대 유훈을 남겼는데 그 첫 번째가 "가야불교 초전初傳법륜 폐허성지를 잘 가꾸어라."였다. 용성 스님이 유훈에서 고구려, 백제, 신라 불교에 앞서 가야불교를 언급한 것은 삼국보다 가야의 불교 수용이 앞섰다고 보았기 때문이다.

백용성 스님 이후 한동안 잠잠했던 가야불교를 다시 수면 위로 올린 이가 1970년대 아동문학가이며 향토사학자로 활동했던 고故 이종기 선생이다. 이후 은하사 회주 대성 큰스님과 조은금강병원 이사장 허명철 박사, 김종간 전 김해시장, 전 김해불교신도회 회장이었던 고故 배석현 선생 등이 향토사와 함께 가야불교를 연구하였다.

흔히 정품正品이나 정사正史 등 정격에 대한 신뢰의 반대급부로 야사野史나 향토사학이라는 단어를 들으면 먼저 불신부터 하는 경향이 없지 않다. 하지만 '가야불교'라는 분야만을 놓고 보면 정격이라는 강단의 사학계보다 오히려 교계의 스님들이나 재야의 향토사학계에서 더 많은 관심을 보이고 연구 성과를 내 온 것도 사실이다.

가야불교의 명맥을 이어 온 스님들

대성 큰스님은 1970년대 초 은하사 주지로 부임한 후 현재까지 가야불교에 대해 지속적인 관심을 가져 오고 계신다. 스님은 늘 김해불교의 정체성은 '가야불교'이며 한국 최초의 불교도 '가야불교'라고 강조하고 있다. 스님은 허왕후가 험난한 바다를 건너올 때 선단을 인솔해 온 이가 장유화상이며, 인도인의 도래는 한 번에 그친 것이 아니라 수차례 이어진 집단적인 이주로 보아야 한다고 설명한다. 하기야 2004년 김해 예안리 고분의 2세기경 귀족 무덤에서 나온 인골의 DNA를 분석한 결과, 그 주인이 인도 남부의 타밀계로 판명된 걸 보면 일견 타당한 주장일 것이다. 인도계 지배층의 무덤이 발견될 정도면 그들은 이곳에 정착해 살았다고 보아야 하며, 그렇다면 집단이주로 추정할 수 있는 것이다.

승가에서 가야불교에 관심을 가졌던 또 한 분으로 2020년 입적하신 백운 큰스님이 계신다. 스님은 인기소설 『원효』와 여러 권의 책을 쓰시고 경전에 밝았던 당대의 석학이셨다. 평소 불교 강연 중에도 가야불교를 여러 번 언급하였고, 주변 지인에게도 한국불교의 최초 전래는 가야불교라고 단언하셨다. 그리고 현재 대한불교조계종의 정신적인 중심이자 종정예하이신 성파 큰스님께서도 가야불교에 깊은 애착과 안목을 가지고 계신다. 종정 스님께서는 동아대학교 정중환 교수로부터 가야불교에 대한 이야기를 전해 듣고 이 주제에 지속적인 관심을 가져 오셨고, 가야의 시작은 불교의 정신에서 시작되었다고 늘 말씀하신다. 종정 성파 예하께서는 몇 해 전 진행된 가야불교 학술대회에서 격려사를 통해 "가야는 통通으로 불교적인 기반 위에 성립되었다."고 말씀하셨다. 이는 가야를 건립한 수로왕과 허왕후가 불교적 이상을 지닌 인물일 뿐 아니라 이를 통해 나라를 통치하였다는 의미이다.

가야불교 복원에 매진한 선구자들

들판의 길은 본래 길이 있던 게 아니다. 누군가 수풀을 헤치고 첫걸음을 딛고 그 발자취를 많은 이들이 따르다 보면 뚜렷한 길이 생기게 되는 것이다. 세간에 잘 알려지지 않았지만 가야불교의 복원을 위해 자기의 길을 묵묵히 간 분들이 여럿 있다.

아동문학가 고故 이종기 선생은 가야와 인도의 연결고리를 찾기 위해 반평생을 바친 선구자였다. 이종기 선생은 자신의 전공보다 가야와 가야불교에 열정을 더 쏟아 부어 주업과 부업이 바뀐 삶을 사셨고 그것으로 숱한 오해도 받았다. 그는 가야의 옛 땅인 김해로 옮겨서 살며『삼국유사』의 현장을 자전거를 타고 답사했다. 그리고 허왕후릉의 파사석탑, 수로왕릉인 납릉 정문의 코끼리와 쌍어, 은하사 대웅전의 신어 등 가야의 흔적들이『삼국유사』에 나오는 허왕후 도래의 실마리임을 포착한다. 이후 1975년 국제펜클럽대회에서 한국 대표 자격으로 인도에 가게 된 그는 허왕후의 고향 아요디아에 가서 그 도시의 문장紋章이 쌍어문임을 발견하였다. 이종기 선생은 인도 문화 고고학의 대가 로케시 찬드라 박사를 만나 명월사의 '사왕석'이 고대 인도와 가야가 교류한 증거라는 말을 듣기도 하였다.

그는 인도에 다녀온 후 탐방기를 조선일보에 연재하면서 대중에게 가야와 인도의 인연을 소개하여 상당한 반향을 일으켰다. 비록 역사 비전공자라는 낙인으로 그의 연구들이 제대로 빛을 보지 못한 것도 사실이지만 문학가의 영감과 상상력이 역사적 기록의 공백을 메우는 데 일조하였다.

조은금강병원 허명철 이사장은 오랜 시간 연구와 답사를 통해 가야불교의 근원을 찾고자 노력한 초기 연구자이다. 특히 파사석탑에 대한 애착과 연구는 다른 이의 추종을 불허할 정도다. 그는 1987년 가야불교에 대한 최초의 단행본인 『가야불교의 고찰』을 발간해 가야불교의 역사를 대중에게 알렸다.

허명철 이사장과 가야불교에 얽힌 유명한 일화가 있는데 허명철 이사장은 시조 할머니가 되는 허왕후가 인도에게 가져왔다는 가야불교 유물인 파사석탑의 실체를 밝히기 위해 2백여 일을 탑 앞에서 명상을 하였다고 한다. 당시 파사석탑은 왕후릉 옆 노천에 있었는데 어느 날 명상 중 불현듯 영감이 떠올라 그는 사람들을 동원하여 그 탑을 해체하게 되었고, 내부를 보고 놀라움을 금치 못했다. 당시 그에 의해 처음 밝혀진 탑의 내부에는 사리공으로 보이는 구멍뿐 아니라 위탑과 아래탑을 고정시키는 듯한 사방의 작은 홈이 있었다. 그것을 바탕으로 탑을 다시 맞춰 보니 탑은 현재의 모습과 전혀 다른 역삼각형이었다.

허명철 이사장은 탑의 원형 복원에서 한 걸음 더 나아가 탑에서 떨어진 돌을 가지고 파사석이 맞는지 성분 분석을 시도했다. 그는 이시진李時珍의 『본초강목』에서 "파사석 가루는 일반 돌과는 달리 닭 벼슬의 피와 섞여도 굳지 않는다."는 설명을 토대로 파사석탑의 조각을 갈아 닭 벼슬 피에 떨어뜨리는 실험을 하였고, 시간이 지나도 피가 응고되지 않는다는 사실을 확인했다. <금관성파사석탑>조의 '파사석' 기록이 사실로 입증되는 순간이었다.

또한 가야불교를 말할 때 빠지지 않고 거론되는 인물이 고故 배석현 전 김해불교신도회 회장이다. 배석현 회장은 가야불교의 복원과 발전을 위한 길이라면 천 리를 마다하지 않고 쫓아다녔다. 특히 가야불교를 부정하는 이들에게는 의기롭게 반박하는 '수호의 금강역사'가 되기도 하였다. 그는 1960년대 이병도 전 서울대학교 교수가 중앙일간지에 연재한 〈한국고대사〉에서 가야 관련 내용을 왜곡하는 것을 보고 서울로 직접 가서 따져 물었고 그에게 사과를 받아 냈을 정도였다.

김종간 전 김해시장도 가야문화의 발굴과 전승을 위해 노력한 분이다. 그는 공직에 나가기 전 김해향토문화연구소 소장을 지낸 가야문화 연구의 권위자였다. 그는 신경철 부산대학교 명예교수가 가야의 역사성을 확연히 드러낸 대성동고분군을 발굴할 때 허명철 이사장과 함께 물심양면으로 지원하였다. 가야라는 이름이 주목받기 전부터 그는 우리의 고대 역사는 삼국시대가 아닌 가야를 포함하는 '4국 시대'라고 주장하기도 하였다.

영남매일신문사 전 발행인인 조유식 회장은 가야문화와 가야불교 선양을 위해 「금관가야」라는 잡지를 발행하기도 했다. 이와 함께 신문의 특집기사와 가야불교 유적지 취재 등으로 꾸준하게 가야문화 홍보대사와 지킴이 역할을 해 왔다.

가야문화진흥원과 가야불교연구소

현재 가야불교와 가야의 역사·문화를 복원하려는 흐름의 중심에 가야문화진흥원이

가야문화진흥원의 이사 스님들

있다. 사단법인 가야문화진흥원은 지역 스님들을 중심으로 그동안 주목받지 못했던 가야불교를 복원하고 새롭게 조명하기 위해 설립됐다. 현재는 가야불교의 기반이 되는 가야문화의 원형을 탐색하는 활동으로 외연을 확장하고 있다.

그 시작은 2016년 동명대학교 문화융복합콘텐츠연구소가 주관하고 김해 여여정사가 주최한 '가야불교 학술대회'였다. 가야문화진흥원은 통도사승가대학 학장 인해 스님과 2대 이사장인 불인사 주지 송산 스님을 비롯한 스님 5명과 재가자 20여 명으로 출발했다. 가야문화진흥원은 출범 이후 현재까지 가야학술대회, 전문가 초청 세미나, 가야 유적 답사를 비롯한 다양한 문화·학술 활동을 전개하고 있다. 지난 5년간 매년 진행된 가야불교 학술대회에서는 총 22편의 학술논문이 발표됐을 정도다. 이를 통해 가야불교 연구의 방향을 설정하는 계기를 마련했다. 특히 고대 인도 - 가야 해양 루트, 파사석탑, 쌍어 문양, 아유타국의 지명, 불교의 남방 해양전래설 등에 대한 심도 있고 활발한 토론이

진행됐다.

　가야문화진흥원은 연구기관으로 가야불교연구소를 두고 있다. 가야불교연구소는 필자와 소장인 지원 스님 외에 시·도의원, 고고학자, 언론인, 공무원, 사업가 등 다양한 배경을 가진 연구위원들이 활동하고 있다. 가야불교연구소는 『삼국유사』 및 『삼국지』 「위서 동이전」, 『남제서』, 『숭선전지』 등의 원전 강독을 진행하고 있는데 연구위원들의 실력이 쌓여 아마추어 수준을 능가하는 내공을 가지고 있다고 자부한다. 이와 함께 연구위원들은 은하사, 장유사, 부은사, 모은암, 칠불사 등 가야불교와 관련한 사찰들을 순례하면서 살아 있는 역사 공부를 하고 있다. 가야불교연구소는 지속적인 관심과 노력의 결과로 기존 역사학계에서 간과했던 '허황옥 신혼길', '신국사지·진국사지 추정지'를 새롭게 발굴하는 등 성과를 거뒀다.

에필로그

에필로그

가야불교는 처음에는 가느다란 물줄기로 시작됐지만
지금은 커다란 강물이 되어
나의 삶을 이끌어 가고 있다.
그리고 이제는 내가 이번 생에서 계속해야 하는
하나의 사명으로 인식하고 있다.

나와 가야불교 활동

만남을 이야기할 때 우리는 흔히 우연과 필연을 떠올린다. 가
야불교와의 만남은 우연으로 시작되었지만 되돌아 생각해 보면
필연이었다고 여겨진다. 필자의 성격상 뭘 하나 진득하게 오래
하지 못하는데 가야불교만은 인연이 된 이후로 꾸준히 해 오고
있다. 가야불교는 나의 삶에서 처음에는 가느다란 물줄기로 시작
됐지만 지금은 커다란 강물이 되어 나의 삶을 이끌어 가고 있다.
그리고 이제는 내가 이번 생에서 완주해야 하는 하나의 사명으로
인식하고 있다.

처음 가야불교와 인연이 되었을 때는 '절 이름과 함께 내가 사

는 김해에 파사석탑과 은하사, 장유사 등 옛 가야의 불교 흔적이 있기에 이를 복원해서 지역과 불교계의 문화 콘텐츠로 활용하면 좋겠다.'는 소박한 마음에서 출발하였다.

새로운 인연들과 도약의 토대를 다지다

가야불교에 관심을 갖고 얼마 후인 2016년, 신도분의 소개로 동명대학교 장재진 교수님을 만나 〈가야문화의 원형 탐색과 콘텐츠화〉라는 제목으로 제1회 가야불교 학술대회를 개최하였다. 난생 처음 학술대회를 준비하느라 서툴렀지만 열정을 가지고 준비하였고 사찰 신도회의 도움으로 '가야불교' 이름을 내걸고 공식적인 활동을 시작할 수 있었다.

이후 김해 바라밀선원 주지인 인해 스님을 만나 의기투합하면서 가야불교의 밑그림을 그려 갈 수 있었다. 그에게 가야불교의 역사와 가치에 대해 이야기하였더니 굉장히 기뻐하며 호응해 주셨다. 인해 스님은 가야불교 활동을 해 오면서 힘든 고비가 있을 때 가장 많이 의논했고 물심으로 도움을 주셨다. 스님은 가야문화진흥원의 초대 이사장 소임을 맡으셨고, 지금도 가야불교가 순항할 수 있도록 큰 역할을 해 주고 있다.

인해 스님은 기획력과 추진력이 좋으셨는데 가야불교를 둘이서만 할 것이 아니라 뜻이 있는 스님들과 함께하는 모임을 만들

자고 제안을 했다. 그리하여 필자를 포함해 인해, 해공, 해도, 이렇게 네 명의 스님이 모여 첫 모임을 가졌다. 모임의 명칭은 구지봉의 이름을 본떠 '구지회龜旨會'라고 짓고 학습을 위해 가야불교에 밝은 분들을 모셔 특강을 듣기로 하였다. 이후 송산, 덕암, 지일, 지원, 동선 스님 등 지역의 덕망 있는 스님들이 합류하면서 본격적으로 외연을 확장했다. 구지회는 동명대학교 장재진 교수, 동국대학교 석길암 교수, 향토사학자인 조은금강병원 이사장 허명철 박사, 재야사학자 차태현 씨 등을 초청하여 특강을 듣기도 하였다. 구지회 스님들은 2017년 김해 경운사에서 가야불교 중흥을 위한 3천배 기도를 하며 2천 년 불교 역사에 무지했던 스스로를 돌아보며 참회하고 앞으로 가야불교를 복원시키자는 다짐을 하였다.

구지회는 이후 '법등회法燈會'로 명칭을 바꿨다. 2018년 법등회 스님이 주축이 되어 재가불자 20여 명과 함께 사단법인 가야불교문화진흥원(현 가야문화진흥원)을 발족하였다. 가야문화진흥원은 현재도 가야불교를 복원하고 가야문화를 선양하는 기반이 되고 있다. 이와 함께 법등회 스님들을 중심으로 가야불교연구소를 만들어 매달 스터디를 하였다. 학습은 『삼국유사』〈가락국기〉, 『삼국지』「위서동이전」, 『후한서』, 『남제서』 등 가야와 관련한 문헌들의 원문을 보고 돌아가면서 발표하고 함께 토론하는 방식으로 진행됐다. 여기에는 진흥원 스님뿐 아니라 하성자 · 김명희 김해시의 원, 조강숙 전 김해시 국장 등도 합류해 함께 문헌 해석과 현장 답사를 하며 가야불교를 탐색하였다. 이 과정에서 고고학을 전공한 김용탁 강산문화원 원장님이 전문가의 입장에서 역사에 대한 조언을 해 주었고 연구위원들이 역사적 소양을 갖추는 데 도움이 되었다. 수년 전부터는 은하사 주지를 지내신 혜진 스님도 연구 모임에 참가하여 후학을 격려하고 연구에 동참하면서 가야불교연구소 활동에 힘을 실어 주고 계신다.

원문 강독을 수년간 하였더니 연구위원들의 실력이 상당히 올라 지금은 가야불교를 넘어 한국 고대사로 확장하여 연구하고 있다. 이렇게 함께 공부하고 자유롭게 토론하면서 서로 부족한 부분을 보완하는 집단지성의 힘을 실감하게 된다. 가야불교연구소의 모든 연구위원들이 열정을 가지고 참여하고 있지만, 연구소 소장을 맡고 있는 지원 스님의 학구열은 더욱 대단하시다. 스님은 가야불교 연기사찰인 밀양 부은사 주지이기도 한데 역사 공부에 대한 열정과 성실함에 내심 놀라곤 한다. 노스님을 시봉하고 도량 수호로 바쁜 가운데서도 가야불교 연구에 대한 끈을 놓지 않는 좋은 공부 도반이다.

또한 가야와 가야불교에 대한 보다 깊은 연구와 학습을 위해 가야학연구회를 만든 것도 시야를 넓히는 계기가 되었다. 개인적으로 인연이 있던 박병근 교수, 김민수 원장, 지원 스님과 함께 만든 이 모임은 하나의 연구 주제를 놓고 치열하게 토론하며 가야불교의 근원을 모색하고 있다. 현재 박병근 교수의 주도로 〈가야학의 구조〉를 제시하여 가야 연구를 보다 체계화하고 있다.

사실 필자를 포함한 스님들이 가야불교를 적극적으로 연구하게 된 계기는 2017년 김해시 주관으로 국회 도서관에서 진행했던 '가야불교 학술대회'였다. 당시 새로 출범한 문재인 정부의 가야사 복원 움직임에 발맞춰 불교계와 김해시, 지역 국회의원이 힘을 모아 대한민국 입법부의 상징인 국회 도서관에서 가야불교를 재조명하는 학술대회를 열었다. 그러나 이 자리에서 일부 학자들이 마치 판관처럼 거리낌 없이 가야불교를 부정하는 것을 보았다. 주류 사학계에서 가야불교가 제대로 인정받지 못한다는 것은 이미 알고 있었지만, 지역 스님들의 정서와 많이 다른 사학계의 현실을 눈앞에서 경험하니 적잖이 당혹스럽기도 하였다. 많은 스님과 신자들이 가야불교 재조명에 대한 기대로 동이 트기 전 김해와 경남 곳곳에서 서울로 향하는 차에 몸을 실었는데 그런 그들 앞에서 어떤 발제자들은 조금의 배려도 없이 가야불교를 부정했다. 이러한 발언들 때문에 마음이 편치 않았고, 한편으로는 가야불교에 대해 정확히 모른다는 반성과 회한이 몰려왔다. 공부의 시작은 이렇게 촉발되었다.

절 집안에 "악지식이 선지식이다."라는 말이 있는데 나를 힘들게 했던 사람이 결국은 나의 스승이 되기도 하는 것을 말한다. 돌아보면 가야불교를 부정하는 학자들로 인해 가야불교를 더욱 깊이 공부하는 계기가 되었다.

선각자들을 만나다

어떤 분야의 길을 가는 데 있어 먼저 간 이의 발자취는 좋은 이정표가 될 수 있다. 가야불교에 대한 열정만 있지 역사에 대해 제대로 알지 못했는데 평생 김해에 살며 향토사를 연구해 오고 계신 정영도 선생님을 만난 것은 가야에 대한 지평을 넓히는 계기가 되었다. 정영도 선생님은 특히 〈가락국기〉와 〈장유사중창기〉 등 가야 관련 문헌을 오랜 시간 연구하여 깊은 안목을 갖추고 계셨다. 그는 지역의 역사를 속속들이 꿰고 있을 뿐 아니라 유창한 한문 실력으로 옛 문헌을 연구하였고, 필자에게 책에서 접하기 어려운 새로운 사실들을 알려 주기도 하였다. 정 선생님은 필자에게 역사 멘토이자 가야불교사를 탐구하는 데 길잡이 역할을 해 주었다. 간혹 뭔가 막힐 때면 직접 찾아가거나 전화 통화를 하여 궁금증을 풀 수 있었고 지금도 많은 도움을 주고 계신다.

신기한 것은 가야불교를 탐색하면서 난관에 봉착할 때마다 도움을 주는 귀인이 나타나서 매번 일이 쉽게 해결되었다는 점이다. 가야가 멸망한 지 1천5백 년이 다 되어 다시 깨어나고 있는 것은 바야흐로 시절인연이 도래했기 때문이다. 이처럼 가야불교도 필연적인 인연으로 다시 복원되리라 확신한다.

돌아보면 가야불교를 말할 때 빼놓을 수 없는 두 분이 있는데 20여 년 전 작고하신 아동문학가 이종기 선생님과 현재 김해 조은금강병원 이사장이신 허명철 박사님이다. 이종기 선생님을 생전에 뵌 적은 없지만 그분이 쓴 『가락국 탐사』를 함께 연찬하고, 향토사학자들에게서 들은 선생님의 이야기는 가야불교를 공부하는 데 많은 영감을 주었다. 근자에 가야불교의 문을 연 공로자라 할 수 있는 분인 만큼 여건이 된다면 이 선생님을 주제로 학술대회를 한 번 개최했으면 하는 바람이다.

그리고 또 한 명의 인물은 조은금강병원 허명철 이사장님이다. 사실 허명철 이사장님은 필자가 출가하기 전 여러 번 뵈었고, 출가하고는 쌍계사 계곡의 이사장님 소유 토굴에서 1년가량 정진하며 신세졌던 적도 있다. 허명철 이사장님의 향토사 연구와 수행에 대한 열정은 옛날부터 정평이 나 있었지만 가야불교의 역사를 알고 보니 이분의 내공에 놀라지 않을 수 없었다. 그는 의사로서 환자를 진료하는 틈틈이 문헌을 보고 가야불교의 뿌리를 찾아 국내는 물론 인도, 중국 등지를 여러 번 답사했다. 이러한 결과를 정리하여 『가야불교의 고찰』이란 책자를 발간했는데 분량은 많지 않으나 가야불교의 골자들을 잘 수록하였다. 이사장님과는 지금도 간혹 만나서 좋은 이야기들을 듣고 연구의 밑천으로 삼고 있다.

가야불교를 넘어 가야사로 지평을 넓히다

가야불교를 연구하면서 가야사를 알게 되고, 가야사를 공부하다 보니 고대사 전반에 대해서도 자연스럽게 인식하게 되었다. 우리나라 고대사는 외침과 사대주의로 인해 부정적인 영향을 받았는데 특히 가야사가 심하다. 일제강점기, 일본은 한반도 침략을 정당화하기 위한 '정한론'의 근거로 임나일본부설을 주장하였다. 그리고 그것을 사실로 조작하려면 가야 초기의 기록과 유물, 유적 등 근거를 지워야 했다.

'가야 초기 기록의 불신' 풍토 속에서 서기 42년 수로왕의 가락국 건국과 서기 48년 인도의 허왕후 도래라는 역사적 사실도 함께 매몰됐다. 가야불교는 가야 역사와 문화의 일부이기에, 뿌리인 가야가 사라지면 당연히 설 자리를 잃게 된다. 그러므로 가야불교를 복원하려면 먼저 가야를 지키고 바로 세우는 것이 급선무였다. 이렇게 가야사 정립과 가야불교 복원이라는 명제로 만나게 된 분이 한가람역사문화연구소 소장이신 이덕일 박사님이다. 이덕일 박사님과는 수년 전부터 인연이 되어 궁금한 것이 있으면 통화도 하였는데, 2019년 국립중앙박물관의 〈가야 본성〉 특별전을 계기로 더 많은 교류를 하게 되었다.

전시회는 가야권역의 중요한 유물을 모아 진행되었다. 특히 김해 허왕후릉 옆 '파사석탑'의 경우 국립중앙박물관 관장이 직접 와서 고유제까지 지내고 서울로 모셔갔다. 특별전에는 대가야의 중심지 고령에서 출토됐지만 금관가야의 구지가 및 건국설화와 연결고리가 될 수 있는 '거북 문양'과 '하늘에서 내려오는 금합' 등이 새겨진 '흙방울토기'가 함께 전시됐다. 그러나 가야의 역사 연표에 임나일본부의 근거가 되는 4세기 왜倭·백제의 가야 침략을 명시해 빈축을 샀다.

얼마 후 메이저 언론들은 파사석탑과 흙방울토기에 대해 검증되지 않은 유물이라며 신화 속의 역사로 치부하였다. 문헌과 유물이 눈앞에 있는데도 이것을 부정하는 언론들과 그것을 묵과하는 사학계, 특히 가야사 연구자들을 보면서 학계의 실상을 분명히 알 수 있는 계기가 되었다. 그때 가야불교연구소는 이에 대한 반박 성명서도 발표하였는데 이덕일 박사님의 가야사 바로잡기 활동과 연대하는 계기가 되었다. 이후 이덕일 박사님이 가야불교에 대해 신문 기고와 함께 유튜브 영상도 몇 편 제작해 주셨는데 마음 깊이 감사드린다. 그는 또 2021년 가야문화진흥원과 경남도의회가 주도한 가야사, 가야불교 학술토론회에서도 기조강연을 맡아 힘이 되어 주었다.

현재 우리나라 사학계는 대학교 위주의 강단 사학계와 재야 위주의 민족 사학계로 분열되어 있는데 식민사관을 극복하고 우리의 역사를 바로 세우기 위해 열린 마음으로 함께 토론하며 연구했으면 하는 바람이다.

탐색의 결과물을 세상에 내놓다

가야불교 활동을 하면서 기존 역사 연구자들이 철옹성처럼 구축해 놓은 가야사, 가야불교에 대한 부정적인 선입관과 해석의 한계를 절감하고 실망한 것도 사실이다. 이런 상황에서 지역의 대표 대학인 인제대학교가 진행하는 '그랜드 가야 포럼'에 참가하게 된 것은 새로운 연구 방법을 배우는 기회였을 뿐 아니라 가야불교의 탐구 방향을 재설정하는 계기가 됐다.

인제대학교 융복합센터의 '그랜드 가야 포럼'은 조형호 부총장님과 박재섭 도서관장님이 주축이 되어 꾸려진 학술포럼이자 학부생이 교양과목으로 듣는 공개수업이다. 우연한 기회로 두 교수님이 여여정사 포교원에 직접 오셔서 허왕후 도래길에 대한 필자의 설명을 들었고, 며칠 후 포럼에 합류해 달라는 연락을 주셨다. 대학에서 연구하는 것을 전혀 기대하지 않던 상황에서 '가야사의 발굴과 정립'이라는 취지로 만들어진 포럼에 연구위원으로 위촉된 것이다. 개인적으로도 감사하고 가야사나 가야불교의 정립 차원에서 보아도 반길 만한 일이다.

2020년 1차부터 16차까지 포럼을 진행하면서 필자뿐 아니라 향토사학자 정영도 선생, 박경용 가야스토리텔링협회 회장, 김우락 김해문화원 부원장 등 지역에서 가야사와 가야불교의 원류를 찾기 위해 노력해 온 재야 전문가들이 주제발표를 했다. 기존 역사학계에서도 이동희 인제대학교 교수, 송원영 대성동박물관장,

백승옥 국립해양박물관 학예실장, 전지혜 부경대학교 박사 등이 참여해 가야사 관련 발제를 했다.

이렇게 향토사학자와 대학 및 연구소의 역사학자가 번갈아 가면서 자신의 연구 성과를 공유하는 포럼은 전국에서 유례를 찾아보기 힘들다고 한다. 이러한 과정을 통해 강단과 재야가 서로의 입장을 알아 가고 의견을 나눌 수 있는 뜻깊은 자리가 되었다. 그동안 상아탑의 권위 앞에서 명패 없는 연구자로서 위축된 것도 사실이었다. 하지만 '그랜드 가야 포럼'은 자신감을 더하는 계기가 되었다. 또한 다소 부족한 연구의 결과물을 전문가들에게 검증받고 더 나은 방향을 모색하는 기회가 되기도 했다. 특히 포럼에서 접한 가야의 최근 고고학적 연구 성과들은 가야사의 변천 과정과 현재를 이해하는 데 도움이 되었다.

한편으로는 학계의 통설로 굳어진 몇 가지 사안에 대해서는 교단의 연구자들이 좀 더 포괄적이고 적극적인 해석을 했으면 하는 아쉬움도 있었다. 가야사의 경우, 문헌과 유물이 충분치 않을 뿐 아니라 삼국에 비해 연구자들이 상당히 적은 것도 사실이다. 이런 환경에서 지역을 속속들이 알고 애정이 있는 '지역밀착형' 연구자가 오랜 시간 천착해 온 주제와 정보는 가야사의 빈 부분을 메우고 보완하는 역할을 하리라 기대한다.

한편 필자가 가야불교를 연구하면서 얻은 의미 있는 성과 중 하나는 그동안 연구자들 사이에 이견이 존재했던 '허황옥 신혼길'

을 『삼국유사』 원문에 가깝게 규명한 것이다. 이러한 연구 내용을 2020년 '제5회 가야불교 학술대회'에서 공개했고, 이듬해 경남도의회에서 주최한 '가야사 정립 학술대회'에서도 발표했다. 가야불교 복원의 길은 아직 멀지만 허황옥 신혼길을 탐색하면서 얻은 경험과 소양을 초석으로 가야불교 규명을 위한 새로운 연구주제를 하나하나 잡아 나갈 생각이다.

최근 허황옥 도래길에 관심을 가진 KNN방송국의 진재운 국장님과 인연을 맺었는데, 그는 필자가 규명한 신혼길을 참고하여 다큐멘터리 〈과학으로 본 허황옥 3일〉과 이를 영화화한 〈허황옥 3일-잃어버린 2천년의 기억〉을 제작했다. 공중파 방송사가 허황옥 신혼길만을 주제로 다큐와 영화를 제작한 것은 이번이 처음이다. 진 국장님과는 사전 단계부터 지속적인 만남을 통해 신혼길의 역사와 사실성에 대한 많은 의견을 나누었고, 제작 과정에서도 동행 취재를 하면서 실체 규명을 위해 노력했다. 이 다큐멘터리를 통해 가야와 가야문화가 지역민을 넘어 전체 국민들에게 더욱 가까이 다가가는 계기가 되었으면 한다. 다큐멘터리를 찍는 동안 진 국장님의 철저하고 세밀한 장인정신에 적잖게 놀랐으며 어려운 여정을 함께해 주신 데 대해 지면으로나마 감사드린다.

그리고 이 글의 교정을 봐 주고 때로는 함께 고민하고 답사하며 이 책이 나오기까지 많은 수고를 해 주신 심재훈 기자님께도 고마운 마음을 전한다.

가야불교, 그 끝나지 않은 여정의 시작

가야불교는 나의 인생에 많은 변화를 가져다주었다. 놀랍게도 컴맹으로 정보 검색만 겨우 하던 나에게 수기가 아닌 컴퓨터 자판으로 글을 쓰게 한 것도 가야불교와의 인연 때문이다. 지역일간지인 「경남매일」에 2020년 말부터 가야불교 칼럼을 쓰게 된 것도 마찬가지이다. 현재 유튜브에 〈아는스님TV〉 채널을 개설해 불교교리와 가야불교를 강의하고, 부산불교방송의 아침 라디오에서 고정코너를 통해 지역민들에게 가야불교를 알리고 있다. 가야불교와의 인연으로 다양한 배경을 가진 사람들을 만나면서 세상을 보다 폭넓게 보고 불교 이외의 다른 분야에 대한 이해를 넓히는 계기가 되었다.

'가야불교' 찾기로 시작했던 나의 여정은 이제 그 근원이 되는 '가야사' 전반으로 확장됐고 고대사를 비롯한 우리 역사 바로 세우기로 이어지고 있다. 가야는 찬란했던 역사를 가졌지만 오랫동안 진면목을 드러내지 못했다. 역사학계에서 가야는 여전히 미답의 개척지와 같은 영역이다. 새로운 길을 만드는 과정이 비록 녹록지 않을지라도 가야는 이미 규명된 삼국의 역사보다 더 값진 열매를 수확할 수 있는 분야다. 학계에서 더 많은 연구자들이 가야사 연구에 참여하기를 기대한다. 한편 불교계에서도 삼국 불교보다 앞선 가야불교의 역사를 종단 차원에서 연구하여 필경에는 한국불교의 당당한 역사로 기술하였으면 한다.

끝으로 이 책이 나오기까지 관심을 가지고 도움을 주셨던 모든 분들께 감사드리며, 아울러 가야불교 복원이라는 의미 있는 책으로 세상에 나올 수 있도록 도움을 주신 오세룡 담앤북스 대표님과 출판사 관계자들께 감사한 마음을 전한다. 이 책의 발간이 잃어버린 가야의 한 줄기인 가야불교를 찾는 계기가 되고, 가야 역사 복원에 조그마한 자양분이 되기를 염원한다.

이 우주를 한마디로 정의하면 무엇이라 할 수 있을까? 시작도 끝도 없는 세상이라 할 수도 있고, 천지의 조화로 이뤄진 시공간으로 볼 수도 있을 것이다. 불교에서는 우주의 존재 원리를 "인연에 의해 발생한다."는 연기緣起라고 말한다. 인연이 되면 현상이 생겨나고 인연이 다하면 현상이 사라진다는 것이다.

우주는 이러한 자연의 성품에 의해 여러 인연을 만나서 다양한 현상과 모양을 만들며 거기에 적합한 이름을 얻어 얼마간 존재하다가 사라져 간다. 흙이 물을 인연하여 굳게 되면 바위가 되고 소리는 계곡과 인연하여 메아리가 된다.

우리의 삶도 부모와의 첫 인연으로부터 태어나서 죽을 때까지 물, 공기, 음식 같은 생존에 필요한 환경부터 가족, 친구, 국가, 종교 등 삶에서 죽음에 이르기까지 유무형의 온갖 인연을 만난다. 인연이란 곧 만남이다. 눈으로 보는 것도 만남이요, 귀로 소리를 듣는 것도 만남이요, 코로 냄새를 맡는 것도 만남이다. 그러고 보면 이 우주의 또 다른 말은 '만남'이다. 알고 보면 저 거대한 우주도 먼지의 만남에 지나지 않는 것이다. 결국 우리의 인생은 어떤 조건을 만나는가에 따라 어떤 삶을 사느냐가 결정된다고 할 수 있다.

절 이름을 짓는 것으로 인연이 되어 가야불교와 가야문화, 가야의 역사를 만났으며 많은 사람들과 인연하게 되었다. 시공을 초월하여 가야불교 속의 인물인 김수로왕과 허왕후, 장유화상을 만났고, 이들의 이야기를 기록한 고려시대의 일연 스님도 새롭게 알 수 있었다. 현실이 아닌 기록에서 그들과 만났지만 집중할 때는 그들의 마음이 느껴지고 어느 정도의 일체감까지도 생겼다.

한편 옛 문헌을 통해 역사를 탐구하고 알아 갔지만 답사를 통해 마주한 옛 자취들은 책에서 찾기 힘든 살아 있는 역사를 만나게 해 주었다. 옛 기록을 찾아 답사를 하기 전날에는 '내일은 어떤 자취를 만날까.' 하는 기대감으로 마음 설레기도 하였다. 그리고 가야불교를 접하면서 '이 일에는 내가 알지 못하는 어떤 거대한 흐름이 있고, 그 흐름 속에 나도 같이 흘러가는구나.'라는 느낌을 받곤 하였다. 흐름이 끊어질 듯하면 묘한 인연들로 하여 다시 이어지고, 흐름이 막히면 어디선가 귀인이 나타나서 막힌 곳을 뚫어 주었다.

한편 스님이라는 출가 수행자에게 무슨 세속의 인연과 조상을 말하겠는가마는 그래도 몸을 받아 왔으니 조상과의 인연이 아주 없는 것은 아니다. 가야불교와 가야의 역사를 거슬러 가다 보니 내 조상, 네 조상으로 분류하는 자체가 부질없게 생각되었다. 아버지, 할아버지, 증조, 고조, 현조 등으로 이어 이어 올라가면 인연과 인연 속에 성씨와 본관은 무의미하며 김수로왕도 내 조상님이고 허왕후도 나의 조상님인 것이다. 처음엔 '남의 조상 좋은 일 한다.'고 생각했는데 알고 보면 '내 조상을 위하는 일'이고, 이렇게 깨달으니 역사 속의 그분들이 더욱 가깝게 다가왔다.

재주 없는 글솜씨로 책을 낸다는 것이 엄두가 나진 않았지만 가야불교연구소의 스님들과 연구위원님들의 도움과 격려가 큰 힘이 되었다. 개인적으로 책을 낸다면 나의 전공 분야인 불교 관련 책을 낼 것이라 생각했다. 실제『금강경』해설서를 쓰던 중이었는데 비전공 분야의 책을 쓰게 될 줄은 생각조차 못하던 터였다. 하지만 스스로의 부족함을 모르는 바 아니지만 글로써 작은 외침이라도 해야겠다고 용기를 낸 것은 '가야불교는 윤색됐다.' '허왕후와 장유화상은 허구이다.'는 주장이 오히려 근거가 부족한 추정임을 밝혀서 바르게 역사를 세워야 한다는 마음이 있어서이다.

2천 년 전 가야의 시작 지점에서 이 땅에 처음 불교를 전래하고 가락국 사람들의 안녕과 행복을 추구했던 가락국의 세 성자[三聖]를 새롭게 조명하여 잊혀졌던 가야의 아름다운 가치들을 오늘에 되살렸으면 한다. 부처님이 탄생하신 인도에서 건너와 찬란한 가야문화의 정신적 가치를 드높였던 가야불교가 바야흐로 시절 인연이 도래하여 다시 깨어나려 하고 있다. 이제 한국불교 역사에서 잃어버린 324년을 되찾아 2천 년 한국불교의 바른 역사와 정체성을 정립해야 할 시점이다.

사진 출처

국립중앙박물관 e뮤지엄_42 48(2,3,5,6,7,8) 84(좌) 96(좌) 130(1) 154(위, 아래) 207 | 가락국 시조대왕 숭선전 109(3) |
김해시 80 100 109(2) 145 | KNN방송국 144 152 183(위) 221 | 국토지리정보원 167 | 국가문화유산포털 67(우) 68(위) |
한국민족문화대백과사전 308 | 현대불교신문 315

가야불교, 빗장을 열다

초판 1쇄 발행 2022년 4월 24일

지은이 도명
펴낸이 오세룡

편집 박성화 손미숙 전태영 유지민
기획 최은영 곽은영 김희재 진달래
디자인 최지혜 고혜정 김효선
홍보 마케팅 이주하

펴낸곳 담앤북스
주소 서울특별시 종로구 새문안로 3길 23 경희궁의 아침 4단지 805호
전화 편집부 02)765-1250 영업부 02)765-1251 전송 02)764-1251
전자우편 damnbooks@hanmail.net
출판등록 제300-2011-115호
ISBN 979-11-6201-370-0 (03910)

정가 19,000원